U0596482

A Place in the World

Finding the Meaning of Home

世界一隅

寻找家的意义

Frances Mayes

〔美〕**弗朗西丝·梅耶斯** 著 梁瀚杰 译

中国出版集团 东方出版中心

图书在版编目（CIP）数据

世界一隅：寻找家的意义 /（美）弗朗西丝·梅耶斯著；梁瀚杰译. -- 上海：东方出版中心，2024.5
ISBN 978-7-5473-2379-3

Ⅰ.①世… Ⅱ.①弗… ②梁… Ⅲ.①游记－作品集－美国－现代 Ⅳ.①I712.65

中国国家版本馆CIP数据核字（2024）第075744号

A PLACE IN THE WORLD: Finding the Meaning of Home
by Frances Mayes
Copyright © 2022 by Frances Mayes
Published by arrangement with Curtis Brown, Ltd.
through Bardon Chinese Creative Agency Limited
Simplified Chinese translation copyright © 2024
by Orient Publishing Center
ALL RIGHTS RESERVED

上海市版权局著作权合同登记　图字：09-2024-0280号

世界一隅：寻找家的意义

著　　者　〔美〕弗朗西丝·梅耶斯
译　　者　梁瀚杰
策划/责编　戴欣倍
封面设计　钟　颖
版式设计　余佳佳

出 版 人　陈义望
出版发行　东方出版中心
地　　址　上海市仙霞路345号
邮政编码　200336
电　　话　021-62417400
印 刷 者　上海盛通时代印刷有限公司

开　　本　710mm×1000mm　1/16
印　　张　15.5
字　　数　162千字
版　　次　2024年5月第1版
印　　次　2024年5月第1次印刷
定　　价　78.00元

弗朗西丝·梅耶斯作品

＊ 本书脚注均为译者注。——编者

献给富于远见的出版经纪人和朋友彼得·金斯伯格

纪念奥黛丽·威尔斯和查理·康拉德

房子开着门，门上没有钥匙，看不见的客人随意进出；
这样保持独自一人的状态还真不容易呢。

　　　　　　　　　　　　　　——切斯瓦夫·米沃什《诗歌艺术》

也许家不是一个地方，而是一种无法改变的状态。

　　　　　　　　　　　　　——詹姆斯·鲍德温《乔瓦尼的房间》

这幢房子和这个世界一样大，或者说，它就是这个世界。

　　　　　　　　　　——豪尔赫·路易斯·博尔赫斯《阿斯忒里翁之屋》

我可以住在这里（序言）

车头的灯光，已照见了一片洁白的农舍。似乎我每次旅行归来，到家都是晚上。一下车就感到，就算我家亟须修剪的草坪上散发着潮湿的青草味，周围绿树成荫，树蛙呱噪不停，也挡不住艾诺河[1]肥沃滋润的气息扑面而来。在初夏，每一阵微风都送来各种木兰属和木犀属植物令人心醉的甜香。在冬季，门廊的装饰灯串忽闪忽闪的，照亮了门前坑洼不平的卵石小道，那些石子把我的轮式割草机颠得不行。盛夏，萤火虫聚成大团荧光；深秋，核桃掉在地上，踩上去咯吱咯吱响，后门外盛开着一丛紫菀。俯下身来亲吻土地。钥匙转不动，那就把门往自己这边带一下，然后就开了。有人在家吗？

家：它在哪里？为什么偏偏是这幢房子？家是永远固定不变的，还是一个可以四处移动的概念？这幢房子的四面墙，不管是简单质朴，还是高雅华贵，为什么能影响到自己的新陈代谢，让自己改变思绪，生出一种"回家"的感觉？家难道是一个永远无法完成的任务？在我没有踏足的那条道路上，有没有一扇蓝色的门需要我打开？一位作家写道："我的家就是我的题材。"这可真是空话。我对家的看法更加遵从内心：家最大的吸引力就是，它是一种虽不合逻辑却不可摆脱的纽带；一个人虽然盼望住在那里，但至死都不能如愿。卡普里[2]、

---

1 纽斯河的支流，位于北卡罗来纳州，以风景秀丽著称，设有艾诺河州立公园。
2 意大利那不勒斯湾南部的一个岛，是著名的旅游胜地。

圣米格尔[3]、普罗旺斯[4]——想象一下，在你的人生道路之外，有另一个版本的你，一辈子奔波在永不相交的平行线上。究竟什么是我的家——我住了三天就称之为家的酒店，还是我从小在那里长大的那幢房子？我最初的18年：钢丝床，铺着粉色桌布的梳妆台上摆着镜子，天花板上的风扇从屋外绣球花的香气包围中吹来一阵阵湿润的清风。其他呢？斯坦福一套四四方方的公寓，墙壁薄得很，我能听见邻居大叫肯尼迪遇刺。贝德福特的新英格兰式坡顶房屋，仅有黑白两色，十分庄严整洁，冬天白雪会漫过窗台，三面都种了丁香花。帕罗奥多的汉密尔顿大街上一幢L形房屋，L的内侧为落地玻璃，四周有橘树、柠檬树和枇杷树，游泳池边野餐桌上放着电动打字机，跳动的诗在水中激起了回响。旧金山的维多利亚式公寓——经过多年婚姻生活之后，我在那里重新恢复单身；离婚后的第一天，我坐在一堆包装箱中，听见船只鸣响了大雾警报，仿佛从海底深渊中传出的呼唤，那样诡异，那样哀伤。

我一向对旅行箱情有独钟。我卧室里的行李架上堆满了东西。佛罗伦萨的石头房子，阴冷潮湿，蝙蝠在壁炉旁边飞来飞去。土耳其的一处沟渠，连我在内有10个人睡在软垫上，大家仰望着星空，听着索具随着水流涨落发出有规律的叮当声。克里特岛上一幢清水粉刷的小木屋，我住了一个月，能闻到从门厅处飘来的三角梅香气。西西里的一处租屋，我至今仍时常想起：我在厨房里思忖着烧点什么，同时心里盼望找个僻静无人的地方，写一写我们一家人在此入住的前后经过；把钥匙还给房东后，即便过了很久，我仍希望重温弗吉尼亚·伍

---

3 萨尔瓦多东部城市，城西有圣米格尔火山。
4 法国东南部地区，以薰衣草和葡萄酒闻名，有埃克斯、马赛等城市。

尔夫[5]笔下的"存在的瞬间"。身在何处，是不是定义了身为何人？四海为家，家是不是只有旅行箱那么大？

我无意寻求答案，相反，我找到了越来越多的问题：家意味着什么？家又是怎样连接过去，通向未来的？家还带着几分神秘。我女儿还小的时候，和我一起住在纽约的索莫斯。1768 年，一位名叫约瑟夫·桑德兰的男人在房梁间留下了宝藏：用黑墨水誊得清清楚楚的账簿和 7 只羊皮避孕套。两百多年后，我把手伸到房梁后面，发现了这些东西，让它们重见天日——为什么偏偏是我呢？这位桑德兰先生是磨坊工人、棺材匠，他对一位住在顶楼小屋里的女仆一见倾心。我和女儿晚上在学监池塘上滑冰，也许他那时也在那里滑冰呢。桑德兰先生和我跨越时间，共享一个空间，正呼应了中世纪诗歌挥之不去的一个主题：前人幢幢，而今安在？在木地板间隙中留下一枚硬币，在烟囱上刮出一个日期，在门框上记下孩子身高变化——这些人如今在哪儿？我家曾在北卡罗来纳州的查特伍德，谷仓里正对着门处用油漆涂着一个名字"巴克"，我每次走进谷仓，都感觉里面有一匹黑马。这样的家激发了我无边的想象力。

这部回忆录记载着我一生对"家"和住所的痴迷。

全书各个章节组成了"家"这所大房子。

5　弗吉尼亚·伍尔夫（1882—1941），英国作家、文学批评家，被誉为 20 世纪现代主义与女性主义的先锋，《存在的瞬间》为其自传性散文集。

目 录

印　记（引言）

　　早在 20 世纪中期（听上去好古老），佐治亚州菲茨杰拉德，儿时的我就震惊于这片土地的原始野性。我的圆头系带皮鞋抹了凡士林，黑色漆皮更亮了；我感觉我脚下踩着的是奔腾不息的元素之力。流沙能吞噬一条狗，龙卷风会把拖车和棚屋刮上天。石灰岩层要是突然崩塌了，上面的房屋就整个陷进断层中，只露出烟囱歪歪扭扭的一小角。一遇到洪水，河流就向两岸猛扑，把河边棚屋冲走，里面住着的一家人只好可怜兮兮上屋顶求救。酷暑的时候，柏油路面上升腾着热气，对面车道上的车看上去就像海市蜃楼一样飘忽不定。片状闪电划过天空，就像有人用力挥舞着一大块金属箔。乡间路边的李子酸中带甜，雨后的棉花田让人精神一振。血色残阳如画，凛冽冰泉喷涌，莫卡辛软皮鞋比我的整个脚还大——这些都让我感受到这片土地的内在活力，让我对我家的农场产生由衷的认同。这就是南方人的土地本能，像朱砂玉兰一样鲜明纯净。

　　陪伴我的还有一系列南方作家，我是读着他们的作品长大的。我永远不会忘记玛乔丽·金南·罗林斯[1]的《鹿苑长春》和她倾注了感情的宅地——位于佛罗里达北部橘林深处的一栋本土农舍。12 岁的时候，我倚在床上，翻着《飘》的书页；书中最吸引我的不是故事情

1　玛乔丽·金南·罗林斯（1896—1953），美国作家，作品多以佛罗里达为主题，畅销小说《鹿苑长春》被改编为电影。

节、南北战争、主人公郝思嘉和白瑞德，而是极富特色的塔拉庄园。我领会了《飘》的主旨：家比什么都重要。后来，我阅读的作品更多了：弗兰纳里·奥康纳[2]将南方作为其写作的源泉；托马斯·沃尔夫[3]在阿什维尔的寄宿公寓里写出了伤感哀婉而充满韵律的文字；埃德加·爱伦·坡[4]总是忧虑缠身、郁郁不乐；卡森·麦卡勒斯[5]则胆大妄为，小说第一句就是"镇上有两个聋哑男人，他们总在一起"；佐拉·尼尔·赫斯顿[6]抱有独特的人生哲学：她忙着磨牡蛎刀，没兴趣去关心别人觉得她应该忙些什么，所以她深入发掘巫术、魔法和民间传统中蕴含的意义；弗兰克·耶比[7]，我如饥似渴地借阅他的小说来看，连图书馆员都看不下去了，要知道耶比的小说少不了激情戏，故事里总有禁忌的恋人和叫人脸红心跳的风流韵事；我还多次阅读尤多拉·韦尔蒂[8]的作品，这位年事已高、和母亲同住的女作家拥有惊人的天赋，在家中创造了文学奇迹。

接下来就是我的灵魂伴侣——詹姆斯·艾吉[9]。他能在万事万物中发现美，对南方故土怀着深厚的感情，并将读者带进他笔下的世界。最后，这位俯瞰芸芸众生的人物，史诗般的文学之父，孤独而恋家的

---

2 玛丽·弗兰纳里·奥康纳（1925—1964），美国作家、评论家，作品具有鲜明的南方风格，后荣获美国国家图书奖。

3 托马斯·沃尔夫（1900—1938），美国作家，代表作有小说《天使，望故乡》。

4 埃德加·爱伦·坡（1809—1849），美国诗人、小说家、文学评论家，作品具有独特的哥特式浪漫主义风格。

5 卡森·麦卡勒斯（1917—1967），美国小说家，代表作有《心是孤独的猎手》《伤心咖啡馆之歌》。

6 佐拉·尼尔·赫斯顿（1891—1960），美国作家、民俗学家，致力于保护美国黑人文化传统遗产。

7 弗兰克·耶比（1916—1991），美国小说家、编剧，作品多以种族问题和南方文化为主题。

8 尤多拉·韦尔蒂（1909—2001），美国小说家，曾获普利策奖和美国国家图书奖，作品有《乐天者的女儿》。

9 詹姆斯·艾吉（1909—1955），美国作家、编剧、电影评论家，曾获普利策奖，其作品《现在，让我们赞美伟大的人》描写了亚拉巴马州农民生活。

才子，我要在胸口画个十字才敢说出他的名字：威廉·福克纳 [10]。

我早已把南方故土铭记在我的心中，但中学、大学时读到这些作家的作品，他们将种种不可名状之处——道来，因此我便流连于他们的书页中不可自拔了。家——沐浴着阳光的地方；家——遍布着野灌木，散落着教堂，生者和死者共同居住的地方。我也是恋家的人啊！房屋——另一种形式的身体。土生土长——这个想法渗透了我大脑的每一根神经。故乡——我至今仍能触摸到我从小长大的那所房子：绣球花底下有蚁狮做窝，母亲用一个黄色碗来搅拌食物，烟囱外面的那扇小铁门上总有灰掉下来；我用解开的绳子来拉起窗帘，还爬上屋前门廊的豌豆藤；我的双排白色钢丝床上铺着荷叶边的粉色亚麻床单，我的柜子里藏着猎枪和好几盒子弹。这些回忆似乎已化为当时的另一种意识，而在远方的人——尤其是对南方有成见的人——看来，这些回忆也不怎么可信呢。一个南方人只要有一点思辨能力，就会对过去的种族问题及其影响产生极为透彻的领悟。要是有人质疑我关于南方的美好回忆，我只能引用费德里科·加西亚·洛尔迦 [11] 的一句诗："在那些统计数字下面，有一滴鸭血。"

不管我住在哪里，我的住所都充盈着无穷活力。我读研究生那会儿，正值新婚，刚开始当家还有点懵，于是在拍卖会上买打折的古董，幻想着在大学提供的公寓里打造一个充满艺术气息的工作室。虽然我没有机会入住一栋理想中的房子，但我学了我母亲的样儿，总是向往这一栋理想中的房子。

10　威廉·福克纳（1897—1962），美国小说家、诗人，1949 年获得诺贝尔文学奖，其作品采用意识流手法，大量使用象征、隐喻，长篇小说有《喧嚣与骚动》《我弥留之际》等。

11　费德里科·加西亚·洛尔迦（1898—1936），西班牙诗人，被誉为"安达卢西亚之子"。

然后，成家立业——马萨诸塞州的坡顶房屋，纽约的 1743 年乡村式房屋，帕罗奥多的 L 形房屋，后者的玻璃墙紧贴着枇杷树和橘树。东海岸、西海岸——先是求学，后来是工作，为生计奔忙。我本来企盼从生到死、世世代代住在一个地方，搬家有违我这一与生俱来的本能，可是有什么办法呢？我还是不停搬家。我起初还抗拒，后来便顺其自然——搬吧！因丈夫工作需要而搬去异地，在漂泊的日子里经营婚姻，养育女儿，这样的日子虽然喧嚣动荡，但也不无欢欣鼓舞，我因此开始写诗。我还画画、贴墙纸，到处除旧布新。我为家人下厨；这固然是因为我喜爱厨艺，而且收入来源只有研究生津贴，但也是因为我生就一颗南方人的内心，受到了它的天然召唤。

　　一旦安顿下来，我就爱上了我住过的每一个地方——纽约、波士顿、旧金山。不过，更令我开阔眼界的是我旅行过的每一个地方——伦敦、巴黎、罗马、威尼斯。中美洲和墨西哥尤让我赞叹不已。离开美国南方后，在每一个国家，我都幻想着停下当前的生活，在那里定居下来。我写了六本诗集和一本名为《发现诗歌》的指导手册。

　　若干年后的一个 7 月，我和大学优等生男朋友的感情之路走到了终点。我和朋友们在托斯卡纳 12 租了一幢房子。古老山间的乡土生活，让我感觉神清气爽。阳光灿烂的当地村庄，更是叫我消磨了好几个夏天。最后，我掏出我的全部积蓄，买下了一栋废弃已久的乡间别墅，这使我的生活发生了天翻地覆的变化。就像创世故事中神明用泥土造人一样，这个地方也塑造了它的居民们。虽然历史上一波波的艺术家、农场、历史、比萨、葡萄园、美食早已远去，但我仍为意大利文化所倾倒；实际上，我最爱的是其地其人的奇妙碰撞。这是一趟真真切切的回家之旅。

12　意大利中部大区，首府为佛罗伦萨，历来被视为意大利文艺复兴的发源地。

在意大利，我除了装修房屋，还要学习一门全新的语言，融入当地的广场生活之中，并遇见来自世界各国的人们。这样一来，我的诗句再也不能称其为诗句，而是成了诗节，因为"诗节"（stanza）在意大利语中的原义就是"房屋"。我买了更大的笔记本来记载思绪，我对于时间的观念也变得极度宽松，我的宿命论烟消云散；我感到自己就要被这个地方改变，所以开始动笔写回忆录。在托斯卡纳的日子给了我无上的快乐，激发了我的写作热情；这些快乐的时刻稍纵即逝，我想用文字之网把它们捞起来。托斯卡纳就是我的家，我在这里如鱼得水。为什么这样呢？不断的思索，促使我构思一部名为《四海为家》的游记，不过我后来发现已有同名著作，就更名为《世间一年》。写作中，我畅想在其他国家生活的情景——有些是我从未到过的国家，有些则是我曾到过并念念不忘的，比如法兰西、英格兰、威尔士、希腊、葡萄牙、西班牙、摩洛哥、土耳其。对我来说，旅行不单是旅行，而是选择一种新的生活方式。我开始学会从里到外了解一个地方，而不是像游客一般走马观花。在旅途中租房、租船，都让我在心中默默思考：在这个地方，家是什么？当地人是什么样的？这个地方又是怎样塑造了当地人？这些都是关于家的真谛。葡萄牙里斯本的阿拉伯人聚居区，英国科茨沃尔德的一所古老学校，克里特岛上一幢清水粉刷的小木屋，后者大门敞开，一朵朵三角梅的清香从门厅飘了进来——在这些地方，我都找到了久违的宁静。

尽管世俗观念让我认为家是一个固定的地方，但是在旅行中，家成了一种可以打包带走的情感。也许这就是我的遗传基因吧？就像鸟儿的迁徙本能被刻在它们的 DNA 里面一样。也许不是？卡森·麦卡勒斯写道：

　　我心中的这种奇特的思乡之情，真是一种叫人捉摸不透的情感呢。对于我们美国人来说，这就像游乐园里的过山车、酒吧里的自动点唱机一样，是大众所熟知的。这不仅是对我们出生地的依恋，而且带有两面性：我们不但依恋我们熟悉的老地方，还渴望探索陌生的新地方。所以，我们常常对我们从未到过的地方产生思乡之情。

智利诗人巴勃罗·聂鲁达宣称，世上只有 11 个主题可供文学创作。他没有具体指明，但其中一个主题肯定是幸福——这大概也是最难写的主题了。另一个主题肯定是家。这两个主题往往牵涉众多，因此不好下笔。就以幸福为例：要是一本书里没有扣人心弦的情节、出人意料的结局，甚至连主人公都不幸殒命，那可怎么写啊！我在写意大利的时候就想，不妨来一点标新立异，别管什么冲突、结局、人物性格发展，只是努力以鲜活生动的语言重现这个地方。这样一来，文字便喷薄而出。可不是吗？一个人心中有爱的时候，看什么都仿佛有光；心中有爱的时候，人又贪婪又慷慨，将无尽的欲望投射到自己所接触的一切事物上。

写完我的第三部回忆录《托斯卡纳每一天》后，我打算离开旧金山，回到我的南方老家。（我的家人总说，只要有个带轮子的东西在路上跑，我就会跳上去离开。在老家，总有男人凑过来搭讪一句"能不能请这位女士喝一杯？"或踌躇满志的小伙子想将我拉去俱乐部里炫耀一番。身为女人，我本能地感到抵触。）我丈夫艾德[13] 准备搬家了。他在弗吉尼亚读的硕士，十分喜爱南方四季的柔和气候。当然，更让他割舍不下的，还是南方在各方面更像意大利。

回到北卡罗来纳州之后，我们一时没有找到合适的住处。最初我

---

13 "艾德"为"爱德华"昵称。

们住在一幢由柱子支撑的房子里，窗外有高尔夫球场的美景，我们称之为"木兰厅"。有一天早上，我和一位朋友散步的时候，她指给我看她朋友在艾诺河边的农场，说那儿可供出售。我开玩笑地说："我来买啊。"几个月后，她打来电话说："房主要搬去旧金山了。"我和艾德到了那儿，里里外外走了一圈，仿佛天降好运，喜不自胜，便欣然买下了。这座古老农场位于希尔斯伯罗，附有连片花园。我想，我年纪渐长，今后就算命运仍有残酷的安排在等着我，我也有我的一片天地，无须离开了。（一个可以栖息的家。）那个房产中介喋喋不休地说这个农场将成为我们"永远的家"，让我感到自己是一条进了小动物收容所的流浪狗。一转眼工夫，我的爱、我的时间和精力都交给了这片农舍。我意识到，我将带着满腔热情，属于这片农舍（而不是这片农舍属于我）。

这样频繁的蜕壳重生，该如何理解呢？重新安家？真是奇怪的说法。家是什么？我在美国8个州和意大利长住过，其他短期停留地点不计其数。失眠的夜里，我回忆我曾居住过的所有16幢房子。每一幢房子都是真正的家，每一幢房子都代表了人生中的一个变化，因为人生的很大一部分都在那些房子里度过。从我最早离开的家开始，经历了起起落落、酸甜苦辣。在家里，一个人无须掩饰，坦坦荡荡。家塑造了一个人。

在这春天的夜晚，趁蚊子还没有光临，我端着酒杯，走进后院，仰头看着星空。记住地球对人类的教诲：你是一个旅行者。只要看一会儿星空就明白了啊。我们这颗蓝色星球，在太空中踽踽穿行，一会儿迎接阳光，一会儿遁入黑暗；它的一路行程没有地名，没有车站，只有四季更替——从春天慢慢转换到夏天，然后是秋天、冬天，循环往复；白天变长，夜晚变短，或者反过来。多么神奇啊！我们生命中的每一个瞬间，都在进行着这样宏伟的旅行。

5 月的晚上，来到室外，抬头眺望，观察斗转星移吧。也许眼角瞥见一颗闪闪发光的星星，它早已在亿万年前烟消云散。枕着潮湿的草坪，似乎正滑向未知之地。矛盾的是，旅行者在这一刻感觉自己回到了家。

1

南方的家

七个壁炉

2010 年，我觉得我要是住在查特伍德的话，我就永远不会再想迁离。这个地方吸引了我，就像一个音乐水晶球，摇一摇，里面的雪花就四散飞舞。这个地方永远不会改变。坚固的农舍位于一个缓坡上，屋顶上矗立着四根烟囱；屋前门廊上方的窗户排列是不对称的，我倒是喜欢那样。屋顶很难看，我们打算换成金属的。某处隐藏了一个蜂巢，我把手放在厨房墙上，就能感受到木板传来蜜蜂振翅的响动。艾诺河从屋边流过，河流发出的带着鞣酸味的浑浊气息让我心醉。在树林边缘，一条清澈的小溪从地面涌出，溪水冰凉洁净，以前盖有一座汲水小屋，一代代人用这里的水来保存食物，不过现在只剩下失修颓圮的石制汲水台。就这样，我在查特伍德定居下来，心里怀着手摘星辰的满足感。

火四处蔓延，水奔腾不息，房子也慢慢变了样。门廊有整间屋子那么长，现在被改建成了一个阳光房，在冬日清晨，这就是我的最爱。一间浴室被改建成了壁橱，同时，新的浴室又开辟出来了。一间单坡小屋变成了厨房。建筑平面图就像拼字游戏上的格子一样向四周扩展。加、减、乘、除：一间阁楼变成了读书室，另一间阁楼则变成了舒适的书房。房子发出了轻轻的吱嘎声，但它仿佛认可了我的改造。

从楼上的窗户望出去，能看到三间屋子那么大的玫瑰园，四周砌了石墙，当中有一尊优美的仙女雕塑，远处则是通向河边的漂亮草坪。有一棵死树挡住了视线，我叫人把它砍了，种上了山茶花。今年春天，我辟出了一大块半月形土地，准备种一片野花，我在其中一处还放上了长凳，以供赏花之用，毕竟园艺的乐趣就在于期待日后的美景呀！

如果说一幢历史悠久的老房子是一本书（难道不是吗？），那么楼上的书房就是我最喜爱的一章。现在，我正坐在这里奋笔疾书呢。这个房间镶着护墙板，在 20 世纪 20 年代是一间 15 英尺 × 20 英尺（1 英尺 = 0.304 8 米）的教室。以前的一位邻居写道："1937 年阿尔韦塔一家搬进来时，这儿还剩下七八张学生桌，是用松木手工打造的，前面的椅子连着后面的桌子，桌子上专门设有放铅笔、墨水和橡皮的圆孔。一排排整整齐齐的，最后面的一排桌子配的是靠墙的椅子。"担任老师的是萨丽·米勒小姐，这让我不由得浮想联翩：米勒小姐穿着印有花卉图案的海军蓝连衣裙，洁白的衣领一尘不染，下面十几个农家孩子，男孩穿着连身服，女孩穿着用面粉袋裁出来的围裙，他们都蹬着粗劣的鞋，仰起了皲裂的脸颊。老师生了火，教室里暖洋洋的，充满了八角肥皂、粉笔灰和橡皮擦的味道。师生向垂在教室一角的国旗大声读宣誓词，背诵乘法表，欣赏威廉·华兹华斯的《水仙》，因为这幢房子呀，正在金黄色耀眼的水仙花波浪中漂呀漂。墙边架子上的铁皮桶里装着孩子们的午餐：冷红薯、饼干和糖水。

我喜欢想象出这样一幅场景：5 月末的一天，临近暑假，孩子们或者兴致勃勃，或者心不甘情不愿地坐在这间教室里。每当我写作受挫，想不出下一句的时候，我就朝窗外张望，心里无比快活地想象：很久以前，就是在这里，孩子们翻着《圣经》的书页，看着课本里的《华盛顿横渡特拉华河》插画，阅读着鲁德亚德·吉卜林的《丛林之书》。住在一幢老房子里一定要记住：这里的一砖一瓦都是有生命的。

这间书房离我的梦想还差得远。我仍用着自己的书桌，而不是更方便的带抽屉的那种，因为我觉得它让我想起弗吉尼亚·伍尔夫的《一间自己的房间》。圆柱形桌腿敦实坚固，胡桃木桌面锈蚀斑驳，上覆一层深红色的皮革桌布，也早已坑坑洼洼了。从地板到天花板，整面墙都是书架，连窗户下面也是，里面塞满了我收藏的各类小说，我从没有排序整理过，所以有些书我就算知道在哪儿，也没法找到。（诗歌和纪实作品都放在楼下。）这间书房虽然有四扇窗，但还是很暗。我讨厌光线不好的房间，便打开顶灯、两盏书桌灯和椅子旁边的阅读灯。虽然还说不上亮堂堂的，但是松木护墙板发出了琥珀色的光。在外面风雨如晦的时候，这里是个温暖舒适的小天地。再生个壁炉火，看我的两只公猫在椅子上打盹，这真是叫人打心底里高兴啊。

我的这幢老房子像一条古代纵帆船一样在风中吱吱嘎嘎响，里里外外仿佛都是各种手工制作的钉子、橛子，这样看来，在20世纪作为教室之用，还算是这部长篇史诗的新章节呢。对于这里的大部分历史，我只能用想象来推演了。我手边可供查证的资料只有几篇文章、一位过世邻居的口述、一些采访和几封字迹潦草的信，信中的日期互相矛盾，有些内容根本就是瞎扯。最早的记录提到一个名叫艾萨克·洛的贵格会教徒，他所在的庞大家族在弗吉尼亚州拥有好几处政府赠予的土地。老房子所处的这片土地是该家族1763年从查特汉伯爵手中得到的。我看不清那些字迹，不过想到"查特汉"这个名字最后竟然通过这幢老房子传了下来，感觉有点毛骨悚然。

这片土地上有据可查的第一幢房子是18世纪70年代由佛塞特家族的贵格会教徒修建的，可惜后来被焚毁，于是他们在1806年至1808年之间新建了一幢简朴而不失庄严的联邦式房屋，内有四间宽敞的房间、一间阁楼和一间厨房。同时期北卡罗来纳州只有两幢用于居住和商业用途的房屋，这就是其中之一。它有两扇前门，一扇通向酒馆和旅社，另一扇则通向家人住处，这是当时经营磨坊的房主罗伯特·佛塞特的设计，一直沿用到今天。这个旅社可不是什么假日酒店，只有两间房间，客人只能躺在玉米壳做的简易床垫上，与老鼠为伴，不过还好，每间房间里都有壁炉，地板温暖舒适［有些木板达18英寸（1英寸＝0.025 4米）厚］，窗户有多层玻璃，看出去朦胧不清，仿佛住在地下室。这就是我们现在住的房子。翻修的时候，我们发现房梁上刻有连续的罗马数字，墙壁是用木头橛子拼起来的。

由于这幢房子正面对着艾诺河，离一座磨坊只有1/4英里（1英里≈1.609千米）远，所以当时的商人和农夫带着玉米来磨面的时候，就有了一处河水上涨时可以入住的地方。美国独立战争中，康沃利斯将军率领英国部队于1781年2月26日从这里渡河，奔赴吉尔福德法院之战。房子旁边的狭窄小道最早是奥卡尼奇族印第安人的贸易通道，后来被称为"大路""水牛大道""国王御道"等。这里也位于索尔兹伯里驿站马车的路线上。驿站马车前来渡河的时候，马车夫就吹一声号角，提前通知旅社主人。也许佛塞特夫人（历史记载里找不到她的全名）会为远道而来、饥肠辘辘的客人端上烤鹿肉、野火鸡和河里捕捞的鲇鱼。

那座磨坊直到20世纪20年代还在运转，现在虽然没了大风车，但主体部分还是完好无损。磨坊周围有一种阴森的氛围，在磨坊水池边走一走就明白原因了：1918年，第一次世界大战蹂躏欧洲大地的时候，一位名叫马利·布赖恩特的12岁男孩从磨坊窗口跌落，坠入急流、乱石中，他的墓就在这里，每年春天都有水仙花盛开，常让我驻足沉思。男孩墓边的一抔土便是他母亲的墓，没有墓碑——她在儿子死后便伤心自尽。

20世纪30年代，我的这幢老房子焕发了第二春，这要归功于阿尔韦塔一家。（"阿尔韦塔"原意为"涨水"，河水一涨，旅社就来了很多客人。）这家人的女儿芭瑞至今仍是磨坊的主人，她和丈夫将自建的住房与河边的磨坊看守人小屋连在一起。

佩吉和弗农·阿尔韦塔，就是芭瑞的父母，为"驿站旅社"（查特伍德的前身）增加了一个侧翼部分，还在西南角接上了另一处联邦式房屋——"内尔·约翰逊之家"，建造所用的橼子是从圣玛丽路的原址拆下来的，墙板和地板则来自其他被拆除的老房子。这样一来，楼上楼下各新添一间超大的房间，拥挤不堪的贵格会旅社终于有了喘息之机。这些超大房间比例合宜，一进去就令人精神一爽：松木地板像深色琥珀一样隐隐发光，西边是一个壁炉，两边都是窗户，波浪形的玻璃窗上映着夕阳。很久以前打过蜡的护墙板、凸出护墙板的壁炉台和满满当当的书架、橱柜，似乎从亘古留存至今。要是有个室内设计师来到这里，肯定会建议把墙涂成斯堪的纳维亚风格的冷色调。一开始，我也有这样的冲动，不过现在我可不愿意改变这里由内而外散发出来的暖色调。我一生中来到过的房间，很少能让我产生"避风港"的温馨感觉，这里就是其中之一。弗农·阿尔韦塔不可能想到，他把"内尔·约翰逊之家"迁到这里，80年后会给另一个人带来多大的快乐啊！

弗农·阿尔韦塔年幼儿子的小花招仍留在老房子内。我们在改造阁楼空间的时候，发现通往阁楼的门上用蜡笔潦草地写着："卫斯理的办公室——闲人不得入内。"几十年后，我的外孙将他的"私人空间"牌子挂在同样的地方。（维护私人领域的人类本能真是出现得好早啊。）阁楼下的房间以前是女仆房，有一道暗门通向楼下的厨房，女仆借助壁炉旁的梯子爬上爬下。既然早先的主人是较为开明的贵格会教徒，那么我希望历史记载中的"女仆"不是女奴吧。不过我也没法查清楚了。

到了20世纪50年代，"驿站旅社"发展成了查特伍德。"查特"是指屋前屋后叽喳不停的一种鸫鸟，"伍德"就是树林，这是当时的主人查尔斯和海伦·布雷克给取的名字；也许他们觉得"驿站旅社"像是个时髦餐厅。海伦·布雷克（后来嫁到沃特金斯家）种了数百株球茎植物，收集各种当地玫瑰，在她的花房里，满墙都是女贞、玫瑰、小檗、黄杨和冬青。有些地方植物过于茂盛，我只好做些清除工作。她还真有远见呢！她从墓园、路边、废弃的居民区和种植园中搜罗玫瑰品种并加以培养，为此她雇用了一个首席园艺师、两个全职工人和一些修剪人员，甚至还有玫瑰方面的专家。她怀着极高的热情，栽种树木作为示范，还亲手挖掘黄杨木。她的植物都长得很好。初春，罕见的淡黄色木兰开花时，我就会想起她来。她一切都亲力亲为，这是园艺所必需的呀。我总对我的花园抱着恨铁不成钢的心情，也许原因就在此？我怎么才能满足我对园艺的无尽胃口呢？

至于查尔斯·布雷克博士，老房子如今的客房曾经是他的鸟类研究实验室。从麻省理工学院退休后，他成天忙着用网捕鸟，然后一一加以识别并做上标记，最后放生。这样，时不时有南美洲或墨西哥的同僚向他报告，发现了带着查特伍德标记的鸟。迁徙的鸟群，受到这里的河流和硬木林吸引，会下来逗留一番。鸟儿一堆堆聚集，甚至有极为壮观的大群鸟儿汇集，一会儿俯冲，一会儿回旋，神秘莫测地自然活动，把天空都遮蔽了。有时候数百只乌鸦群集于此，它们嘎嘎乱叫，好似来自地狱的凄厉回响。

雨声淅沥的午后，我躺在沙发上读书，想象着我是在船舱里，这古老的破船远航出海，在海浪的冲击下发出了吱吱嘎嘎声。在隔壁的阳光房里曾经放着海伦的织布机。她在织什么？白天完成的，晚上她会拆掉吗？（如果是园艺倒是真会这样。）我还能找到她的一张照片，是一则新闻报道的复印件，已经发黄了。她的脸部线条很硬朗，头发束起来堆在头上，要是放下来的话肯定能及腰了。等一下！那是不是个蓬松的假发？我想应该不是。她坐在长椅上，好像乌龟一样坚忍不拔。这只长椅至今尚存，被紫薇花盖着，扶手都快掉下来了。

我和她如果生活在同一个时代，会怎么样？我能从她身上学到什么？她在阳光房里，我的视线之外。春日的阳光斜照进窗口，穿过她的手指，她操作着石楠色的经纬线，轻轻推动织布机，而我阅读着塞巴斯蒂安·巴里的《漫漫长路》，书中写的是第一次世界大战中一个爱尔兰男孩的遭遇：剧毒的芥子气和残酷的伊普尔之战；海伦的一束束金色、珊瑚色和鼠尾草色的纺线；她种下的成百上千株玫瑰；小男孩马利从磨坊窗口坠落。还有多少人曾在这里生活？结婚？死亡？一位姓名不详的妇女，虔诚信奉贵格会教义，扭断了鸡脖子。我在书架后面找到一张纸条，虽然泛黄，但完好无损，这是 1935 年一个男孩开列的邮票珍藏：林肯和道格拉斯的总统竞选辩论、词典编纂者诺亚·韦伯斯特、奥斯卡·埃德蒙·贝宁豪斯油画《陆路邮政》……海伦灵活的手指被荆棘刺了一下。我的女儿在新年前夕为失恋而痛哭不已，而到了下个冬天，她在壁炉边举办了欢乐的婚礼。我的灰猫霍桑不是被邻居的恶狗咬死了吗？怎么睡在阴影里？啊，那是地板上一团石楠色的羊毛。名为"柯莱特"的粉色玫瑰在窗外微微晃动，名为"索伯伊"的白色月季爬上了烟囱。前门把手上盘踞着一条黑蛇。谁来生火？谁来切饼干？我们在读书，用植物编织出了花园。夏天把闪闪发亮的木兰叶子填进了壁炉，冬天则用的是带刺的冬青。伸出手指，摸一下玻璃窗里的气泡；玻璃似乎在动，是有生命的。闻到抹了奶油的吐司面包、蜂蜡、煤烟和瑞香属花卉。一枚铁钉松动，掉了下来，刮伤了我的脚。藤蔓爬进了阳光房，常春藤、牵牛花、野葛满地都是。

谁住在这儿？

要我说，这镇子还真不赖呢！

——英国作曲家本杰明·布里顿评论萨福克郡奥尔德堡

希尔斯伯罗是离查特伍德最近的城镇，在我看来，好像一直是我的家。在旧金山住了几十年之后，我和家人有意搬去北卡罗来纳州，当地的朋友对我说："你一定要去希尔斯伯罗，那是作家、艺术家聚居的地方。"一个能让创造力发扬光大的小镇！我们对此十分着迷。况且我本人就是佐治亚州一个小镇长大的，我很期待回到一个具有社区情怀的地方。

当我们第一次驱车来到希尔斯伯罗的国家历史风貌保护区时，我们就下定了决心。在那晚春的一天，玫瑰、茉莉、风铃草、鸢尾、芍药和紫藤四处开遍，一片姹紫嫣红。希尔斯伯罗1768年的地图上就是每幢房子都有花园，还标着"往东有精心布置的花园苗圃"。不妨拉开纤薄的时间之幕，回到不太久远的历史中，想象一下：整洁的厨房花园、蛇纹黄杨木组成的篱笆、挂满了圆叶葡萄的乔木、幽静的雪松小径、由飞燕草和蜀葵铺就的花园边界，这一切会让早期的苏格兰、爱尔兰、英格兰贵格会移民想起他们遥远的故乡吧！很多早期建筑至今仍在镇上庄严矗立，其中一些还保留了带顶棚的水井和砖砌的独立厨房。

国家历史风貌保护区面积达 400 英亩（1 英亩 ≈ 4 047 平方米），里面都是白色房屋和高大树木，简直像个伊甸园。真的会成为伊甸园吗？这儿的居民是什么样的？这儿是个幸福生活的社区吗？会不会有个 3K 党成员躲在车库里，谋划着愚蠢的勾当？我注意到每幢房屋都有统一标牌，上面的历史名称让我浮想联翩：罗望子树、朝圣者休憩处、双烟囱之屋、浆果砖屋、无忧宫、麻雀小屋、七个壁炉、心静厅、橡木小屋、炉边房子。房屋有了名字，就有了人性，似乎四堵墙之间包含的空间有了新的意义。有些房屋是根据首任主人来命名的，比如纳什-霍珀、韦伯、纽曼、斯科特等，他们的故事似乎仍在房内回响。敲开一扇房门，现在的主人出来迎接，而历史上的住户则喧闹着消失在走廊尽头。历史建筑之间散落着一些平房、木屋和复古农场，这些也带上了几分历史风味。

所有老房子周围都环绕着一圈粉色、白色的杜鹃花。我不禁想象夏天的盛况：人行道边盛开着紫薇，花朵鲜艳夺目，有敷了粉似的淡紫色、牛奶般的玫瑰色和纯净无瑕的白色。到了秋天，秋意浓得让人仿佛回到了儿时的秋日记忆，想起了第一次闻到烟灰色树叶和烤棉花糖的气味，想起了在金灿灿、红彤彤树叶堆中奔跑的快乐。冬天到底是冬天，一场大雪让一切都变了样儿，大家跑出去在寂静无声的雪地里快活地打雪仗。

第一次来的时候，我跟着彻尔顿中央大街的银色标识走。美国独立战争前，南卡罗来纳州民兵组织"管家"因对英国税收政策不满，在这里起义反抗；《独立宣言》签署人之一威廉·霍珀曾住在这里，爵士作曲家、钢琴家比利·斯特雷霍恩小时候在这里度过暑假。这里有一所历史悠久的伯维尔女子学校，19 世纪，黑人女奴伊丽莎白·凯克利在为伯维尔家族辛苦劳作多年后，依靠自己的裁缝手艺赎回了自由，后来为林肯夫人玛丽·托德·林肯缝制衣服。

我喜欢在公墓旁漫步。死者的丧葬方式，最好地揭示了人性。希尔斯伯罗镇中心有两座公墓，墓穴间由叠石矮墙隔开，反映了隐私意识和等级观念。我总喜欢跪在各种墓碑、墓塔之间，把上面几近湮灭的铭文用纸拓印下来，试图索解这些后人的纪念。在我能识认的铭文里面，大多充满了对死者的尊敬和祝愿，有一些则更具感情色彩。一位母亲在墓碑上留下了对子女的告诫："做个好人，我在天堂等你们。"另一块墓碑上，死者家人不情不愿地刻上了一句话："她尽力了。"这里有五座建于南北战争前的教堂，我很想拜访一下，可惜那天不是星期天。我只能悄悄踱进圣马修圣公会教堂，这座哥特式教堂建于1825年。阳光从彩色玻璃窗中照了进来，我静静地想象着英国小说中欲言又止的情形。国家历史风貌保护区的旁边有一座公园，里面都是参天大树，最早是黑奴公墓，目前仅存的几座墓都没有任何墓碑。绿树成荫，倒是个沉思默想的好地方啊。

离开国家历史风貌保护区，在镇上四处走一走，就会发现这里的居民很有特点：他们怀有一种对"家"的高度个人化体验，甚至对此加以炫耀。我看见很多用瓶子堆成的树，那些蓝色玻璃也许可以用来辟邪；有各种各样的鸟舍，设计得极富艺术性；有各种各样的门廊，除了摆放必不可少的摇椅之外，还漆成了耀眼的粉色。有一家在前门旁边放着一架破旧的钢琴。驱车经过小街小巷的时候，我看到了凯尔特十字架、蜂巢、原色谷仓、塑料天鹅，有一家院子里的废旧轮胎中插满了艳俗的假花。镇上有一家棉纺厂，以前长期关闭，拉下了百叶窗，现在得到了整修，今后将变身为超大玻璃窗的公寓套房，还要开一家舒适安逸的南方风味餐馆。这样的地方，命运早已注定，只待魔术师施以神奇的魔法。棉纺厂的周围早就热闹起来了：商店、咖啡馆、比萨店、烧烤店陆续开张，还有一家乡村风情酒吧让人们多了个晚饭后欣赏现场音乐表演的去处。我也进去坐了一会儿，还被一位瘦削的老太邀请跳舞呢！

我们在离希尔斯伯罗 2 英里的地方买下了我们的梦想之家，从此我全心投入园艺和整修之中。每个上午，我都在图书馆里阅读了解希尔斯伯罗的历史，还在上锁的玻璃橱里找到了一本 1971 年出版的《旧时希尔斯伯罗的花园》，这本书由查尔斯·布雷克夫人主编。啊！她曾是我这幢房子的主人，还亲手打造了整片花园。她那时记下了希尔斯伯罗的每一朵玫瑰，也许期盼着在未来的某个时候，当她已经不在人世时，还有人会来照料她的麝香蔷薇。

我安顿下来后，开始阅读曾在希尔斯伯罗居住的作家的代表作品。果然是人才辈出啊！哪个小镇能有这么多的小说家、诗人和纪实作家？不久以后，我们开始参加每月一次的"月末星期五"活动，和居民们一起在彻尔顿大街吃晚饭，那天法院门前的草坪上有音乐表演，书店和画廊很晚才关门。我们当然不会错过极具当地特色的庆祝游行；女子鼓乐队、舞蹈学校、古董卡车巡街表演，还有女童子军队员向人群抛撒薄荷糖——谁不会来看一眼呀？在希尔斯伯罗，过上新生活还真不难啊。我们为什么不早点来呢？

现在，我已走遍了希尔斯伯罗的每一条街。这里的每个人都喜欢行走。有些什么宠物狗？主要是拉布拉多犬，其他的有西部高地狸犬、猎兔犬、杰克罗素狸犬、杂交犬、拉布拉多贵宾犬、可卡贵宾犬等。最多的还是性格温顺的金毛和拉布拉多犬。希尔斯伯罗就是这样一个小镇：有巧克力店、本地画廊，人行道上的酒吧前摆了遮阳伞和长椅。偶尔一辆加高卡车轰隆隆地开过，驾驶室里一个粗野的白人向外面投出不怀好意的一瞥；车上挂的是美国南部邦联旗帜，让人想起了南北战争前那段荒唐岁月。"愿上帝保佑他吧。"我的朋友李挖苦地说。我则记起了电影《激流四勇士》中的一句台词："你来到了蛮荒之地，这儿人人都只有九根手指。"沿着艾诺河蜿蜒前行的河边步道是一个热门景点，那里离希尔斯伯罗不远，可以在茂密的树林中聆听流水潺潺，观赏美丽而剧毒的曼陀罗花，喝一杯从韦弗街市买来的咖啡，也不会有虻子来打扰游兴。乌龟在石头上晒太阳，一旦感觉到游客的注视便扑通一声翻进水里。河边的小镇，真是我的最爱啊。

我在小镇上闲逛的时候，听见路边窗户中飘出音乐；有人在门廊上给小提琴调弦，旁边两个朋友正等着一起表演《我将远行》。我走过的时候，演唱开始了：哀怨、高亢的歌声伴随我走完整个街区。星期天早晨的农贸市场里，一边是嫩甜菜、奶油豆和方便比萨面饼，一边是音乐伴奏。咖啡馆对面的砖巷一角，街头艺人的音乐表演让我惊艳不已；法院草坪上，有个人在孤独地弹着吉他。在希尔斯伯罗，所有的艺术都显得那么自然。在一个朋友的晚餐派对上，大家吃开胃菜的时候，一个客人大显才艺，唱起了好几首咏叹调，然后每个人扮演角色，排演戏剧中的一幕；甚至盘子里会盛着用丝带系起的一小卷纸，上面是一首诗，可供饭后甜点时朗读。

我料到这里有无穷乐趣：南方人善于在每一分每一秒中找到快乐，要知道南方的友善是那么真挚热烈，虽然和南方的其他特点比起来就不甚突出了。以前在旧金山的时候，大城市里社交活动要在几个星期前预定，所以一到这里就对小镇居民的自由随意感到耳目一新。有朋友用电子邮件发来邀请："来吃鸡肝吧，喝点粉红色鸡尾酒，还有詹妮斯·乔普林的音乐！我家门廊，晚上6点。"

在和这个地方争斗、纠缠了许久之后，我才回到了南方。种族主义、性别歧视、反智主义、自满自得，南方男人结婚40年后仍将妻子称为"我的新娘"——这些南方劣势仍然存在，但是希尔斯伯罗不容许这些愚蠢行为，因此这个小镇能给我带来心灵上的激励。

以此为家，让我像在托斯卡纳，像儿时在佐治亚州一样，体验到了十分难得的日常人际交往的温馨之处。吃饭时和邻桌的夫妻交上朋友，互留电话号码；车旁边一位妇女正往她的车上放东西，便搭讪闲聊起来；在街上走路时，朝开过的车招手；人们称呼我为"大姐""亲爱的"；搬进新居，邻居送来热汤、水果、果酱、鲜花、蛋糕；要是生了病，那更会收到不计其数的礼物和问候。

希尔斯伯罗法院大楼建于 1845 年，我常驻足观赏这幢建筑。四根多立克式巨柱、光滑的砖墙、希腊圣殿式的外立面——想必是周围居民眼中的大手笔，小镇中心有这样一幢古典建筑，何其有幸！而穹顶上的大钟就是小镇的中心了。这座大钟的历史可追溯到 18 世纪 60 年代，可能是英王乔治三世的赠礼。本地居民对其十分珍重，在混乱岁月中将其保护起来，并从别处移到这里。在小镇广场上，大钟底下，我们对了时间。

绿色世界

这里的一切看上去都需要我们。

——赖内·马利亚·里尔克

每个园艺师都知道，"天堂"（paradise）这一单词源自"有围篱的花园"。有没有围篱倒不重要，花园总能给人一种精神上的陶醉，这大概是人离天堂最近的所在吧。不过艾德不同意，他说："快乐是快乐，就是太麻烦了。"不管有多少银莲花、波斯菊在风中摇曳，有多少野姜花、瑞香花、山梅花给门廊增添了香气，篮子里新采摘的番茄、茴香、辣椒和萝卜有多美味可口，总有一种力量让我不得安宁。我查看花圃，心里总觉得：还算不上尽善尽美吧？杂草长了出来，枯枝掉了下来，风铃草、风信子开过花之后便只剩下渐渐枯黄的残株。还有，为什么要在入口处种上 10 棵栗子树，害得客人们常有栗子砸头之虞？栗子树的根系会向土壤中排放一种毒素，让其他植物无法生长。喷泉为什么老出问题（马达又烧了）？罗莎·曼迪蔷薇为什么有黑点？桃树为什么莫名其妙地眼看活不成了？

我们在查特伍德有 30 英亩地，其中 6 英亩为已开垦栽种的花园，里面围着砖墙的玫瑰园堪称一绝，其设计灵感来自弗吉尼亚州威廉斯堡的园艺风格。

20 世纪 50 年代，当时的主人海伦·布雷克身为一位优秀的园艺师，为她的花房苗圃配上了围篱和四季常青的植被边界，这标志着她的园艺事业迎来了大发展。她对玫瑰的兴趣有增无减：不但从废弃的农场和种植园中采摘一丛丛的玫瑰，还在墓园里寻找稀有品种，最后收集了极为可观的珍稀法国玫瑰。可惜，到了今天，很多玫瑰都已香消玉殒，还有一些早已和标签对不上号，我也不知道某一朵玫瑰是不是海伦的"玫瑰图谱"上标出的"阿尔伯特王子"或"托马斯·利普顿爵士"。不久以后，我就意识到，为海伦留下来的玫瑰——标注名称可能要耗尽我的余生呢。

在这里定居可不像在别处买一幢普通房子：普通房子多配有几棵基础植物，零零星星有一些木本杜鹃花，前门的花圃里种着一年生植物，到了春季花上几天时间就能全部换新。查特伍德可是一个远近闻名的花园啊！早在 70 年前，这儿就是一个世界级的花园了。我曾经一鼓作气完成了多次整修工作，但这里一次又一次地告诉我：我接手的是一处前人遗址。这座荒废多年的花园，仍有很多地图标识可以作为整修的线索，只要好好打理一番，就能重现昔日的辉煌。不过，让我丧气的是：我干不了。那我应该怎么办？

在她事业的最高峰，海伦培育了 350 多株玫瑰，几乎没有重复品种。后来在多地陆续出现的"和平"花园，她肯定会嗤之以鼻：毫无创新！我好像看见她指挥着首席园艺师和几个工人，这里挖一锄，那里栽几株——一副信心十足的老板派头。我又看看我自己的指甲盖——杂乱不齐、满是泥垢。从她的时代过了 60 多年后，我参阅她的"玫瑰图谱"，想尽办法把枯死的玫瑰换成新的。珍稀玫瑰一般一年只开花一次，花期很短，开花时的淡雅香气，我感觉只有在香水柜台的试用瓶里才能闻到。她的伊斯法罕玫瑰枯死之后，我换了两次——我好想让它重放光彩啊！看看我，时不时地在泥土里摸索寻找旧标签，或者拿起枝条上仅剩的标签，努力认清上面模糊不清的字迹。5月末玫瑰盛开的时候，我手捧玫瑰指南，心里满满的都是敬佩和喜悦。那些玫瑰的美妙名字啊！我仿佛来到巴黎的杜伊勒里宫玫瑰园，或者走出巴黎，在约瑟芬·拿破仑的马尔迈松城堡游览一番；仿佛走进了马赛尔·普鲁斯特的作品里，品味着西多妮-加布里埃尔·科莱特对她母亲的勃艮第花园的描写。

看看那些玫瑰的名字吧！路易斯·奥蒂埃、黎塞留红衣主教、方坦·拉图尔、尚博尔伯爵、飞行员布雷略、提利尔夫人、玛丽·帕维埃、马尔迈松留念、塞西尔·布兰梅、细丝花边、路易·菲利浦、皮尔泽夫人、克洛蒂尔德·苏柏亚、阿马雷特、雅克米诺将军、白色风情、紫罗兰王妃、蒙特贝洛公爵夫人、穆里奈伯爵夫人、查尔斯·德·密尔、居伊什公爵、阿尔卑斯深红、亨利·马丁、菲茨·詹姆斯公爵、普雷沃斯特男爵、佐特曼夫人、阿尔巴·苏瓦奥伦、伊莉斯·瓦尔顿的留念、博勒佩尔司令、普朗蒂尔夫人、格里菲雷的阿尔贝汀、圣日耳曼狂欢节、法兰西荣耀、保尔·佩拉、索伯伊、希波吕忒。把它们一一列出来还真要花一番工夫。操持这么个玫瑰园费时费力，可我好喜欢！

海伦·布雷克的鬼魂在一旁哂笑：她才不在乎名字呢，那只是无聊的胡闹。她关心的是：为什么叶子会卷起来，然后掉落？为什么数百只发着荧光的甲虫飞来肆虐？只好用手把那些甲虫一只只摘下来，扔进肥皂水里处死。莎草香附子大肆入侵是怎么回事？（我的一位朋友就是因为这种杂草而放弃了园艺。）一定要深入地下铲除其四处伸展的根系才行。春天即将来临，也带来了挑战，让海伦陷入了沉思：怎样可以让她的玫瑰争奇斗艳，竞相开放呢？粪肥、泻盐、绿砂、苜蓿粉、棉籽粕、鱼精——这就是玫瑰要大量吸收的混合物。问题来了：一位真正的园艺师就像奔赴战场一样走进花园，而我却像一个敷衍塞责的母亲，放任孩子在大街上到处奔跑。短暂的花期终于来了，全体观众为这一盛况起立鼓掌吧！可是，海伦·布雷克，有一桩难事我想请教：在剩下的日子里，玫瑰园看上去荒芜落寞，这叫人怎么忍受？我只得在玫瑰丛中栽种石竹和百里香。然而，光秃秃的玫瑰怎么都不好看，所以还是闭嘴吧。

拥有了一幢古老的花园房子，意味着自己也属于它。这是自然而然的结果。只要一进门，就自然而然感到一种甜蜜的责任：要在老式温室中播种，每隔10天种一次莴苣，还要吃各种小瓜果，直到撑不下为止。同时，我也想精简一下。有一些多年生植物的苗圃已所剩无几，我想缩减其规模；我还想除去藤蔓，把长得杂乱无章的花床整个去掉；因为除草的费用高得惊人，我想直接种上地被植物。我支持有机作物；由于不在土壤中播撒草甘膦和西维因，所以种植成本大大提高，可是没办法啊，我绝不能使用这些家用除草剂。有一排年代久远的雪松，外表七歪八扭的，树心其实已经半死，我想请人来把整排移走，可是价格令人咋舌：比一辆新车还贵！另外，我不喜欢在树根部位加覆盖物的做法，这样看上去像企业景观设计，而且红色的那种覆盖物看上去就像狗食。

也许海伦·布雷克本人碰到我这样的情况，也只能考虑缩减规模吧。

有一栋两室的附属建筑物，里面满是死蟋蟀和干硬的肥料，我将其改建成艺术工作室和写作室，满足了我拥有一间"游戏房"的儿时夙愿。有一片伯福德式的冬青围篱，早已凌乱不堪，我全部拔了出来，这样后边的金黄色花床就一览无余了。艾德和能干的法利先生一起，在粗如象腿的冬青树干上绑了铁链，卡车再一拉，冬青就唰的一声飞上了天。我在一旁看着，差点叫出声来。

谷仓是1770年建成的，早已历尽沧桑，我想把它改建成一个聚会厅；在谷仓前面，我们修建了一个椭圆形泳池。在草坪上，我搭建了一个铁丝"小教堂"和一个铁丝宣传栏，用于年度艺术展的陈列，最近陈列的都是著名景观设计师约翰·比尔曼的作品。已经有两百人徜徉在我的草坪上欣赏艺术品，一边喝葡萄酒，一边品尝由鼠尾草和甜橙调味的酥饼、夹着甜椒奶酪和水田芥的茶点三明治。整个夏天，铁丝"小教堂"上面覆盖着葫芦藤和牵牛花，是个安静读书的秘密去处，我的两只猫也把它当作攀爬架。每个人都对我的花园赞不绝口。是我让这个花园重获新生，让它的精神得以延续，从而在某种程度上保留了这一遗址。然而，花园里的小溪被杂草堵塞，大丽花长成了刺目的大红色，而不是我想要的粉红色，优雅的海棠树看起来不妙，似乎正慢慢腐烂。

所以我渐渐明白：我把我的生命交给了查特伍德。

蔬菜园围着木头栅栏以防野鹿闯入，我们在里面种了草莓、黄瓜、百日草、响尾蛇瓜、辣椒、刺菜蓟……各种香草和小瓜果能收获一大堆，自己都吃不完。黄秋葵开着淡黄色的花，就像木槿，更适合种到花床里去，而不是蔬菜园。每次我挎着空篮子进蔬菜园，出来时篮子里就装满了饱满的番茄、种类繁多的香草和一束西葫芦花，这让我心情舒畅。有一天晚上，我们都出去了，一头母鹿跳过了 4.5 英尺高的栅栏，在百日草种植区里产了崽。由于没法带走小鹿，母鹿发了狂，几乎把整个蔬菜园都毁了。园艺师来锄草，才听见动静，就把一大一小两头鹿都放了出去。这下，园子里泥土都被翻了起来，已出芽的种子散落一地，我们只好重新种植。我听说播放保守派政治谈话节目会把动物都吓跑，下次可以试试。

也许有人会说，我的园艺水平只是半吊子。"要知道，"我丈夫艾德这么说，"你的主业是写作，你不能倾注全副心力来整修这么庞大的花园。"可是我喜欢辣椒，喜欢车库顶上的"凡·弗利特博士"玫瑰，喜欢小溪两岸的象耳果！要是没有我的努力，在大自然的黑暗力量作用下，这个小小王国会变成一片土狼出没、荆棘及踝的野地，我的心里也会充满负疚感。所以，我每天一大早就出来干活，脸上抹着防晒霜——在太阳底下，人都要晒化了。

　　我常常走出树林，来到汲水溪边，那里还残存一座汲水小屋。我的两只猫跃上石质汲水台，伸出舌头去舔不停翻腾的冰冷泉水。啊，这就是汲水小屋的泉眼所在，至今仍喷出清冽甘甜的泉水。查特伍德有数百株水仙，最早的几株就在这里；到了 1 月下旬，半隐没的地基边就开满了水仙，而不久以后，第一条铜头蛇也从某个洞里狡猾地探出了脑袋。我可以想象，当年佛塞特夫人（1806 年建造查特伍德的贵格会教徒的妻子）带着火腿、黄油和奶酪来到这个汲水小屋，这个至今仍涌动着冰冷泉水的地方。汲水溪从这里流出，汇入艾诺河。我们能不能清除溪中杂草，蹚水走向艾诺河？这会是多么快乐的事啊！我太向往了，就当已经成真了吧。

　　不知为什么，艾诺河一直没有被当作花园的一部分。我们的园艺团队已经砍去了艾诺河边的丛林灌木和杂木，还请了人使用大型机械来进行两个星期的砍伐、挖掘、锯木作业。最后，草坪延伸到了河边，从一片毛茛中望过去就能看见闪闪发亮的河水（我外孙说就像可口可乐的颜色）。艾德买了修剪高处树枝的加长工具和一架新的除草机。接下来还有好几个月的艰苦工作呢。情人节那天，一向浪漫的艾德送了我一把链条锯，我一下子明白我们都被这花园蛊惑了。我们在另一条小溪上方安装了一条排水管，这样，我们便拥有了一条一英里长的河边步道。我们的几位邻居常来我们这里走走，我们也去他们那里走走。树林里有很多月桂树，粉红色的月桂花娇小可爱，让我想起了我 8 岁时穿过的一条圆点背心裙。在艾诺河边徒步旅行是妙不可言的享受：胆小的乌龟被吓得从原木上滚落下来，巍峨的树木把阴影投射到晶莹发亮的地面上，岩石缝隙中隐藏着生姜和羞怯的蕨类植物。

在泛黄的花园地图中，我找到了查特伍德各个古老花园的原名："马蹄花园"，我叫它"鸟舍花园"；"湖底花园"，现在是长方形的"草坪花园"；"秘密花园"，现在是一个圆形的石质露天平台，被称为"月亮天台"；"杜鹃山岗"，虽然现在一朵杜鹃花也没有了，但名字确实不错；"日晷草坪"，可惜已经没有日晷了；"枫树大门"，我叫它"低地大门"。只要多翻翻，就能有所发现。现在，我们又为查特伍德增加了"短溪花园""胡桃椭圆花园""汲水溪花园"，甚至还有个"婚礼花坛"，因为我们总是盼望有人在通向草坪的长露台上举行婚礼。我们造就了那么多给人带来快乐的地方啊！我们还想象出了那么多精彩的事，那些事可能永远都不会发生呢。

我从海伦·布雷克和她之后的房主那里继承了一笔巨大的遗产。我现在清楚地知道，粉红色风信子会在2月底绽放，水仙花会一直盛开到3月，伴着粉红色的耧斗菜和鲜艳的荷包牡丹；弗吉尼亚风铃草会在4月陆续开放，而到了5月，玫瑰、铁线莲和毛茸茸的"莎拉·伯恩哈特"芍药争奇斗艳。（鸢尾虽然漂亮，但我不喜欢，因为其剑形叶片在短暂的花期以外显得较为丑陋。）萱草（通称"一日百合"）品类繁多，需要一一分开，野姜花、马蹄莲和真正的百合"凝望星空""卡萨布兰卡"都能一直开到盛夏。到了酷暑时节，南方花园都在热浪下苟延残喘的时候，草夹竹桃、松果菊、大叶醉鱼草、金光菊和秋牡丹为夏日带来了一丝清凉。

前人们啊，感谢你们！你们也忍受了恙螨、虱子、毒藤、晒伤、肌肉拉伤、蚊虫叮咬等困难。一个春日的早晨，我从门廊向外张望，看着这个绿色世界。"早上好！"我大声喊，只听见树林那边传来的回声。"早上好!"空气送回了我的声音——抑或是大地的声音？英国诗人杰拉尔德·曼利·霍普金斯写道："在事物的深处，有最珍贵的鲜活。"就在不久之前，冬天褫夺了色彩，让我们的花园只剩下单调的灰、褐、黑，只有黄杨和雪松为冬景带来一抹亮色。如今，一阵细雨后，朗润的绿色触目可及，各色鲜花点缀着缤纷天地，在各自花期内绽放美丽后便枯萎殆尽——这也是我们身处的循环呀。

山茶花

    我的朋友们来的时候，我藏到了床底下。母亲找遍了整幢房子，终于发现了床罩荷叶边下面露出的一只黑色漆皮鞋。"马上给我出来。"她命令我并把我拖了出来。餐桌上堆满了礼物，我的朋友们喝着潘趣酒。餐桌中央的一个银质台子上放着母亲做的三层蛋糕，上面插着四根蜡烛，糖霜白得发亮，装饰着淡绿色的玫瑰花样。蛋糕上最惹眼的是一圈粉红色的柔美花朵，由闪亮的叶子烘托着的山茶花。从那时起，粉红色山茶花便深深植入了我的记忆中。

    我买下查特伍德老房子后，发现后院里有十几簇 25 英尺高的山茶花，每簇有一辆汽车那么大。这些山茶花已有 80 年历史了，它们竞相开放，其鲜艳色泽就像彩带糖果。谁能深入山茶簇中，看看里面是不是有两根树干呢？巧的是，这些山茶花都是深浅不一的粉红色，从淡粉到西瓜瓤的深粉，在冬日的黄昏中发出夺目的光泽。

    我从花园笔记中读到，1996 年"弗兰"飓风摧毁了此地的 17 棵巨型树木，让山茶花失去了保护。山茶花仍然按时盛开，但很快就凋谢，只留下一地残红。我考虑在花期后修剪一下，但山茶簇内部太茂盛了。整个夏天，这些山茶簇不见一朵山茶花，只有小鸟从里面飞出来，一只叫着"比洛洛"，另一只应和"滴滴呀"。

    在蛮荒的南方，我本以为会有日光穿透深林，林中除了长叶松、月桂树和直入云霄的木兰树，还有茂盛的山茶花藏在高大的蕨类植物下面。才不是这样呢！山茶花虽然在南方花园中极为常见，以至于被当成本土植物，但它实际上是 18 世纪才从亚洲传入的。在中国云南昆明的盘龙寺，一株名叫"松果鳞"的元代山茶花从 1347 年存活至今。真是不可思议啊！和它相比，人类寿命简直微不足道。

山茶科（Theaceae）有三个主要品种：山茶、茶梅和茶树。其中，开小白花的茶树出产茶叶。山茶花盛开时，我倒是要闻闻有没有茶香呢。至于山茶和茶梅，目前共有 3 000 多种，有的像大丽花，有的像康乃馨，有的像玫瑰，还有的像栀子花。真是应有尽有啊！

尤多拉·韦尔蒂在密西西比州杰克逊修复了一处花园，我曾去拜访过。她和她母亲切斯蒂纳都喜爱山茶花。尤多拉曾在纽约读书，她母亲通过火车给她寄去了好几箱山茶花。（这种火车服务倒是了不起呢。）从哥伦比亚大学毕业后，尤多拉回到杰克逊居住并开始将她喜爱的山茶花样本寄给朋友们。"我把枝条缝在运输箱的内壁上，这样，花就不会在运输途中移动、碰撞。我在一个运输箱里只放四五朵花。通过夜间列车运输，第二天就能到纽约。"韦尔蒂花园中的大部分植物都是切斯蒂纳选的，不过尤多拉在 1943 年写给情人的一封信中说，她计划在一处弧形花床中种植 7 株山茶花：赫耳墨斯、奥尔良公爵、蓝白红三色、伊丽莎白、赫耳墨斯（重复了）、完美粉色、蕾拉（又名凯瑟琳·卡斯卡）。山茶花之间种上水仙花，再加一点风信子、七瓣莲、鸢尾和郁金香——这是一种典型的早春花卉配置。我曾按这一配置种过，以示对她的敬仰。其中，我特别喜欢"完美粉色"山茶花；虽然名字有点俗气，但它外形和色泽纯洁无瑕，展示出沁人心脾的美。

韦尔蒂花园草坪上的棚顶花床里有 10 簇新种的山茶花，我选了"埃莉诺·哈古德"和"社交新人"，因为我想起了小时候就是在那样的山茶花底下玩耍的。我的发型师交给我一麻袋金色、灰色和褐色头发，我用网兜装起来，挂在山茶花纸条上。既然我家的男人不愿意在植株上撒尿，我就只好用头发来驱走野鹿。此外，我还撒了大蒜。几个星期后，叶子还是被啃干净了，茎干被咬到了芯子；山茶花别说开花了，就剩一堆残枝败叶，半死不活。下次得把花放进铁丝笼子里！

老房子的某个前主人在砖砌的烟囱前种了一株红色山茶花，色彩十分亮眼。我偏好柔和的色彩，不喜欢花园里出现红色，所以考虑将它移走。不过转念一想，在寂寥的 1 月，只有红衣凤头鸟在积雪和反着白光的树叶之中蹦蹦跳跳，红色山茶花正好与之呼应，不是很好吗？于是，这株看似格格不入的红色山茶花成了我的最爱。图书馆的窗户开在壁炉两边，窗外鲜艳的花朵几乎凑到了玻璃上，点缀了惨淡的冬景。你好呀，你好呀！小小世界里的一个冬日下午，正好泡一杯茶呢。

木兰花

"啊，你近来怎么样？我的木兰花，你气色真好呀。"我的一个姐夫，要是碰上一个女人，他想不起名字来了，就这么搭话。（男人的无聊套路。）木兰花有极丰富的比喻意义，可用于赞颂女人是一朵神秘而美丽的花，拥有妖媚的香气。同时，全世界都知道姐夫比尔又忘了某个女人的名字了。

木兰花是地地道道的南方品种。别的花有这样的魔力吗？加利福尼亚罂粟花、华盛顿樱花、得克萨斯矢车菊？都不可能，它们没有强烈的香味把人熏了个跟头，没有乳白色的花蕾、脸盘大的花朵给人带来奢靡的美感；总之，它们缺乏木兰花那种"派头"。我记得我第一次参加葬礼的时候，看见黑得发亮的棺材上面放着一朵盛开的木兰花——一朵就够了啊。

我曾在加利福尼亚旅居多年，那时最让我魂牵梦萦、怅然若失的就是家的各种气味。那时，每次我一回到家，吃过晚饭就出门去听树蛙和夜鸟的刺耳大合唱，吸一口甜丝丝、湿漉漉的空气。月光闻起来就像忍冬，还是忍冬闻起来像月光？我小的时候，常把自行车放在一丛栀子花后面，倚靠着红色谷仓。如今，只要我一骑车，我就想起栀子花那种甜得发腻的颓靡本色，其花瓣一碰就会出现褐色的印痕。

在我位于北卡罗来纳州的花园里，所有这一切气味应有尽有。瑞香花看似凌乱不堪，却发出了美妙的香气，再高明的匠人也配不出这样的香水，令我十分开心；茉莉花长到了大门前的台阶上，下面可能藏着铜头蛇，可是令人迷醉的茉莉花香飘进了门廊，就算有点不方便又怎么样呢？

我搬进来的时候，也接收了一个巨大的花园，整个夏季各种花次第开放，随着微风送出迷人的香气：茉莉花、忍冬、栀子花、玫瑰……冬天，瑞香花带来了清新的热带气息。春天，在草坪上俯下身子，感受紫罗兰传达的那种无言的乡愁。这些都是美妙的香气，可是真正带有我们南方魔力的还是木兰花。

高大的木兰树就像热带雨林一样原始：叶子背面就像绒面皮革骑马套裤，球果十分坚硬，根部长出枝条紧紧抓住地面并向外延伸，根系极为发达，让任何其他植物都无机可乘。

我们有两棵高大的木兰树，一棵离老房子极远，所以它掉落的大堆树叶我根本不放在心上，可是另一棵就离我的卧室窗口太近了啊。哪个笨蛋会在这儿种木兰树？虽然这棵木兰树遮挡了阳光，但我倒是很喜欢看阳光为树叶镶边的景象，尤其是树叶覆雪的时候，更是晶莹透亮。夏夜，我一拉起窗帘，就看见琼玉满眼，闻到满屋清香，不由感慨："得此佳境，夫复何求？"

栀子花

　　一个潮湿的夏夜，我和麦克斯把车停在新奥尔良花园区的一条小街上，把车窗摇了下来。（"停车"曾是个意味深长的词呢。）他那帅气的嘴部就像来自米开朗基罗的《大卫》雕塑，他又是多么健谈啊。他的手看上去能够雕琢各种事物，也包括我吧。他喜欢诗歌，喜欢俄罗斯小说，而那也是我的最爱。当他引用詹姆斯·乔伊斯的独白"是的，我愿意"，我简直被迷得晕头转向。要知道，我那时是个无可救药的文艺青年，认为谈恋爱一定要引用叶芝和济慈的诗句，要传递卷起来的小纸条，要在海上的阳台中翩翩起舞，要坐在柳树下一起读书，要听对方亲口吟诵约翰·邓恩的名句："在未睹你容颜、未识你芳名之时，我已一再且再三倾心于你。"可是，这一次麦克斯吸引我的是他强健的身体、他肌肉饱满的肩膀、他刮去胡子后的青印——他是个男人，而不是我以往认识的那些瘦弱男孩。在那些闷热夏夜，我也曾汗津津地和别的男人亲热一番。可是这次不一样——麦克斯已经订婚了，他的未婚妻在外地。让我和他走到一起的，一半是爱情，一半是欲望。我当时拜访我的一位大学室友，逗留了两星期，麦克斯是她的哥哥。我的大学室友不看好这段感情，因为麦克斯的未婚妻是她的朋友。麦克斯当时24岁，比我大5岁，看上去就像年轻版的海明威。我穿着一件低圆领的白色孔眼连衣裙，腰间系着紫红、品红和玫瑰红的天鹅绒丝带——这是我自己设计的。要是不小心的话，连衣裙的纤薄布料会扯破的，那我和他深夜回到他家时，我该怎么对一直等待的他母亲说呢？车窗外，雨点突然打到蒙了一层雾气的挡风玻璃上，带来了栀子花的浓郁香气。我从他的怀抱中挣脱出来，扭头转向开着的车窗，看见月光下苍白的花朵都在倦怠地点着头。"别碰它们，"我母亲每次把刚摘的花朵拿回来放在水晶碗里的时候都告诫我，"一碰就不好看了。"

我伸出手，摘下一朵花，放在他眼前。"你。"我说。"你。"他重复我说的话。悠长热烈的吻，仿佛要把对方吸进来，伴着栀子花的催情香气；还说了那么深情的话，第二天早晨我上火车去亚特兰大的时候还能听见——可是我从此再也没有见麦克斯。

我遇到艾德后，他问我："你最喜欢什么花？"

"栀子花。"

"那我以后每天就在你床边放一朵栀子花。"（好浪漫啊。）我们住到一起后，这个爱情的承诺他遵行了——两星期。

很多年后，我向艾德和盘托出，告诉了他新奥尔良那一夜所发生的一切：车里柔情缱绻，充盈着被雨打湿的栀子花发出的浓郁香气。在那一夜，我心里想，先把济慈放一边吧。我还告诉艾德，麦克斯最后娶了从外地回来的未婚妻。

我以为艾德总会感觉有些酸酸的，不料他这么回答："这个故事其实说的是你的母亲。'别碰花瓣'，所以花才能保存得那么好，这就是你赶火车回家的原因啊。"

他给我带了玫瑰。一直是玫瑰。

太阳停滞不前

筋疲力尽——从 11 月中旬到下一年的 1 月，这个词就不断闯进我的脑海中。我做了无数表格来记录事情，甚至做了表格来记录表格。在我成年后的记忆中，感恩节总是这样：过节时大吃大喝，过节后疲惫不堪。是的，我喜欢为餐桌铺上绣着字母的经典款餐巾，摆放刚擦亮的银质餐具，为客人们一一写好席卡，用鲜花来装点餐厅，甚至提前三天准备菜肴。我爱吃玛丽姑妈的玉米馅面包和我母亲的红糖松饼、奶油浓汤。

至于大餐本身，总有点不尽如人意。有些菜已经凉了；有些不太熟的客人喋喋不休地谈论诊所预约、手风琴表演和儿时轶事，我只得在一旁奉陪。大餐一会儿就吃完了，台子上堆满了酒杯和没人动过的配菜。辛辛苦苦操劳一番，到头来就是这样？

我拿出好几卷保鲜膜来，把所有剩菜都包好送给别人。25 磅（1 磅 ≈ 0.45 千克）重的火鸡做好后一会儿就干瘪了。我要是能以意大利烹饪方式来做火鸡肉就好了，切开后填上开心果、面包屑和小牛肉，然后系紧，旋转烘烤——可惜感恩节风俗里不是这么做的。约定俗成的做法就是，将火鸡外浇卤汁、内填馅料，整个端上餐桌，然后我丈夫在电脑上查一下切火鸡的视频，漂亮地将它大卸八块。

我女儿为感恩节准备的火鸡和清教徒纸板画还没有收起来，桌布还没有熨平、收纳入柜，圣诞节就已经在向我们招手啦。来装饰屋子吧！每年，我们都想为每一个人准备一份礼物——我们要是只有一份礼物，赠给一个幸运儿，那我们也未免太妄自尊大了吧。当然，我们也要简化一下：采购、订购、包装、递送、接收这一大堆事，我们不想参与。我们只想在圣诞节享受美食、增进友谊，在壁炉边度过一个暖洋洋的黄昏。是的，我们就是这么做的！我们邀请朋友共进晚餐，还自己动手做冬青花环。（自己动手真的好吗？）我们把自己烘焙的芝士条、山核桃和我母亲的"玛莎·华盛顿"黑巧克力豆装进可爱的小箱子里，分发给朋友们。可是我们忙得团团转的时候就像得了健忘症，时刻担心送给甲的是否投其所好，送给乙的是否恰如其分，而对于万事不缺的丙，又该送点什么呢？突然之间，圣诞树下放满了礼物，都堆到了膝盖那么高。小时候的尴尬回忆涌上了心头：大概9到10岁的时候，我打开了十几件礼物，然后抬起头一脸无辜地问："就这么点儿？"

怎么办呢？还是把礼物都捐给慈善机构吧。如果一所学校能保证学生都有睡衣穿，那也可以捐给它；或者把礼物赠给图书馆。出资认领教堂圣诞树上的一颗星星，这样本社区的贫困人群也能吃上一顿圣诞大餐。即使做了这一切，圣诞节仍然是叫人抓狂啊。

英国诗人托马斯·坎皮恩写道："冬夜漫长，长若人生。"年末的冬夜，为何有这样的忙乱慌张？我觉得吧，可能有一些原始的因素在起作用。

堆满了美食的餐桌旁边，各种包装纸、彩条、缎带下面，有一种神秘的力量正在酝酿，而人类感情则变得脆弱了。科技尚不发达的古人早已认识到，这种力量带来了最黑暗、最漫长的一夜——冬至。古人认为，太阳在和黑暗的斗争中落了下风，即将死亡，而整个大地也将随之毁灭。因此，冬至就是"太阳停滞不前"。如果太阳落山的话，它就会永远消失。真会发生此事吗？我们根据经验，当然认为此事绝无可能，但是我们骨子里的本能让我们有所动摇。我们 DNA 的螺旋中刻有远古的印记，让我们感到一丝不安。我们来自未知之地，注定在这个世界上完成一段短暂的旅程，然后再次坠入未知之地。因此，不管我们对于冬至假期持有何种宗教信仰或异端传统，我们最想赠予我们所爱之人的，却不能如愿以偿。赠予人和受赠人冥冥中都知道这一点。

所以我们提出了永恒的问题："就这么点儿？"所以我们永远在担心："她是不是喜欢？"所以有人在浴室里偷偷哭泣，有喝醉酒的两兄弟在厨房里打架。所以《圣善夜》在商场里循环播放时，有噙满泪花的眼睛。

年末假期的欢乐气氛是有深远意义的。在这白天最短、黑夜最长的一天，地球向着光明前行，在这关键的时刻，我们感受到生命的悸动，发现离真理又近了一步。向宇宙发出无声的信息：让我自由，让我拥有我自己的家——我的生命。

冬至的危机过去了。白天变得越来越长。这难道不是个美好的假期吗？白猫在河边小径上跳来跳去；红色山茶花压到了结霜的窗玻璃上；烤箱里的蛋奶酥涨到了顶；一个孙辈小男孩很爱读书。"给我念吧。"他说。我当然乐于从命。一个表兄不再狂躁，现在对他的骑行防风夹克十分满意。"正好春天穿。"他笑着说。我女儿浏览着她新买的以色列烹饪手册，大呼过瘾，对我说："我们开始素食吧！"每个人都信心满满、和蔼可亲。

"冬至过去了，我很高兴。"一个邻居坦承。

"元旦前把那棵树砍了吧。"我丈夫建议。

我正在看我那本列着园艺项目、春季种子订单和食谱的笔记本，便抬起头来回答："这么早就砍了？还没到时候呢。我不是告诉你了吗？这次订购的 50 棵树元旦就要到了。"

"玛莎·华盛顿"黑巧克力豆

玛莎·华盛顿（乔治·华盛顿之妻）真的做过这种巧克力裹着软糖的美味糖吗？每个圣诞节，我都做这种黑巧克力豆，这是从我母亲传下来的习惯，现在我女儿也学会了。我母亲在屋后门廊完成软糖球浸巧克力的工序，因为那里温度低，巧克力一会儿就凝结了。黑巧克力豆不但做起来很好玩，而且收到这一礼物的人无不喜上眉梢。黑巧克力豆非常管饱，送一份礼物似乎就够了，可是还没等到晚上，一碟黑巧克力豆就见了底。

首先做 50 个软糖球：

半杯软化的无盐黄油

4 汤匙浓奶油

1 茶匙香草精

1 磅滤过的糖粉

1 杯碎山核桃

将前 3 种原料调和搅拌，然后慢慢倒入糖粉，最后加入山核桃碎。

将软糖块搓成可以入口的小球。

将这些小球放在两片垫着蜡纸的烘烤板上。

放入冰箱冷冻。

软糖球浸巧克力

8 盎司（1 盎司 ≈ 0.028 千克）高质量半甜巧克力

4 汤匙无盐黄油

5—6 滴香草精

3 汤匙奶油

将巧克力和无盐黄油倒入小平底锅，以小火融化，然后加入香草精和奶油。

开到中火，把锅拿开，放在方便操作的地方。

用牙签插着软糖球，迅速浸入巧克力中并旋转一下，使其全部被巧克力包裹，然后把软糖球放在蜡纸上。如果巧克力开始结块，就把锅再放到火上热一下。

所有软糖球都裹上巧克力后，在牙签扎的小洞上填充适量巧克力。

将软糖球重新冷冻起来，直至成形。将软糖球从蜡纸上取下，放进礼物盒中，储存于阴凉处。

秘密的地方

  一个人在寻找居所的时候就像无所不能的神一样，选择未来人生的走向。虽然可以为居所命名、制定边界、创造属于自己的空间，但是有时候也感觉像一只倒霉的狐狸，忍痛咬自己被捕兽夹夹住的腿："放我出去！我要回家！"寻找居所固然令人焦虑不已，但也带有几分古怪，因为在考虑厨房料理台、步入式衣橱和特定学区的时候，一片混乱中忽然被来自以往经历的某种非理性情绪所左右。黑兹尔姨妈在家里到处铺上了西班牙瓷砖，玛丽姑妈在维达利亚有个方方正正的农场。杂货店里听见别人闲聊，不由产生了一些幻想。"我喜欢她家那间装饰着珊瑚和鼠尾草的大屋子。"结果自己也想要一间装饰着珊瑚和鼠尾草的大屋子。

  在我遇见查特伍德之前，我在北卡罗来纳州到处寻找合适的居所，曾经看了一幢覆着黑色百叶窗的白色老房子。那里房间太小，逼仄的厨房里贴着灰色塑料装饰板，铺着油地毡，所以我一下子就把它排除在外了。那个房产中介对我说，房间可以重新布置，可是这样一来，承重墙就要拆除，我至少得等 10 个月的时间才能在那里拌沙拉。此外，餐厅门帘、印有香草图案的瓷砖、食品搅拌机等设施年代久远，简直可以放在博物馆里展出了。

  然后，非理性情绪冒了出来。我走出破旧不堪的屋后门廊，就踏进一个英格兰式花园，里面的各种多年生植物和玫瑰充满了浪漫气息。不错嘛——我在哪里都能种出这样一片花园来。不过，沿着花园小径一直走，穿过薰衣草，尽头竟是一间游戏房，门廊上挂着紫色牵牛花！

我小时候一直想有一间游戏房。我父母一开始答应的，可是后来又忘了，此后虽然严词拒绝，但允许我使用房子后面的谷仓里一间昏暗的储藏室作为游戏房。我想办法把手提箱和野营皮箱摆成床和桌子的样子，偷偷拿来了勺子、烤盘和一只玻璃天鹅，还为我的狗准备了一个针绣垫子。

几十年过去了，现在，眼前正是我儿时日思夜想之物。在我的想象中，这间游戏房里有一张圆桌，我可以摆上微型锡制餐具和一整套蛋白石绿茶具（后者是我姐姐的，她上大学去了，我从她壁橱里偷偷拿的）。在窗户底下，我可以放钢丝床，让我的娃娃们睡觉。

可是，房间里只有一书架发霉的书和一只被松鼠咬坏的泰迪熊。

"你在里面没事吧？"那个房产中介对我喊道。她正在一棵紫薇树下打电话。

我不能动弹，也不能出声。慢慢退出来的那一瞬间，我几乎瞥见了儿时的我，喝着酸草茶，怀里抱着身穿漂亮衣服的爱丽丝娃娃，身边排着一圈各种婴儿娃娃——是我给了它们"生命"啊。

托马斯·沃尔夫说："人不能回到记忆中的家。"他为什么这样认为？我当然能回到记忆中的家。只不过别指望有人来给我开门。我随时可以进门，随时可以在以前住过的房间里走一走——正是这样的地方，让我成为现在的我。睡不着觉的晚上，到了凌晨 3 点，仿佛还能听见我的家人们在厨房里大笑、敲击锅碗、倒威士忌、为最后一片坚果比萨而吵闹不休。

我们最后没有买那幢老房子。艾德生怕我会为了那个游戏房而忽视了老房子的重大缺点：楼梯间窄得要命，走路都不方便，浴室还是

20 世纪 50 年代建的。

我放下了这件事，又跟着那位热情的房产中介看房子。我对老房子情有独钟，毕竟我在意大利的旅居岁月让我明白，对老房子应该珍惜、保护，而不是毁灭、重建。我明白一幢全新的房子有很多优点，但是一幢老房子能带给我更多的惊喜，激发我更多的好奇心。曾有很多老房子让我倾心不已。那位房产中介载着我们进入一条小巷，尽头是一幢笔直的农舍，屋顶上有书档一样的烟囱，前面有个门廊，四周有木兰树，旁边就是滨河草坪——我几乎在打开车门前就想在购房合同上签下我的大名。艾德也是一样的看法：这里简直就是伊甸园。

走进屋子，气味闻上去有点像我在意大利拜访过的那些封着门的乡间小教堂。厨房壁炉配有一个摇臂，可以把锅架在炭火上。黄铜水槽，随处可见的书架，旋转楼梯，多层玻璃窗映着外面的绿色景观——这就是我们的家。就那么快！人生中的很多重大决定都是出自这样真心诚意的现场反馈；就算以后确有一些弊端出现，也足以说此生无憾。

和大多数农场一样，主屋周围有很多附属建筑。我们突然拥有了谷仓、工具间、老式温室、三间井房、两间玫瑰培育房，还有一间长方形白色屋子，大约 12 英尺 × 30 英尺，不知道是派什么用的。有两扇门通向几间小屋子，里面乱七八糟地堆着固化肥料、缠绕的水管、铁丝卷、锅具（有些尚完好）、生锈的喷壶，还有几千只蟋蟀在垃圾碎屑中跳来跳去。我的脑海中一下子浮现出儿时的游戏房。

搬进来两年多了，我忙于应付老房子里各种意料不到的东西（煤油散热器是什么？）。我早已忘记了"蟋蟀小屋"，有时候打开门，看一眼就走了。一个冬天的下午，我读到了本地历史学会的建筑论文，里面论述了砖砌的夏季室外厨房、只有一间房间的法律事务所、小型校舍、花园房间、户外厕所、马车房等。于是，我开着车到处探访这些地方，途中思索着我小时候为什么想要一间游戏房。一开始我以为，我那时也许是想模仿大人的家庭生活，也许是想当一位"见习妻子"，提早操练家务能力。可是当我想象自己就是那个9岁的小姑娘时，我便认识到游戏房有更深的意义：这是我自己创造的一个秘密的地方。对！就在弗吉尼亚州，那个我自己的房间。突然间，福至心灵：蟋蟀小屋！就在那儿，等待我的改建。

在一位杂工的好心帮助下，我成功清除了小屋内的所有死蟋蟀和蛇蜕。那位杂工开了两扇窗，安了玻璃，取下了门上的木板条。有了自然光照！他还铺上了隔热材料，给墙壁装上了胶合板。小屋里终于通了电。在仔细清理了水泥地面之后，我们上了一层柔和的湖绿色，并给墙壁漆了三层奶酪白色。

我在主屋里有一间书房，谁都可以来找钥匙、找眼镜、询问订机票事宜、询问晚饭内容。我的外孙在我的电脑上上传、下载、查资料、玩游戏。他、我和艾德在这里商量出游计划。我的书桌被电脑占满了，没有空处放多余的东西，不能把书摊开放，也不能把稿子并排摆着读。现在好了，有了两间刚装修好的小房间，空荡荡的，亮闪闪的，等待我入住。

一间可作为读写室。我在一家寄售店里买了一张粉刷过的木制书桌，把阁楼里的杂物架拿了过来，又买了一张老式藤椅。一切都准备好了。另一间则可成为艺术工作室，放着锯木架、画架，还有一个公告板，上面贴着我从博物馆里收集的艺术明信片。我其实称不上艺术家；这个艺术工作室只是成就了我的幻想而已。我在一大堆建筑书中徜徉，画一些没人看的抽象水彩画——实在是不登大雅之堂啊。我幻想着我以后会解锁我的新技能，画一些神秘的油画。

"蟋蟀小屋"的门对着一处杜鹃花床。没有人来到这个偏僻的地方，所以我无所顾忌，可以写 30 个句子作为一部小说的开头，可以查看皮耶罗·德拉·弗朗切斯卡画的所有中世纪头像，可以分析一首长诗的结构；也可以安安静静地阅读一本杂志，或者为派对来宾填写席卡。有时候我在旅行或者工作正忙，也会想象有两间静谧的小屋在等着我。家的意义里面，有相当一部分是对家的想象。

在查特伍德，老房子周围的附属建筑也许并不是都有什么实际用处。在我的想象中，一个女人在附属建筑中整理花园种子、写日记、制作陶罐、缝纫衣服、写剧本、织布，而在主屋中，她缺席的生活正热火朝天。

通往游戏房的小径——走这条路吧。

我的南方口音

人不能回到记忆中的家，但事实上人也不能离开记忆中的家，所以扯平了。

——玛雅·安吉罗

我在加利福尼亚、纽约、新泽西和意大利长期旅居，口音早已发生了一些变化，但我打招呼还是用南方的口头禅"y'all"（大伙儿）。现在，在我的家乡北卡罗来纳州，这么说不会引来旁人发笑。在这里，蛋糕上的糖霜是叫"icing"，而不是"frosting"，凉拌菜丝是叫"slaw"，而不是"coleslaw"，做火鸡时是往上面抹调味料，而不是往里面塞馅料。在这里，人们说"caramel"（焦糖）时把当中的"a"发出来，而不是别处难听的"kar-mul"；说"pecan"（美洲山核桃）时读成"pee-kahn"，而不是"pee-can"。我虽然不像南方人那么说"您太贴心了"（bless your heart），但我喜欢听别人这么说。南方人都知道，"您太贴心了"不一定是好话，有时候可带着讽刺呢。

我喜欢每一种南方口音。现在我回到了南方，我的佐治亚口音变得更加明显，我想起了"眼看着"（fixin' to）、"在那块"（yonder）、"估摸着"（reckon）等南方常用语。"眼看着"（fixin' to）包含了一种动态，"在那块"（yonder）听上去比"在那儿"更远，"估摸着"（reckon）传达了一种个人揣度的心思。"大伙儿"（y'all）也有这样的作用。"你们"或"大家"只是模糊的称谓，而"大伙儿"则意义明确：如果我说"请你们来吃晚饭"，那么听话人不知道受邀范围有多大；如果我说"大伙儿都来吃晚饭呀"，那么听话人就知道是全家受邀了。甚至还有"大家大伙儿"（all y'all），那范围是大得没边了。

在我年轻时的旅行中，人们对我的南方口音有各种不同反应。在弗吉尼亚州的女子大学读书时，我们几个女生跳上火车，去普林斯顿和安纳波利斯参加派对，那时完全想不到南方姑娘有那么大的魅力。在寒冷的周末，相亲对象却热情似火；他们肯定是在思维定势中想到了南方沼泽的潮湿夜晚、微风里飘来的橙子花、在木槿花丛里采蜜的蜜蜂。

我去那儿太过频繁了，祖父就下了禁令，因为他不要我嫁给"一个平平无奇的北方佬"。后来，在人们说话不带口音的加利福尼亚，我感到我就像一个外国人，不过有几个悠闲安逸的同学一开始以为我来自三代近亲结婚的家庭。再后来，我因丈夫工作调动去了纽约，他的老板对我热情有加，不过说了几句话后便笑着问我："水蜜桃小姐，那么你打算上个语言训练班吗？"我注意到他带有纽约人特有的尖锐鼻音，便故意用甘蔗糖浆一样的拉长声调回答："才不，你呢？"

南方人都知道，自己在别的地方一开口就暴露了身份，往往被人视为种族主义者或者榆木脑瓜。当然，别人以这样的有色眼镜看我们，我们也有办法回击。20世纪70年代的亚特兰大幽默专栏作家刘易斯·格里扎德很不客气地嘲讽说，纽约口音是最好的节育手段。最近我看到一篇文章：一位芝加哥女人移居夏洛特后，非常担心其三岁孩子有南方口音。在评论区，一位南方人说了这样一个故事：他移居密歇根州之后，人们说他的南方口音难听，他就反唇相讥："你们听上去就像垃圾箱里快死的负鼠。"我父母有一次招待一位纽约朋友，尽管我母亲夸他有很高的素养，但我还是在厨房里嘲笑他把"狗"

（dog）读成"dwahg"，把"想法"（ideas）读成"ideers"，把"迈阿密"（Miami）读成"Mee ah' me"。结果就是我腿上挨了一脚。

南方口音所带来的个人好处，我基本上是很喜欢的。优美的嗓音拥有比竖琴更多的柔和音符，每每让我醉心不已。从英语词源学来说，"口音"一词来自"歌唱"。虽然有些方言浓重的人说起话来有点刺耳，但大多数口音都带有几分音乐感。更不用说，我通过口音找到了不少"老乡"呢！即使在天涯海角，也能感受到一种家乡的亲热劲。在罗马的一家餐馆，我听到邻桌传来抑扬顿挫的南方口音。不一会儿，侍应生来倒葡萄酒，上来就是一句"你们打哪儿来啊？"。于是，我们马上就知道了她妈妈在哪儿出生，哪个表兄上了亚特兰大的埃默里大学，她爸爸是盖恩斯维尔的一个汽车经销商。在旧金山的一个牙科诊所，我坐在检查椅子上时，一个牙科护理员对我说："您说的是南方口音吧？我老家是南卡罗来纳州的格林维尔。"刚才她滴水不漏，现在就马上换成南方口音了。（对于移居外地的南方人来说，随时切换口音是必备技能：必须用大众口音来掩饰来历。）她在用尖头工具凿我的牙龈的时候，说了她的疯狂亲戚的很多轶事来让我放松，最后对我说："你得多用牙线。"她把"牙线"（floss）读成了"flawss"。口音带来的亲近感让我十分受用。南方人说话的独特韵律可以归结如下：常常丢失词末的 g 和 r，如 going 变成 goin'，over变成 ov-ah；改变重音，如 behind 读成 BE-hind，Thanksgiving 读成THANKS-giving，theater 读成 the-ATER；连读，如 at all 读成 atall。这些对我来说都意味着家啊。

口音已逐渐走向没落。外来人口不断涌入，媒体严格使用标准音，人们害怕被区别对待——这些都淡化了地区差异。人们担心南方口音会影响事业发展。等等！难道有人认为莫莉·埃文斯、杜鲁门·卡波特、托马斯·沃尔夫等南方作家技不如人？多莉·帕顿、摩根·弗里曼等文艺界人士低人一等？水门事件听证会中的著名律师萨姆·欧文也是南方人，谁要是看轻了他，就会被一连串的犀利问题搞得焦头烂额。还有约翰逊、卡特、布什、克林顿等总统都是南方人。所有这些人都带着南方口音呢。各地口音丰富多彩，如果我们说起话来像计算机一样一成不变，那真是可悲呢。我教我外孙用南方口音说 riv-ah（"河"，river），他不会；他在新英格兰的老师和朋友都不会说南方口音，因此他多半也掌握不了。这也是没有办法的事。这个国家很大，有很多具有深厚底蕴的地区，我对此深感欣慰。我们还是应尽可能地保留我们的文化遗产，包括口音。

学了意大利语之后，我开始能够听出托斯卡纳人、威尼斯人、那不勒斯人和撒丁岛人说话的细微区别。虽然我说意大利语还不流利，但我很高兴能用上其中一种口音，那意味着我来自科尔托纳，我的第二故乡。吐字嘎嘣脆的威尼斯口音、飞速连读的西西里口音、时髦又带着几分法语腔的皮埃蒙特口音……所有这些我都喜欢。我以前以为，天使来到人间，说的一定是南方口音，现在我不再坚持这一信念了。我喜欢所有的口音，因为每一种口音都属于一种特定的时间和空间。因此，一个地方也属于说话带这个地方口音的人。我丈夫的那些在明尼苏达州的亲戚说起话来就像字词之间有雪花飘落。佛蒙特人的话语中仿佛有冰冷的燧石地，阿巴拉契亚地区口音中，元音如瀑布般流淌不绝，仿佛带着古代民谣的韵律。沃尔特·惠特曼写道："我听见美利坚歌唱，每个人都唱着只属于他 / 她的歌。"（我想说"您太贴心了"，这次是带着恭敬之意，因为惠特曼早在 19 世纪就把"他""她"写全了。）我喜欢属于我自己的歌，但大家求同存异也无妨呀！别人把"摩托车"读成"motorcycle"，可我偏偏说"motah-sickle"。我们骑上车兜一圈吧！

幽灵大厨

　　晚上睡不着觉的时候，我就在漆黑一片中想各种恐怖的事：迅速恶化的脑瘤，最后肿胀破裂；所爱之人出了车祸；窗户下面，有个身影手持利刃匍匐着；有只老鼠溜进了汽车排气管里；在无用之物上耗费钱财；发生地震，房子摇摇欲坠，我的补牙填充物也掉出来了。我认识的其他失眠者也有类似的毛病。

　　我从童年起就受到这种困扰，后来我想出了解决办法：在脑海里走遍所有我住过的地方——每一幢房子，每一间房间，慢悠悠地走一走。我的第一个香草园，位于加利福尼亚州的马兰，柠檬树在野草丛中摇曳，远处是塔玛佩斯山。我在一条缓慢流动的绿色小河中游泳。我游览伊斯坦布尔和克里特，追寻我的夙愿。这些脑海中的漫步，让我舒缓安适，希望能带我进入难得的睡眠。

　　"我整晚没睡着。"我告诉艾德。

　　"你睡着了，我醒来两次，你睡得好好的。"

　　"才没睡着呢，我一直醒到 6 点。"

　　失眠症的神秘之处在于它造成不可捉摸的睡眠-觉醒周期，让人陷入一种半梦半醒之间的意识状态。这种状态有时带来了创造力：我就解决了情节安排、花床布局，甚至决定了买什么车。半梦半醒中，我打开床头柜抽屉，用笔记本记下头脑中的想法；偶然有些很好的主意，可是大部分到了第二天早晨就完全不可索解了。睡不着的时候，我数着猫头鹰叫了几声，把枕头翻过来，让冷的一面朝上。

我在查特伍德的卧室有一面墙都是小玻璃窗，这很容易让人睡不着觉。透过窗，我能看见月亮在云朵中穿行；月光下，树枝在地板上投下阴影，仿佛用黑墨水写的书法。卧室有楼梯通往楼下的客厅，客厅有走廊通向厨房。

谁会相信幽灵这种事？至少我不信。有人对我说，她父亲千真万确见到了幽灵，我就走神了。要是我看的一部小说一上来就说幽灵的事，我最多看 4 页就扔一边了。阁楼里的朦胧人影？得了吧，那只是一件发黄的结婚礼服。听人说见到幽灵的故事比听人说自己做的梦还要无聊。我敢在晚上穿越墓园，万圣节对我来说不过是个膈应人的小把戏。

可是现在都凌晨 3 点了，我还翻来覆去睡不着。已经看了 10 次时间了。我回想起普鲁斯特《追忆逝水年华》开头，主人公小男孩渴望得到母亲的关注，然后突然想到昨天下午，我们一堆人拿着酒杯蜂拥过去吃面条，同时谈论着旅行的事，接下去思维又跳到刚到的科莱特玫瑰花——可以种起来了呀。我必须把思维集中到能让我安心睡觉的事情上。

这时候，从厨房里穿过走廊和楼梯传来了香味——这就是我的加了奶酪和香肠的意大利面。我几乎能分辨出里面加了四种意大利奶酪。就像很多睡不着的夜晚一样，我忽然不知道我身在何处。这香味是从托斯卡纳的楼梯间传上来的吗？我想我一定是在做梦。我给艾德做过意大利浓菜汤，所以知道厨房香味是会传到这里的。我开始想象在厨房里布置一张四人餐桌，桌上放蜡烛和一罐百日草。可是不对！我醒着的呀。这香味那么诱人，分明是烤箱里烤的意大利面。

我拉开被子，悄悄走到门边，越发闻到了香喷喷的香肠、暖烘烘的意面。摸索着走下楼去——倒数第三级楼梯轻轻响了一下——来到客厅，穿过走廊，整幢房子寂静无声，简直就像坟墓里一样。在厨房门口，我打开了电灯开关。没有冒着泡的意面，没有半开的烤箱门，什么都没有。也没有半透明的白影嗖的一声隐匿无踪。只有冷锅冷灶。那香味呢？没有了。

回到床上后，我能闻的只有月光；还好，我的白猫蜷缩在枕头上，艾德则不知道在做什么美梦呢。他睡觉很沉，好像下定了睡觉的决心。睡眠这事真是奇怪呢！人怎么才能入睡呢？"来吧，睡吧。"我说。《麦克白》中的鬼魂班柯、《圣诞颂歌》中的三个圣诞精灵、《林肯在巴尔多》中的三个幽魂——即便在虚构的文学中，也没有幽灵回到人世来下厨呀。

一个星期后，星期天晚上，我又闻到了一股柠檬味。还是柑橘？也许是我姐姐的柠檬奶油蛋糕，或者我朋友的加了迷迭香粉的柠檬酸橙意面。我推醒了艾德："你闻到什么吗？"他坐了起来："着火了？"

"意面，要不就是奶油蛋糕。"

"什么啊，你在做梦吗？快睡吧。"

我走下楼梯，穿过客厅和走廊，来到灯光大开的厨房。原来是我们忘了关灯了！没有柠檬的刺鼻味道，也没有蛋糕在烤箱里膨胀或者面食在锅里煮。我打开冰箱门，冰箱灯的白光照在对面的窗上，并没有惨白的脸朝屋里偷窥。我从黄铜水槽里往脸上泼水时，只看见我自己的倒影，像薄纱一样罩在镜子上。

在老房子里面，我能感受到前人的气息。他们的家务、洗礼、死亡、毕业，这些大小事务都封印在墙壁里，但是从来没有过幽灵。现在倒好，有一个幽灵回来下厨。那么她明天晚上会做点什么好吃的来引诱我下楼呢？有饼干吃的话，我就下楼。有没有故事可听？是不是每个星期天晚上都会有食物香味吸引我？只要有吐司夹炒鸡蛋，我就愿意来。请递一下胡椒粉。如果这位幽灵小姐有闲心的话，还可以做巧克力蛋奶酥，再浇上几勺卡士达酱。也许到那时候她就愿意现身，跟我谈天说地呢。

她果然又来了一次。我在厨房台面上留了一碗番茄，到了深夜，便闻到加了香草的番茄酱的浓郁香味。这次我没有悄悄下楼去，因为我知道厨房里肯定还是我离开时一尘不染的样子。谁能理解创造过程？创意如何产生、实现？一个人明白自己的知识范围之前，他的知识是什么？几个星期后，我开始写一本意大利面食烹饪书的大纲，里面记载了所有我从意大利带回我家厨房的速成面食做法。幽灵小姐先一步进了厨房，在煮面食的水里加了盐，诱人的香味又顺着楼梯传了上来。

2

期盼阳光

去亚平宁，去特拉西梅诺湖

哪怕只一次，我们也要竭力抵达我们所在之处。

——马丁·海德格尔

我在托斯卡纳的房子朝向东南，俯瞰着一条柏树成荫的大道。从房子正面往下能看见一片山谷，延伸到亚平宁山脉的山麓，再远处就是特拉西梅诺湖，公元前217年汉尼拔曾在那里击败罗马军队。本地人在交谈中时常提起汉尼拔，令我十分诧异，要知道，自从八年级上完世界历史课以来，我再也没有听人提过这个名字。现在，我知道特拉西梅诺湖战役那天上午的天气状况（雾），知道汉尼拔在进军罗马的途中打下了阿尔卑斯山上的哪座关卡，知道汉尼拔的大军有多少头大象（他最后只剩一头），知道汉尼拔在作战中失去了一只眼睛，甚至知道败退的罗马士兵被赶入雾蒙蒙的湖中溺亡时穿的什么装束。

我从小在美国南方长大，那里的人们常放在嘴边的是南北战争、某个远房亲戚的接骨木酒、20世纪30年代经济大萧条、已过世的贝斯塔姨妈的黄油面包泡菜、杰克叔叔"二战"时应征进入海军却在旧金山鬼混。过去叠加到现实之上，这一切我早已习惯了。可是，即便是再留恋过去的老古董，公元前217年也超出了他们的记忆范围。其实，汉尼拔还不算什么呢，毕竟托斯卡纳拥有厚重的历史氛围。我和一位朋友驾车出行的时候，她指着她一个朋友的别墅对我说："文艺复兴时期画家卢卡·西诺莱利在这里画壁画，他为了更好地看效果，在脚手架上一直往后退，结果失足坠落身亡。"她就像在说一位画家去年遭遇不幸，而不是发生在1523年的事情！

我这样一个没有丝毫地中海血脉的人，来到这里却感觉回到了家，也许这就是原因？无论在故事中还是现实中，艺术都是经久不衰的。福克纳有一句名言："过去并未消逝，过去从未过去。"用在这里再合适不过了。

科尔托纳基本上保持了中世纪风格，有些地方甚至可以追溯到伊特鲁里亚文明（约公元前8世纪至公元前4世纪）以前的时期。农民犁地时会发现祭祀用的青铜小雕像，拿去本地的伊特鲁里亚博物馆后，鉴定结果是：出产于公元前6世纪。与此同时，在一所教堂前的停车场里，乔瓦诺蒂摇滚音乐节吸引了数千摇滚爱好者，而在教堂内，"科尔托纳的玛格丽塔"的圣人遗骸自13世纪就静静地躺在玻璃罩下的棺椁里。12世纪的野兔洞穴中，虽然黑乎乎的，却有商店开着玻璃幕墙门面，顾客还不少，店主坐在外面的椅子上晒太阳。

在1990年，去国外买房子还是需要一定勇气的。几乎没有美国人在这儿租房住，更不要说买下一幢破旧不堪的意大利房屋。我的多年婚姻终于结束，这似乎让我做回了当年那个初生牛犊不怕虎的年轻人；等到离婚事宜尘埃落定后，我找到了全职工作，送女儿上了大学，手里有一笔股票，卖出了原有房子，正准备开始新生活。

虽然并不着急，但我还是有个迫切愿望，要把手头积蓄换成能让我开心的东西——一幢附带土地的房子。我耳边想起了祖父的声音："买点土地！买一块少一块。"

于是，我开始在意大利度假（我在别的书里写到了这段生活）。我热爱意大利的一切：美食、风景、建于高处的古老村庄和无穷无尽的艺术宝库。我想，这些足以填补离婚的失落吧！我当时在一所大学教诗歌，所以每年有 3 个月的假期，这是非常珍贵的写作时间。5
年中，每个暑期我都在托斯卡纳各地租农舍住。第一处房子就在科
尔托纳镇外不远，我和刚认识的艾德及两个作家朋友合住；《纽约书
评》的一个小专栏有房产目录，可供大学教授搜寻休假期间的研究场
所，我就是这样找到那处房子的。那座农舍十分简朴，楼上的四间房
间里，床凹凸不平，还泛着潮味，储物箱都快散架了。抽屉里有碾成
碎末的木头，摆成金字塔形，一个附近农场的女人说那是"塔利"，
我完全不明白"塔利"是什么，不过猜想多半是生火用的。客厅装饰
着廉价的竹制品，我们也不关心。那个农场女人叫阿奈特，她常给我
们送来鸡蛋和大捧野花。我现在还记得她用一个蓝碗装着蓝绿色、麦
芽色和象牙色的鸡蛋，手捧着夹杂了野草的野花，一看到我们在破旧
厨台上狼狈不堪地擀面、切面就发出粗粝放肆的笑声。她说，我们那
样胡乱做成的面食也有个名字叫作"乱刀面"，其实味道也不错。我
们一边做面食，一边朗诵赖内·马利亚·里尔克的诗歌，最后跳起舞
来。我很喜欢那两位作家朋友，C.D. 赖特和福雷斯特·甘德，他们
后来都在诗歌上有所成就。我们四个人都怀着对未来可能性的向往，
心里蠢蠢欲动。这就是一种少数人之间的情感联系，让我产生了一种
"家庭"的感觉，而"家人们"都是我自己选的呀！卡洛琳来自阿肯
色州，口音却和我差不多。好几个上午，我和她互相采访，交流对于
女作家、回忆录和童年生活的看法。有一天傍晚，我和艾德正在切菜
的时候，卡洛琳从她和福雷斯特的房间里出来。走下楼梯的时候，这
位泼辣的姑娘大声宣布："我刚做了爱，还没有后代。"本地牧师有一
个游泳池，里面是冰凉的泉水，我们一边游泳，一边八卦这位牧师竟
有女朋友。

　　我那时刚写完 500 页的诗歌教科书《发现诗歌》，再也不想写一
个字了。所以，我阅读导游手册、做午餐，然后冒着酷热的天气把朋

友们拉去一个个山村小镇游玩，最后在某个星级餐厅享用一顿漫长的晚餐。我发现艾德对生活抱有一种浪漫主义的态度，他是个理想的旅行者、作家和情人，我们常坐在橄榄树下吟诵诗歌。有时候，普林斯顿大学的挪威朋友来小住一阵。一位罗马诗人（我们读过他的翻译作品）带着盖尔·月山前来拜访，后者当时是我的学生，后来成为著名小说家。晚上，我们坐在篝火边，听着原野上传来手风琴的哀怨曲调，分享着各自的心灵感悟、文学才思和经典名言。当篝火渐渐熄灭，壮观的银河又给我们带来了几分启迪。

这一切都是难忘的回忆，然而，别的东西改变了我此后的人生。

在我下午的散步途中，远处的一座破旧农舍让我停下了脚步。猪圈是用石头垒成的，让我想到可以改建为小型写作工作室；让马车出入的拱门，我想可以改建为客厅的大窗。这就是乡村生活的乐趣所在啊！那么我想，我怎么能够拥有这些乐趣呢？这就是第一个契机吧。偶然看到一幅图景，从此生活就永远改变了。我到那座农舍的第一天就在那儿种了罗勒，到了月末，罗勒都长到膝盖高了。在意大利定居的想法也在我心里落下了根。

在随后的几个暑期，我去了蒙蒂西、佛罗伦萨、奎尔恰格罗萨、亚诺河上的里尼亚多、沃尔泰拉、锡耶纳、维基奥，在这里待两个星期，在那里住上一个月，细细品味不同的地方——全程和艾德在一起，别的朋友们都回国了。我最喜欢的就是科尔托纳，因为这个小镇的黄褐色房屋就像被一只大手掌轻轻放在山顶上，给我留下了深刻的第一印象。小镇上有 30 多座教堂，钟声一齐在旷野上回荡的时候，我脑袋里也有隐隐的震颤。我想，在这里写诗歌和散文不能再用标准信笺纸和老式电脑，而必须用一支钢笔，吸满了墨水，书写在乳白色的厚纸上，放进手工制作的、云石纸封面的大本子里。

在第五个夏天，我终于开始认真找房子了。因为我打算在意大利长期定居，并和艾德长相厮守，找房子的任务就和我们的未来计划密切相关了。艾德也没有想到，我们这一对文学爱好者却看起了《住房供水》和《房屋粉刷全面指南》。

意大利农舍虽然看上去讨人喜爱，但租下来住却有诸多不尽如人意之处，我早已见惯不惊：床凹进去一块，厨房没有热水，壁炉里有蝙蝠窝。这些缺点起初还比较有趣。我在芬奇租住的时候，厨房里有一种奇怪的漏电现象，我触碰任何电器，都会感到轻微刺痛。冰箱冷冻室里每两天就会冻出一个凸块，结果门都合不上。下雨的时候，房屋管家就冲进各个房间里，一边大叫大嚷，一边砰砰关百叶窗，也不管我有没有穿衣服。我女儿、艾德以及上门拜访的朋友都会和我一起开车去各种偏僻小道上看房，设想奶牛饲料槽可以改建成长条形软座。有时，一个看起来很美好的地方却无路可通，或者一窝吓人的黑蛇占据了大门口，那时他们就会劝阻我，让我的热度冷却下来。确实有几处房产令我们十分满意，但托斯卡纳人似乎很不情愿让房产脱手，我们多次遇到房主改变主意的情况。一位年长的伯爵夫人想到即将出卖她的房产，竟然哭了起来，还将售价提高了一倍，我们无奈离去的时候，她看上去倒挺高兴。电影《托斯卡纳艳阳下》真实地再现了这一幕。现在，几乎所有"原汁原味"的农舍都已得到了最大限度的修复。虽然保证了舒适、格调，却失去了原有的纯真、浪漫情调。

等我最后找到现在这幢房子时，我其实都快放弃了。那时，我两天后就要离开，已经谢过了当地房产中介并道了别。第二天，我碰巧在广场上遇见了这位中介，他脚步匆匆，让我赶紧上他的菲亚特汽车，嘴里喊着："这幢房子有个好名字——'期盼阳光'。"其他的话里我只听懂了"受灾"。

我在我的其他书和演讲中也提到了这个故事，然而每次回想起来，还像是个新发现。开出科尔托纳后，他上山驶向卡斯泰罗镇，在托里奥内转入一条白色道路，开了 1 公里后，进入一条坡度车道。我瞥见了一座圣坛，上面有一个陶瓷圣母像，然后往上一看，一幢高大的房子映入眼帘：褪色的金色外墙，绿色百叶窗，有一个阳台，周围全是杂乱无章的灌木和荆棘。这下，我可坐不住了。等车停了，我一下车就开玩笑地说："太好了！我要了。"生锈的铸铁拱门爬满了玫瑰，好像一座拱桥；石墙垮塌了，形成一个小水池，一只像脚那么大的青蛙警惕地守卫着；两扇大门各有一个斯芬克斯门环，门上方还有一个弧形气窗，十分对我的胃口。我曾经读到，墨索里尼觊觎非洲土地，因此在他当政时期，埃及的斯芬克斯成为意大利流行的装饰主题。这幢房子墙的厚度竟能达到我手臂的长度！在阳光下，窗户玻璃闪耀着彩虹般的光芒。地上积满了一坨坨灰尘，我用脚拂开，看见下面是完好无损的古老瓷砖地板。那个中介领我看了两间浴室，着实令我惊讶万分：竟然是用水桶来接水冲洗的。不过这两间浴室毕竟还算功能完备，我看过的地方有的连水都没有，更别说下水道了。这幢房子已经空关了 30 年了，周围的 5 英亩土地成了植物的天堂，各种野草、犬蔷薇和黑莓疯长。常春藤缠到了树干上，覆盖了垮塌的石墙——要知道，常春藤能在原子弹爆炸中存活呢。

那位当地房产中介用手遮在眼睛上面，陪我看了这处房子。他说："得花不少工夫呢。"言外之意就是："买下这个地方，一定是疯了。"（据我的经验，意大利的房产中介似乎也不情愿出售房产。）

"这里真是太浪漫了呀。"我回答。只看了 5 分钟，我就开始幻想：百里香和牛至被太阳晒得发烫，我采摘下来，放在胳膊上挎着的篮子里；在椴树下放上一张长餐桌，铺上格子桌布；屋子里，艾德在壁炉上翻着烤肉；我把我的亚麻裙子挂在木橛子上；窗外，大路边有六百棵柏树，是为了纪念第一次世界大战中牺牲的士兵而栽下的，而我的笔记本都堆在窗户下。

好几个夏天，我都在亚诺河冲积平原上看房子，这些房子有的房顶都塌陷了，有的被改建得面目全非；走过了那么多尘土飞扬的土路，我终于找到了心仪的房子——它也一直在等我吧。

托斯卡纳艳阳高照，晒进了每个房间，让我感觉暖洋洋的。意大利的太阳似乎有一种特别的慈爱，让人的血液自由奔流，让人的心灵自由释放。我感到我又充满了活力，感到心中激情四溢，同时平静地感到自己做了正确的事——这大概就是"世界那么大，我已回到家"的真正感受吧。

在美国，我也经历过买卖房产的事。把蓝白色伟吉伍德陶器、猫和三角形披肩装上车，开3英里或3 000英里到另一个门口，用另一把钥匙开门。搬家都是为了各种实际原因：读研究生、换工作，还有离婚。可是这一次，这幢房子离我的美国老家有7 000英里远，大门钥匙是铁的，重达0.5磅。购买这一房产的法律文书和复杂手续让我十分困惑，汇率也起伏不定。我的财务顾问将我的各项资产一一售出，同时跟我打趣说，我要去意大利过"甜蜜的生活"了。（后来，他向我承认，他被我远远甩在后面。）有时候早上一醒来，我就问自己："你究竟做了什么？为什么这么做？"我本可以在加利福尼亚海岸买一幢小木屋，周末开车过去小住，车后座上放点食品杂货，这样就可以种植当季球茎，并随时关注水管是否爆裂。我还去看过该州索诺玛的一处房产，并出了价，最后房主没有同意；被拒绝后，我竟然松了一口气，这让我看清了我的内心。

症结就在于我早已对加利福尼亚的环境了然于心。我曾想过我的家乡——佐治亚州：我在该州的障壁岛度过好几个暑假，那是我美好的童年回忆。一幢带门廊的白色木头房子，对我而言就是家的完美画面。但是，我凭本能行事，而本能对我说：现在需要另一种类型的家。人到中年，这样真有必要吗？但丁就碰到了两难困境：为了今后的成长，现在需要做什么？我想探索未知世界，有什么事我不知道怎么做的，我就想试试看。（倒是得偿所愿了！）意大利对我有一种强烈的吸引力。不管我在意大利住了多久，我还是想驶离公路，去探索一个带围墙的山间小镇、一处当地星期天集市或一座罗马风格的乡村教堂（也许能在教堂里发现马萨乔的三联画或某个不知名画家的简朴壁画）。语言、艺术、美食、文学和美：这些都深深吸引着我。

我这幢小小的石头房子位于一个阶梯形山坡上，四周都是橄榄树。房子旁边，不知哪位好心人种植了各种果树，如杏树、无花果树、梅树、苹果树、榛树、扁桃树和许多种类的梨树，那些梨树从夏季到秋末都会结出不同种类的梨，可供采摘，我也有了很好的理由在厨房里常备戈尔贡佐拉干酪来配合食用。一位邻居告诉我："你的房子只有几百年历史，我的房子有一千年了呢。"他说得没错，我这幢房子始建于18世纪，在当地不算特别古老的建筑。我虽然很欣赏当地一些殖民时代风格的石制农舍，但我最后没有买。我的这幢房子也称不上别墅。房子里一共有14间房间，但是都不及贵族居所的房间大。当时的建造者大概以其童年记忆中阴暗潮湿的石制农舍为模板，将石面做了拉毛粉饰处理。几百年来，石面的多层粉饰以不同的速率逐渐脱落，因此这幢房子虽然大体上是一种华贵的杏色，但也露出了下面的玫瑰色和更早的一种鲜艳的黄色。黑色和绿色的污迹则是长出地衣的地方。冬天，冰雪的白光映照到房子上，让它变淡了，成为一种柠檬色。夏天，雨水浸透墙面的时候，房子就显出一种红橙色。阳光灿烂的日子里，这幢房子看上去就像一个业余水彩画家试图表现的日出印象。我为这幢房子做了好几次修复工程，聘请了意大利建筑工人，他们也对这幢房子的石面表示相当为难。"重新粉刷，夫人，刷成金色吧。"他们建议，"您必须从头搞起，这样整个房子看上去就像新的一样。"我对他们说我喜欢现在的颜色，这让他们十分郁闷。不过我是美国人嘛，喜欢异想天开，就像一个被宠坏的小孩一样要由着自己的性子来。

这幢房子有三层高，左右对称，二楼有一个漂亮别致的阳台，就在一楼两扇大门的上方。我往阳台上挂了粉色的曼德维尔葡萄藤以及一些天竺葵，而在我的想象中，姑娘缓步走到阳台上，听情人在下面唱《五月来了》——或者其他更加荒诞不经的场景。上一任房主是个医生，再上一任是佩鲁贾的五个兄弟姐妹，房子旁边一排五棵椴树就是他们的父亲为他们五个种下的。医生本来想把这幢房子当作夏季度假的去处，但后来改变了主意。医生没有在这里住过，所以我不太想到他，我的思绪倒是常常停留在佩鲁贾的五个兄弟姐妹身上：其中四个是女孩，她们一定同时打开她们五个卧室的百叶窗，穿着白色睡袍向外张望，而那个唯一的男孩则躲得远远的，自己用玻璃罐抓萤火虫玩。

这就是这幢房子激发的思考。为什么？因为这幢房子本身就是梦想中的房子。这不是说它有完美无瑕的房间比例和平面布局（更别说浴盆里还有白化蝎子），而是说它更像一个人梦见的房子：在里面能发现前所未见的房间，干枯的植物能重新开放；独自一人进去的时候，所有窗户大放光明，所有房间中都有自己的身影。在这里，我多次梦见我在一条清澈的绿色河流中毫不费力地游泳，在水中自由自在，开心地被水流带往下游。

山上有罗马帝国时期一条道路的遗迹，路边开满了野花，令我惊异不已。我沿着这条石径，穿过野花，来到科尔托纳买浓缩咖啡。这是一条秘密通道吗？美第奇城堡的看护人说，有一条地下通道一直往下，直达山谷，最后通到湖边。意大利人似乎对古迹毫不在意。个人可以拥有如此古老的建筑，在我看来也是非常难以想象的。我只能说，我惊异不已。

房子前面的平台上有两棵极高的棕榈树，它们在三楼窗户下面发出轻轻的哗啦哗啦声。一个朋友说："把这两棵树砍了吧！它们看上去颓废堕落，就像电影《去年在马里昂巴》中的场景。"这是意大利人的看法：棕榈树长得太高，意味着这幢房子受到局部小气候的影响。后来，一棵棕榈树枯死了，只剩下另一棵孤零零地栽在房子前面。我觉得保留一些热带风情也无妨，这幢房子在这里就像在突尼斯或撒丁岛一样。屋顶上也有了不起的发现。我爬上山坡平台，往下看屋顶，那些古老的瓦片是前人放在膝盖上做出来的，现在长满了蕾丝一样的灰色苔藓。还有什么发现？刮去了灰尘的瓷砖地板。经过前面几代人用墩布清洗，瓷砖地板只要略微一擦就光可鉴人。

我们现在装瓶生产自用的橄榄油，不过我仍留恋以前用细颈大瓶时，倾斜一个角度才能倒出橄榄油用于烹饪的美妙感觉。啊，还有凉爽的大理石厨台，粗面粉面团从不会粘在上面；一只小猫头鹰栖息在窗台上，好奇地朝里看；一间卧室的窗户上面，一位朋友画了很多蓝色圆顶，里面满是乔托·迪·邦多纳风格的金色星星。（这位朋友已经去世，她的星星却光亮如新。）有些星星掉出了圆顶，落到了白墙下面。暴风雨袭击的时候，每一次雷击都好像在重新排列墙壁里的石头。直上直下的楼梯有铸铁扶手，能让一位铁匠忙活整个冬天。不知道哪个聪明人给每间房间的房梁都装上了黏糊糊、泥土色的装饰薄片，艾德全拆了下来，并给房梁打上了蜡，使其恢复了红棕色。我们发现每间卧室的墙上都有别致的图形，这给我留下了想象空间：装饰着斜条结构和花朵图案的卧室原先应该是什么样的？叶形装饰板和蓝色宽条纹是做什么用的？还有最近发现的珊瑚色帷幔，带有锦缎流苏，目的是让视线集中到床上吧？到处都有精雕细刻的艺术手法，这大概是为了减轻红棕色家具的重量。窗户还算比较简朴，不过镶了玻璃的多层百叶窗倒是精致又耐用。

我每天至少一次来到二楼露台，抬头看山坡平台的尽处，能看见一段伊特鲁里亚时期的石头墙，和房子的朝向是一致的。要不是这段古墙静静守护了这片土地 26 个世纪，我还担心它会不会砸到我们头上呢。古墙石头一块叠一块，每一块都像汉尼拔的大象那么大。这段伊特鲁里亚古墙曾是科尔托纳城墙的一部分，附近还有伊特鲁里亚时期的城门和坟墓。它还有个不同寻常之处：从其位置来看，历史学家推测它最早是一座太阳神庙，我这幢房子的名字"期盼阳光"就来源于此。当地人都知道它，倒是让我颇为惊讶。"啊，'期盼阳光'，不错的房子。"他们说。快递员从几英里外到这里送货，也不需要看地图。"好的好的，'期盼阳光'。"他们说。在房子空关的 30 年中，他们或他们的父母曾来这里采摘樱桃或坚果；圣诞节来临，他们从这里的扁桃树上采集槲寄生；每年 9 月，他们的奶奶辈来这里摘无花果。第二次世界大战后，有人在这里挖出了一截水管，其实是德国地雷，结果被炸上了天。

我本以为大家熟知的是我这幢房子，可是有一天，我在镇上发现了一张介绍伊特鲁里亚古墙的明信片，上面说这段古墙位于"期盼阳光"地区。原来早在我这幢房子建成之前就有"期盼阳光"这个地名了啊！也许"期盼阳光"和这个地方自古以来的传统有关：像我一样的人来到失落的神庙，期盼阳光照进心灵。

晚　餐

　　我在"期盼阳光"第一次下厨的时候，就倾心于口味浓郁、简单质朴的当地美食；意大利人丰盛的餐桌和好客的热情非常接近美国南方的传统民俗，让我感觉十分自在。意大利美食风靡全球，也不无道理呀！虽然人人都爱意大利美食，但是意大利从北到南，烹饪口味还是千差万别的。我在当地交了朋友，受邀去他们家里吃饭，也邀请他们来我家吃饭，过了一段时间后，我的烹饪方法产生了很大改变。

　　从我小时候开始，家人们往往在午餐时就讨论第二天晚餐吃什么；我喜欢坐在厨台一角（"不要踢橱柜门！"），把勺子插进一罐土豆沙拉里，或者帮忙把青刀豆剥去两端。虽然在一边看着家人们准备餐食，但我绝不愿意接触任何畜禽生肉。烘焙我倒是愿意做一些，也只限于将巧克力和黄油融化、混合；鸡蛋那么怪异的东西，我可不会去打的。

　　长大以后，再也没人给我做饭，我就起劲地自己切、削、炒、炖，还开始尝试我母亲的菜谱。这样过了几年，我几乎成了茱莉亚·查尔德一样的大厨；在法国普罗旺斯，我和茱莉亚·查尔德的合著者西蒙娜·贝克一起学习制作法式大餐。我还上课学习中式、墨西哥式和摩洛哥式烹饪方法。烹饪让我乐在其中，但也是很费工夫的，花了半天烹制食品，几口就吃完了。

　　在意大利，我注意到我的邻居常在工作日晚上请客吃饭。他们在

5点到6点下班，准备一顿晚餐，请朋友们8点来吃。这启发了我：以前开派对，我要提前两天准备餐食，而在意大利人那里，则省掉了繁重的准备工作，只要关注口味就行了。比方说，意大利番茄沙拉做起来多简单啊！主要原料（配方保密）加上熟番茄、日内瓦罗勒、水牛干酪，一眨眼工夫就做成了一份色香味俱全的精致沙拉。

我学到了新的烹饪方式，这就像找个新老公。（两者我都做到了！）意大利朋友的厨房里没有很多烹饪设备，而在我的美国厨房里，从牛油果切削器、菠萝去皮机到螺旋开瓶器，一应俱全。意大利人不用浸入式搅拌器、食品加工机、蔬菜切片机、重型平底锅、电炖锅、空气炸锅、压力锅、量杯量勺，也能做出绝妙美食。（我在意大利从没见过售卖量勺的。）意大利灶具都是标准型号，冰箱也只有我在美国的冰箱的一半大。在这儿托斯卡纳乡下，洗碗机最近才慢慢成了标配。那么，这样的精简化厨房是做出托斯卡纳美食的关键吗？是不是越精简越好呢？

就拿食材来做个对比吧。新鲜橄榄油是托斯卡纳烹饪不可或缺的原料，因为它像灵丹妙药一样，这里浇一点，那里滴几滴，就能令食物口味完全改观。我们可以自己生产橄榄油，真是幸运啊！现在，我已淘汰了90%以前用过的黄油，感觉烹饪口味有所提升。我在美国的食品储藏室里，醋就有7种，食品储备更是足够我撑过一次暴风雪，有几十罐各种各样的腌菜、羊奶焦糖酱、加了胡椒的花生和好几筒小豆和杂粮，在山核桃粉和我丈夫的一大堆各式燕麦片后面还藏着神秘的食品罐子呢。

而在我的朋友多梅尼卡的食品储藏室里，架子上一排排全是罐子，里面放着包装好的番茄，每一罐都露出一片罗勒叶。一共有多少？大约300罐。夏季农产品像珠宝一般闪亮：桃子像黄金，李子像石榴石，茄子像缟玛瑙；还有烤过的红辣椒、黄褐色的茴香籽、刺山柑花蕾，更别说那一整套果酱，可用于制作常见的意大利式水果馅饼。一只意大利熏火腿放在专用支架上，用一块白色桌布盖着；意大利腊肠挂在钉子上，可用于制作开胃菜。

正因为这样，他们准备晚餐才这么快！只要伸手把那些干蘑菇和番茄拿下来，就完成了一道意大利面食。把油酥面团擀出来，倒上果酱，把顶部做成格子状，就做好了水果馅饼，这道甜点是大家从两岁开始就喜欢吃的呀。由此，我知道了家里有大型菜园的重要性，学会了为大小瓜果讨价还价，明白了为什么要把番茄削皮装进罐子里，高温炙烤后保存起来。

我的意大利朋友们自己种香草，并在烹饪中大量使用。我曾读到一位美国大厨的菜谱，里面说要放"一汤匙罗勒叶"。这在意大利是绝对行不通的！一汤匙是几片？两片还是三片？用汤匙怎么精确计量罗勒叶呢？我直接按四倍用量来放香草，而且我不把好几种香草混用，免得搅和了应有的风味。有一种意大利面食拌着番茄酱，最后撒一点荷兰芹和罗勒叶，搅拌一下就能上桌，这是我十分喜爱的餐点。意大利人热衷于吃辣，我也开始适应了。意大利人的餐桌上没有盐和胡椒粉，因为餐点已经加过了调味料，但是很可能有一个小作料瓶在桌上传来传去，里面放的是自家种的红辣椒——小心点，这东西可够劲儿呢，别放多了！

我们美国人喜欢室外烧烤，托斯卡纳人也是如此。不过到了冷天，大家就进屋，围在壁炉边烧烤了。我刚到这里的时候，大家用的还是手动的弹簧式烤肉架，不过现在已经普及了电动烤肉架了，可以慢慢转动珍珠鸡、肉肠或猪肝。烧烤为厨房或餐厅带来了快活的氛围，餐桌上洋溢着肥美的香味，恭迎我入座，我真是好喜欢呀。在我们自己的壁炉上，虽然我们通常只烤一些犊牛排、虾肉串、鸡肉串，我们还是像很多意大利乡村家庭一样，用一个长柄叉来烤栗子。把烤得热腾腾、软乎乎的栗子剥开，品尝里面远古森林的味道，这令人浮想联翩。傍晚，坐在壁炉旁，把盘子撇在一边，倒上一杯心爱的红酒——人生一大乐事啊。

我喜欢我们南方的甜点，尤其是山核桃馅饼、焦糖蛋糕和椰子蛋糕。在意大利，我也做一些，兴奋地请意大利朋友们品尝。“哇，好甜啊！”达里娅被齁到了，噘着嘴大声说。其他客人只是出于礼貌地吃了一两口。虽然我喜欢意大利美食（除了那些看上去有点恶心的犊牛关节），但意大利人似乎对美国的美食并不热衷。托斯卡纳甜点不是很甜，这属于一种文化差异。我做蛋糕用三杯糖，而吉尔达只用一杯。就连意大利水果馅饼也不太甜，因为果酱里没有放糖。那么，哪一种风味更合我的胃口呢？不用说，自然是超甜的美国南方甜点。不过，现在我也要考虑控制体重，所以饭后我不再享用甜点，而是吃几瓣柑橘、剥几个栗子，或者吃几块干硬得能磕掉牙的意大利饼干。在意大利下厨让我开始关注糖的用量，其实还是不知道的好！我以前是多么尽情地享受着我的布朗尼和可乐啊。

意大利人总认为奶奶无所不知，能做出最好的肉酱。我的托斯卡纳朋友们在旅行中也惦记着家里的几样小菜。他们往往随身带着几罐去皮番茄，可以临时做一顿意大利面食。食物就是文化——有什么东西比食物更重要？身在异国，远离家乡，我用平底锅烘焙巧克力曲奇饼，或者摊几片薄煎饼充当星期天早餐。一位托斯卡纳邻居曾经前来拜访，我非常自豪地请她享用美国南方特色菜——虾肉玉米粥、布伦斯威克炖肉和我祖母特制的椰子派。她放下刀叉后评论道：“很有意思。”第二天我看见的一幕让我终生难忘：她凌晨 2 点就起来，在厨房里忙着准备意大利面食和番茄酱。

在北卡罗来纳州，我非常愿意请朋友们来家里吃饭，至少一星期一次。（当然了，我还没到托斯卡纳人那么频繁请客吃饭的地步。）大家聚在餐桌边，这让我感觉好像参加一种仪式。祖母、母亲的面容，在每一道菜上桌时升腾的热气中浮现。和朋友们吃了几百顿饭，那些滋味和回忆也早已深藏在每一道菜里。我的托斯卡纳烤面加了四片奶酪，人人都夸赞，我也很高兴。有时候我也做我姨妈的南方特色肋排和烤红薯，饭后甜点是巧克力棋盘派。如果我碰巧收获了一大堆心里美萝卜或莙荙菜，那我也会像所有大厨一样，来个"创新组合大餐"，让客人们大吃一惊。两种文化的碰撞让我的烹饪变得趣味十足。食物塑造了人，改变了人；只要能亲手做出自己喜爱的食物，那么哪里都是家呀。

时 差

1

北卡罗来纳州和托斯卡纳的 6 小时时差完全破坏了我的昼夜节奏。我醒来，看了看时间：在这儿是早上 7 点，而我知道，我的托斯卡纳邻居们已经坐下来准备吃午餐了。到了晚上 8 点，这儿是晚餐时间，而在托斯卡纳，人们早已进入梦乡。我从这里坐上飞机，到了托斯卡纳，却是第二天阳光明媚的早晨——夜晚难道遁入了虚无？时区之间纠缠不清、难以分解，让时间本身也疲惫不堪？这就是"时差"。意大利人告诉我，要缓解时差的话，到太阳底下站一站就好。

我从意大利抵达美国罗利达拉姆机场，经过了尤其漫长的一天，拿回了被时差夺走的时间。在两个国家生活，深受两种不同节奏影响，这造就了一种"平行时间"。有时候，我突然感觉有些迷糊，仰望太阳的时候，仿佛感到太阳的运行轨迹在我脑中一闪而过。

在意大利和美国生活——这是两种迥然不同的时间呀！意大利的时间混合了快和慢。那里的摩托车手开起飞车来好像不怕死一样：有一次我和艾德在意大利高速公路上驾车的时候，一队摩托车手飞驰而过，在道路中线两边左右穿插。"急着去投胎啊！"我不由抱怨。艾德也猛踩油门，说："意大利人爱开快车，不过他们技术不错，从不开到左边车道去——除非要超车！"

这怎么可能会慢？不过，所谓"慢餐"又是怎么回事？大概是意大利人担心"快餐"风靡一时，才创造出来的新词吧。"慢餐"能慢到什么程度呢？星期天花 5 小时吃一顿午餐，这在意大利再正常不过了；有时候，一场晚宴长达 8 小时之久。我好几次在意大利饭局中被一长串菜肴和酒水弄得晕头转向，最后跌跌撞撞走出来。美国人常在星期五晚上和周末休闲放松一番，可是对意大利人来说，任何一个晚上都可以及时行乐。外来旅行者也感受到了这一点，他们称之为"甜蜜的生活"，这的确是意大利的一种普遍特点。然而在我看来，其背后有更深层的东西，那就是"生活在当下"的态度。很早以前在意大利，我曾经写道：时间是河，随波逐流。

在旧金山我教书的大学，我那幢教学楼计划拆除的消息一出，没人皱一皱眉头，原因很简单：那幢大楼已经 50 年了。美国人乐于拥抱变化，而意大利人则将传统保留至今，这一鲜明对比总是让我心潮起伏。每过 8 到 10 年，我就要重新装饰房间，或者干脆搬家。而我的意大利邻居呢，40 年前结婚时怎么布置的，现在就是怎么布置的，连沙发都没有移动过！这就是意大利人的天赋：穿越时光，找到回家的路。这样，不管在世界哪个地方，都能找到回家的路。（话虽如此，我客厅里的两把椅子还是看上去完全不搭配，必须处理掉。）

悠久的历史让意大利人拥有了一份世故和淡定。政治？骗子们玩的把戏。不要投入，因为根据宿命论，一切注定成空；不要挑事，免得惹到不该惹的人，招来报复。相比之下，美国人一向多么天真幼稚啊！总是相信新的比旧的好，参加一次又一次的选举。当然，我还是很喜欢美国人的乐观主义精神。

很多美国人对美国的归属感不像以前那么强烈了。过去几年来的失败和错误，让美国人的族群割裂越加明显，使美国人意识到，他们已不复往日荣光。

美国人开始对政治抱着冷漠怀疑的态度，在推特上冷嘲热讽，开着尖酸刻薄的玩笑。美国就像一袭锦衣，上面缀满了破洞，靠着一大堆俏皮话、滑稽人物、揶揄和嘲弄才勉强缝补了起来。这让我心头产生一种深深的无力感：新建一座监狱有足够的资金，为一位三年级老师提供纸笔却资金不足；环保问题毫无进展，甚至在走下坡路；清洁水源这么好的事，为什么总是不顺利呢？对于塑料，我们可以回收、减少使用，但是对于遭受污染的海洋，我们却无能为力。我把要扔掉的牛奶盒的圆形盖子仔细修剪了一下，以免小海龟在爬向海洋的途中一口把它吞下去，然后被噎到。我的牙刷就算放进垃圾处理厂里，也要一千年才会降解。身边的美国人对野蛮的移民政策和荒谬的战争提出了激烈的反对意见。投票！捐助！我们尽己所能，做的也不算少了，可是我们所做的一切真能带来改变吗？想到这里，我就觉得心里发堵。全球各地气温超过极值，山火熊熊蔓延，仿佛世界末日就要来临。意大利人固然相信一点宿命论，但是美国人的宿命论残忍、暴力、不讲逻辑，也算不同寻常吧。每一位美国总统，竞选时都打出"改变"的旗号，当选后都提出新的愿景，而我们则一脸天真地憧憬着。

在这个新的时代，我们陷入混乱，陷入分裂，陷入黑暗，却缺乏意大利人的传统智慧——一种时间观念——来让我们茅塞顿开。意大利人似乎生来就具有一种对时间的认识，而我们没有。他们有悠久的历史，有源远流长的文明、艺术、文学和人文精神，有共同文化可以仰赖，而我们却闷头向前，转眼就忘。正是人文精神，让现在这个世界还有一点盼头。意大利人住在镇子上，就如同美国人住在房子里；镇子里的小广场变成了巨大的会客厅，一个人总算不用蜷缩在电脑屏幕前，气急败坏地往脸书上发布不切实际的评论，而是可以和大家一起坐下来，抬头仰望亘古不变的星空。

2

新型冠状病毒袭击意大利的时候，情况相当严重。在美国，我们还不肯承认事实，以为可以幸免。远隔重洋，我想那些意大利人那么桀骜不驯，那么喜欢使用丰富的肢体语言，既擅长社交又注重家庭，他们怎么能够应对这场疫情呢？他们可不含糊呢：大部分意大利人严格遵守疫情管控规定，几乎没有人蠢到否定疫情的严重性。而美国遭受疫情袭击的时候，一切都反了过来：很多美国人挥舞着"自我"的大旗，反对限制个人权利，听任病毒大肆传播；就连当时的美国总统特朗普也持这一看法。结果呢？我们都知道了。

意大利人走上阳台互唱情歌的时候，美国人群情激昂，不戴口罩参加政治集会。意大利人打出的标语上写着"一切会好起来"，大家明白利害，乖乖待在家里，而美国总统则宣布："新冠病毒一会儿就没了！"美国媒体对公众说，要多减肥，少喝酒，免得染上"封控期肝炎"。身边的事变得愈加超现实：为了抵抗疫情，有人说要举行通灵聚会，有人说要用塔罗牌算命，有人说要在卫生间里装饰拼贴画。简直是一派胡言！医院病床上，很多病情严重、奄奄一息的人仍不相信自己感染了新冠病毒。为什么？

美国的疫情应对策略，还会是今后多年的研究对象，不过我是受够了，我再也不要看有关疫情的任何文章了。等等——好吧，我还是会看一点。我们所经历的疫情，不会是一段无关紧要的小插曲，在未来的历史书中一笔带过，而是具有极为重要的意义：我们的后代会研究这次疫情，就像我们研究西班牙大流感和中世纪横扫欧洲、亚洲、非洲的黑死病（鼠疫）。《大不列颠百科全书》上说，从 14 世纪中叶到 17 世纪，约有 2 500 万欧洲人死于黑死病。

我的意大利邻居普拉齐多在他的大门上挂了一只葫芦，漆成意大利国旗的绿白红三色，上面还有两个大字——"勇气"。意大利人居家隔离几个月，靠的就是万众一心的勇气。可是，美国人却失去了全民族的"万众一心"信念。

我在 2020 年秋天回到意大利，当时新冠疫情正卷土重来。每个人都已经疲惫不堪，但是当橙色封控措施上升为红色封控措施时，大家心惊胆战之中还是再一次拿出了合作态度。虽然不能离开小镇，但还是可以去小镇广场社交，排着队一个个进果蔬市场、药店、邮局。

我穿过科隆门，沿着达尔达诺大道一直走，在市场外排队等候入场买菜的时候，我总是注意到奇特的"死门"——一种建筑子遗，是科尔托纳遭受黑死病肆虐的见证。大多数"死门"已被砖头封死，只有三个"死门"保留至今。这些窄小的屋门并不是与街道齐平，而是抬高了一英尺左右。据说，在黑死病横行的时候，将病死者的尸体从房子正门抬出是不吉利的，只能将尸体从特殊的出口推出去，掉在外面的板车上，这种特殊出口就是"死门"。人们花了几个世纪才弄清楚黑死病的病因：老鼠将细菌传播给跳蚤，跳蚤又传播给人类——想想都觉得毛骨悚然。今天的当地人是因为这些古老的"死门"而遵守封控规定吗？他们还记得当年的事吗？每次走过奇特的"死门"，我都感到一阵战栗。

公园的尽头处有一幢漂亮的住宅楼，高大的拱窗对着一座玫瑰园。它叫"瘟疫之屋"，据说当年感染黑死病的人被扔到这里，生死由命——大多数应该是活不下来的。我走过这幢房子的时候，想象房子里面曾经有一排排草垫子，上面躺着淋巴结发炎溃烂的病人，还有医生戴着尖嘴面罩，活像一个大乌鸦——真是一幅恐怖的景象！我琢磨着，那时的人们为了应对疫情，有没有像今天的我们一样写感恩日记、学尊巴舞、给卫生间装饰上拼贴画、用塔罗牌算命或者大口呼吸？种点香草，排一个播放列表，给朋友送一份 1 000 片的拼图游戏。

在历史悠久的意大利，奇特的建筑才遗成为一种"死亡的象征"。黑死病已经过去几个世纪了，但至今仍有被砖头封闭的"死门"和阴森森的"瘟疫之屋"，每时每刻向我们发出警示。只要集体记忆中存在这样的历史图景，人们面对疫情时就一定会小心谨慎地戴上蓝色口罩。我曾遇到一位母亲带着儿子参观"死门"：母亲伸手指着那个砌满了砖头的小门，俯下身子低声解释，小男孩则睁大眼睛，仰头看着。

一个接一个的瘟疫曾经打垮了欧洲，让世界的大部分地区陷入危机；今天面临新冠疫情的人们，基因中早已带上了历次瘟疫的记忆。时间就是一个莫比乌斯带：穿过一条无穷无尽的连续表面后，又回到了原点。意大利人具有对时间的认识，而时间也回馈了他们。时差，时间的差异——可不止 6 小时啊。

为了幸福而冒险

幸福……不在别处，而在此地，不在彼时，而在此刻。

——沃尔特·惠特曼

我在托斯卡纳山中买下了一幢无人问津的房子，在完成交易的前一天晚上，我失眠了。宾馆附近的教堂不但逢整点敲钟，还在每小时15分钟、30分钟和45分钟时额外敲几声。棉质床单太粗糙，我翻来覆去的时候，皮肤都印上了痕迹。科尔托纳的夏天，我记忆中最干燥的7月，火辣辣的太阳把石头街道晒得火烫，到了晚上也凉不下来。

我起了床，在笔记本里写道："我即将在外国买一幢房子。为什么要这么做？列出原因吧。"我能想到的原因只有一个："风景如画，相看不厌。"钟声——四声、五声、六声，让我想起了约翰·邓恩的名句："钟声为你而鸣。"为了驱散这一阴郁的思绪，我马上又在笔记本上写下："昼短苦夜长，何不秉烛游？"

虽然我还可以退出，但第二天我义无反顾地去了当地公证处，听公证员用意大利语念冗长的合同——我一个词都听不懂。最后，房产中介给了我一把硕大的铁钥匙，这就算交易完成了。

"没有投入，就没有收获。"我一直信奉这一点。我曾远离家乡，孜孜求学，毕业后去加利福尼亚工作，终于谋得诗歌领域的大学教职，后来又因为炽热的爱情而放弃了稳定的婚姻。我愿意冒险。可是，我还没有冒过这么大的险：拿出我的全部积蓄，孤注一掷地买下异国他乡一幢无人问津的房子。我没有丈夫，因此也没有保障。每个人都说我的想法简直是发疯。有一个亲戚说："你马上就要后悔了。"（后来，亲戚们排着队来参观我的新居。）

我才不后悔呢。"在下何德何能，能享受这样源源不断的幸福?"我后来写道。

幸福并不是哲学家的主要课题，但对于升斗小民来说，幸福是人生头等大事。无数励志书试图引导读者往积极的一面想，其中有一本建议读者写一本图像日志，看上去倒是个好主意呢。吃多了减肥食谱，不妨来一顿"快乐大餐"。电子邮件里充斥着笑脸表情和红心图案。拍照时一定要笑，这样，这一刻的幸福就得到了证实。"人人都有追求幸福的权利"，这是《美国独立宣言》的基石之一。可是幸福是那么可遇不可求呀！"追求"幸福，听上去就像偷偷跟踪，然后伺机干坏事。在我看来，幸福就在每一个喜不自胜的时刻：感受爱情的甜蜜，迎接一个新生命，开始一篇新手稿，飞机启程前往秘鲁。这些时刻固然令人难忘，但平凡的人生还是在颠簸中继续向前。

看见我的意大利邻居在美丽山水中顺应天时，自由自在地生活，这让我在意大利开始感受到"源源不断的幸福"。生活遵照自然的节拍，而不是我以前所习惯的忙忙碌碌。很快，我经历了很多变化。虽然我不能给出一种定量的因果关系来分析我为什么能得到这样堪称典范的幸福，但是我想到了亚里士多德的一句至理名言："幸福在于自给自足。"为了幸福而冒一定风险，意味着掌控自己的生活，让自己有了立足之地——这样就能把握机会！在我的小说《阳光下的女人们》（又译《阿孙塔与美丽晚餐》）中，三个女人的生活本来十分寻常，一眼能看到尽头，但她们毅然与之决裂，从此人生焕发了异彩。小说里，每个女人都遇到了个人化的抉择时刻，也把握了这个机会。其中，茱莉亚的抉择时刻就是从意大利五渔村（又译五乡地、五台堡）的悬崖上奋力一跃，跳进大海。写这一幕时，我心里充满了喜悦，因为我把我每次走近悬崖边缘的感觉都代入茱莉亚这个角色中：在那一刻，我感到我掌控着我的生命，拥有了我亲手建造的地方。

切撒莱·帕维塞，我很喜欢的一位意大利诗人，这样写道："这个世界的唯一乐趣就是从头开始。"在异国他乡开始新的生活，踏上新的旅程，投入一段新的感情……这些重大开端固然是人生乐趣，但也有很多不涉及冒险的小小开端，让人在每个寻常的星期三感到些许幸福。

我就遇上了这样的小小开端。我开始做减法，来简化事情。我学会了意大利烹饪，这让我的厨房变了样。我逐渐认识到，邀请朋友们来吃饭，每星期一两次就足够了。我开始喜欢上用亮色包装袋装着的种子。我和家人一起种好多蔬菜——好开心呀！我一边走在罗马帝国时期的道路上，一边听着有声书，几乎迷失在身体和精神的长途跋涉中。学一门外语，让头脑迸发出火花，连做梦都不一样了。

我着手准备了自然摄影图册和笔记本，打算用照片和文字记录下一株带斑点的橙色野百合或一棵果实累累的柿子树，甚至一朵像洁净床单一样晶莹剔透的白云。这不是我正在写的书，而是对自然界的沉思。正因为我的这一习惯，我才发现了开在山坡上的"漂亮寡妇"鸢尾花，那一抹抹的浅黄、淡紫让我惊叹不已。我的照相机和我的笔，让我保持敏锐的观察力，带我发现了丛生的红罂粟、酸涩的野李子、漫山遍野的寻石楠、飘逸的杏花和剧毒的蘑菇。和在照片墙（Instagram）上发布照片不同，这种乐趣与个人沉思有关，因此较为私密。

我喜欢每天一起床就读书。通常我选好一位作家，接下来整个月内，每天都专心致志读一小段他／她的作品。这样，我所欣赏、仰慕的作家，便成了我的良师益友。近来，我迷上了《简·加丹的故事》。这部书中充满了有趣的文字游戏，各种主题颠倒错乱，作者的感受力奇特而粗粝，有时令人发噱，带来了一种近乎荒诞但不完全荒诞的效果。简·加丹就是我现在的伙伴啦，这让我好兴奋呢。

我这么专心致志看书，还有一个附加的好处。一天早晨，我享用卡布奇诺和吐司面包的时候，发现自己看的都是负面新闻：恐怖活动、骚乱、密西西比河上漂浮的尸体。我开始意识到我每天接触到那么多暴力和恐惧，而现在这样一早读书，负面新闻就影响不到我了。我在笔记本里写道：每天少看一点新闻。这倒不是我提倡鸵鸟政策；我一星期看三四次新闻，常和朋友们讨论政治和世界局势，不过这些已经足够，新闻里有太多负面消息了。我不喜欢在每天早餐吃面包时看到那么多让我心里不安的消息，比如灾难再三发生，没完没了——还来劲了！这样的新闻多了，就让人既麻木不仁又焦虑不已。动荡、杀戮、残暴行为，这些让人对世界产生一种真实的印象，但又不完全真实。我的朋友约瑟芬说："这是世界的伤痕，而不是你所认识和热爱的世界。"

看什么，不看什么，要有选择。别再关注脸书上那些专门制造焦虑的账号，照片墙的猫咪视频可有意思多了。维京格尔·奥拉夫松的钢琴曲、约书亚·贝尔的小提琴曲、马友友的大提琴曲能在每天早晨让人精神一振，让世界变得可亲，而不是让抑郁充塞心胸。

从内心深处会发出某种非理性渴望，据此行事也许会是一生中最正确的决定。对我来说，冒险的勇气来自我小时候戴的一个项链坠，那里面是个小金盒，放着我母亲的照片。我做过的很多事，我母亲没有机会去做；每当我需要作出决定时，我就在想象中打开小金盒（因为现在已不存在了），照片上母亲微笑着对我轻声说："加油！你能行的!"

买下这幢意大利房子,我并没有"马上就要后悔";相反,在书房里,我最近开始写一本书。我已经想好了第一句,这一句应能贯穿全书。坐在书桌前,整理着一大堆词语、意象、故事;窗外是连绵的群山,传来科尔托纳的低沉钟声。在下何德何能,能享受这样的意大利时间?笔记本平平整整地摊着,笔稳稳当当地放在书页上,接下来就是新的冒险:如何落笔?

纯金搭扣

在一个塑料袋里，白色糖罐下面。我以前常穿一件深红色连衣裙去上课，就在连衣裙的口袋里。在雪地靴的脚趾部位。熨衣板斜倚在洗衣间的墙上，就在熨衣板的撑脚之间。一只鞋盒里塞满了旧照片，就在最底下。罐头中插着枯萎的玫瑰，就在里面。在玩具箱里的小鼓下面。在放卫生巾的盒子里。在冰箱蔬菜格的卷心菜和胡萝卜中。

从不会掉到衣橱里的床单和毛巾之中，压在毛衣下面；绝不会在床垫上、枕头下、书架上、手袋里，也不会靠近剃须膏或番茄酱瓶子。当然绝无可能藏在内部挖空的假书里。

宪兵来了，带队的长官说："选一个花园里的花盆，在下面挖个坑。"一个高大魁梧的宪兵在厨房的横梁上示范了一下，并这么解释："小偷不可能检查所有房梁的上面。"

在科尔托纳度过了一个愉快的夜晚之后，我们凌晨2点才回到家中。"托斯卡纳艳阳节"极为精彩，杰瑞米·艾恩斯饰演波兰音乐家肖邦，他妻子希妮德·库萨克饰演法国小说家乔治·桑，为观众们奉上一出音乐剧。演出结束后，我们参加了派对，演员和音乐家们还来到博物馆院子里和大家见面，观众们热烈鼓掌。自助餐十分丰盛，我和朋友们盘桓良久，还喝了当地酿酒师亲手倒出来的葡萄酒佳酿。托斯卡纳星空下的又一个美好夜晚啊。

我们那时住在栗子林中的"小红帽"石头房子里。当时一位朋友阿尔伯托来做客，他的车还停在外面的车道上。我们提前吃了一顿简单的晚餐，便急匆匆地出门看演出，所以房子里的灯都没关。

凌晨到家的时候，我们还想趁着微醺的晚风，在室外享用一杯美酒。

"艾德，你是不是没关厨房门？"我看见香草园中有一片长方形的亮光。

"我关了的！"他说。厨房门大开着，我们走了进来，看见了掉在走廊地板上的警报器。

"别进去，"阿尔伯托提醒，"他们可能还在里面。"艾德打电话给他在宪兵队当长官的一个朋友，宪兵队离这里只有 15 分钟路程，他说他们马上就到。我可以想象克劳迪奥嘟囔着"我的上帝啊"从床上爬起来。不过，我最担心的还是我的珠宝首饰。

星空下，万籁俱寂。过了几分钟，我们确定里面没有任何声音，便走了进去。后门被撬了，阿尔伯托的包和 iPad 还在厨房桌子上。前门也被撬了，玻璃撒了一地，所有的镜子和挂画都被打破、撕坏了，扔在地板上。小偷在找墙壁上的保险箱，却没有找到；他们把抽屉、书籍、床单和沙发垫到处乱丢，弄得一塌糊涂。我的苹果笔记本电脑和两个平板电脑毫发无损，放在书桌上。我小心走进卧室，心里一边担心那些小偷偷我的珠宝首饰，一边暗骂自己没有仔细收藏好。首饰放在三个地方：粉色棉布卷、红色中国式绸缎小袋子和带拉链的蓝色锦盒。平时，我把它们分别放在地板上的窗帘堆里、装礼物包装的抽屉里一捆彩带下面、烘干机里的一堆 T 恤下面。这些藏东西的地方都太有创意了，连我自己也常常忘了，艾德和我女儿老是笑我。有时候，一只装首饰的小袋子失踪六个月，最后在艾德车库的工具箱里找到了。

地板上一大堆乱扔的衣服旁边，我看见了一只手镯。因为警察还没来，所以我不想碰现场。砖头上的银白色金坏给了我希望：也许婚姻期间艾德给我的珍贵纪念物还留着一点呢。那是艾德刚到50岁时，在威尼斯给我买的一条金项链，带有一个蓝宝石扣环，他说这是为了纪念我们一起度过的幸福岁月。浪漫的珍珠，镶着一圈紫晶；四颗钻石组成的耳环，有精致的垂坠之感。我的珠宝首饰不多，只有15件，我每天都穿戴一件。它们对我都具有极高的感情意义。珠宝首饰的与众不同之处在于，它们非常个人化，与个人感情相连接。

有一条项链，我用彩纸包了起来，打算作为礼物送给邻居奇亚拉，她刚生了孩子。这条项链还好好地放在长凳上。

宪兵终于来了，艾德的朋友，就是宪兵队长，过来给了我一个热情的拥抱。三位宪兵穿着笔挺的制服，再凶狠的罪犯在他们面前只有屈膝投降的份。他们搜查了整幢房子，我这幢被小偷破门而入、肆意劫掠的房子。他们说没有必要寻找指纹，因为小偷不傻，戴了手套。他们推断小偷是从二楼楼梯闯入，从一楼离开，和我们根据玻璃散落情况所分析的一样。叫人搞不懂的就是，小偷是怎么在30秒之内，从二楼赶到楼下一个不显眼的橱柜里找到警报器并拆除的呢？唯一的推断就是，小偷知道警报器在哪里，直接找过来拆掉了。这让我们十分懊丧。我们开始回想：这么多年来，哪个在房子里干过活的工人会出卖我们？是那个口哨声像美妙鸟鸣的给我们装书架的小伙子，或是那个沉默不语、技艺高超的泥水匠，还是我们绝不会怀疑的某个工人？

大家来到了卧室，不出预料，所有珠宝首饰都被偷了。小偷解开了棉布卷，拉开了蓝色锦盒的拉链，取走了里面的首饰，把包装盒丢在我的一堆内衣和翻倒的抽屉上面。红色绸缎小袋子不见了。有一串玻璃珠是人造珠宝，小偷看不上，扔在一个抽屉的角落里。

宪兵们得知我丢失的珍珠首饰是母亲遗物，更是惋惜不已，他们彼此交谈一番，还给了我更多的拥抱，因为对他们来说，母亲留下的首饰意义重大。然后，大家热烈讨论今后应该把珠宝首饰藏在哪儿。保险箱？绝对不行。宪兵们说，小偷可不傻，他们会带着工具来打开保险箱。要安装视频监控吗？没那个必要。小偷难道不会戴面罩吗？

意大利人不信任银行，也有可能想对税务机构隐瞒个人所得，因此他们把现金放在家里。不管把财物藏在哪里，小偷都能找出来，不过，小偷不可能挖遍每个花盆底下。可是我不想每次要戴我的天青色耳环的时候，都得去花园里挖出来啊，而且，蝎子最喜欢待在花盆底下了——当然了，这话我没说出口。现在已经迟了，我已没有什么首饰可以藏起来了。小偷想来的话就来吧，他们最多只能找到几根银汤匙。艾德和艾尔伯托问宪兵们能不能去盘问一下倒卖金银饰品的贩子，看看能否找到失窃的首饰——没用的，金首饰当晚就会被融化了。

我们两天后就要回美国，所以就先叫人把房门用木板钉住，把报警器也修好了。屋子里还是要整理一下，画都要挂回去。我和艾德默默地干活，心里还挂念着"托斯卡纳艳阳节"最后一天的演出活动。我们还要核实警方笔录，处理保险事宜（除了家庭保险以外，我没有给我的珠宝首饰上过任何保险，想到这里我真想拍自己一巴掌）。每个人都在说，这么富有感情意义的纪念物失窃，真是极大的损失，可是我想的是，黄金每盎司 2 000 美元，这才是重大损失呢。这样的事，每个人都有可能碰上。与失窃造成的损失相比，遭遇破门盗窃的惊恐还停留在心头。家遭到了入侵！这种惊恐包裹着我，就像一件湿淋淋的厚大衣。

这则关于罪案的故事并没有水落石出的结局。六个星期过去了，每次我穿衣服的时候，我就想起那条白金项链，上面有晶莹钻石组成的水晶小盒子，那是我出版了一本畅销书后，艾德送给我的。我想起我女儿送给我的那条链式手镯，黄金镶嵌着珍珠；我想起我那条沉甸甸的金项链，有一个坏脾气的姑妈竟然把遗产留给了我，我便买了来犒赏自己；我想起我的紫晶耳环，那色调就是托斯卡纳9月的葡萄颜色；我想起我那条珍珠项链，有点年头了，一次教堂唱诗班正唱《耶路撒冷》的时候，项链突然断了，珍珠撒了一地；我想起那条黄水晶旭日形项链，就是珍珠项链断掉的那一天，一位新朋友送给我的。只能对它们道一声永别了。

"因为物质损失而感到伤心，这真是肤浅啊。"我对我姐姐说，"我明白，这是发达国家的痼疾。"

"别傻了，"她回答，"你永远走不出来。"

这并不是全球重大灾难，世界上那么多人还在挣扎求生，有那么多愚蠢的战争和恐怖活动，地球环境得不到保护——我这一桩小小盗窃案算得上什么！不过，话又说回来，世界是由个人构成的。当小偷闯进家里，把我具有重要感情意义的珍贵首饰洗劫一空时，一种悲凉在我心底油然而生，久久不去。我感到我被剥夺了一切，遭受了心理创伤，怒火熊熊燃烧。那些失窃的首饰，就算我能再买来一模一样的，我也不打算这么做。我也不能把它们传给我的女儿和外甥女，我对此抱憾万分，但这也是没有办法的。现在我已经体验了失去首饰的伤痛，我不想再经历一遍了。

那个可恨的小偷，他的老婆或女朋友这会儿也许正往袜子里塞一大把耳环、一个手镯和两条珍珠项链，因为那些不好融化。也许她的丑陋老公早已把首饰上的黄金部分抠了下来，也许没抠，把那些首饰完好无损地留给自己老婆——一生中的挚爱！也许几个月之后，那女人会拈起一条乳白色的珍珠项链，把纯金搭扣系在自己脖子上；她会照镜子欣赏，一边抬起下巴，挺直肩膀，一边想这件首饰是从哪儿偷来的。也许她还敢戴上我的耳环，那上面挂着亮闪闪的珍珠呢。也许有一天，我会在市场里碰到那个女人，她戴着我的耳环，俯下身子挑选苹果。也许我碰不到，因为首饰早就被卖到俄罗斯去了。

目前，我只剩四件贵重首饰了。两件是我在失窃那一夜穿戴在身上的，一件是我十分喜爱的"黄金蜜蜂"项链，我放在楼下厨房的一个抽屉里，本打算过些时候拿上楼去的，还有一个手镯断开了，我放在餐厅的一个碟子里，准备拿去修理的。这四件首饰，我藏在哪儿好呢？现在我把它们放在坐浴盆中的一个小盒子里，上面随意盖了一块手巾。谁也不会往坐浴盆里面瞧的吧？

六个星期后我回到意大利时，我发现有一位不知名的人在我的房子前留下了用于研磨盐和胡椒的木制工具，甚至还有粗盐和整颗胡椒。有人送来了三块手工制成的棉质擦碗布，这么柔软精致的东西我都不舍得用。我把房子借给朋友住，他们留下了一箱精挑细选的托斯卡纳葡萄酒、一幅这幢房子的水彩画和暖心的留言。一位来自波兰的女人给我送来了一尊天使石膏像。我们的朋友吉尔达送来了意大利千层面和填了橙子、栗子的烤火鸡。这些自发的礼物，让我整晚都在揣摩其意义——人间自有真情，故有所得；万物总有折损，故有所失。

我家遭窃的消息在镇上传开，大家都对我说了他们自己或者家人、朋友家中遭窃的故事。美国北卡罗来纳州的情形也好不到哪儿去。对于怀孕的女人来说，生孩子的英雄故事说得再多也无济于事；对我来说，别人遭窃的故事不但无助于减轻我的伤痛，反而让我更加恐惧。不过，我总算知道我不是唯一遭窃的人；有人把毕生积蓄藏在牛奶箱里，塞进冰箱，和他们相比，我还算幸运呢，毕竟只丢失了一些"浅薄无聊"的首饰！

毕竟首饰不是通货。首饰代表了浪漫回忆、家庭遗产、美的内在概念。在伊特鲁里亚时期的古墓里发现的耳环和项链是那么精美，让我们不禁想起了当时的佩戴者，给我们带来了多大的震撼啊。我女儿最喜欢我母亲（她有最蓝的眼睛，性格慷慨大方）的戒指，而把我那个坏脾气姑妈（她有爱过谁吗？）的戒指戴在小指上。小心点，我亲爱的女儿，可别弄丢了。

穷人的厨房

　　新冠疫情从几个月延长到了几年，真是一段黑暗的日子，那时我们足不出户，只能用厨房里的存货。面粉、酵母、搅拌奶油和红糖这些本来司空见惯的原材料无法保证稳定来源，我生怕缺货，也难以确定未来形势，所以开始种植我一生中最大的菜园。在胡萝卜周围撒上种子，把西红柿系成一排排，我想起了我祖母说的有关大萧条的故事和英国朋友对他们父辈"二战"配给制的回忆。相隔那么久，竟然还碰上了疫情封控时期的紧日子呢。我现在还记得很清楚，我那时极为推崇"穷人的厨房"，即意大利低收入人群的传统烹饪方式。在物资紧缺的日子里（这是历史上的常见现象），厨师必须用手头的原材料来做饭菜；本来是迫不得已的选择，却造就了标新立异的发明。就算没有搅拌奶油，也不妨碍厨师面对空空如也的橱柜思考烹饪的妙招。

　　在我了解"穷人的厨房"这个概念之前，我就已经品尝到了这一意大利传统的滋味。1990年，我和艾德第一次在托斯卡纳餐馆吃饭的时候，侍应生让我们在白葡萄酒和黑葡萄酒中选一瓶，菜单也是经典式样。我们对此欣然接受，因为野猪肉宽面条、豆角面包蔬菜汤、茴香烤香肠、迷迭香爆烤牛排正对我们的胃口。慢慢地，我们开始探索每家餐馆的特色菜：一家是辛辣的腌西葫芦，一家是生洋蓟沙拉和菠菜团子，还有一家本地酒店是美味的烤小牛肉。它们的优点就在于"原味"——保持了食物的本来味道。家酿葡萄酒也是如此：由于酿酒水平高下不一，我们有时候喝到的就像发酸的紫胶，而有时候则一杯接一杯地大口享用黑葡萄酒，那酒带着一点上腥味，极为醇厚，细辨还夹杂着水果的滋味。

在意大利，新鲜面食常常是加了鸡蛋的，而干面食只用面粉和水做成，味道也很不错；两者是有区别的。（提示：古时候，鸡蛋可是稀罕之物呢。）

我从美国带来了几本烹饪书，不过我来到托斯卡纳之后，就受邀到当地人家里做客，并开始向邻居请教怎么做羽衣甘蓝汤，用老母鸡炖汤下意式饺子，熬出一锅最简单的番茄汤——意式番茄面包汤。那些烹饪书显得过于烦琐讲究，只能被束之高阁。我终于意识到，正是勤俭节约的意大利人在家里面对极为有限的原材料大展厨艺，才自然而然地造就了意大利烹饪极为丰富多彩的面貌。对意大利人来说，烹饪方面的权威是奶奶辈和曾奶奶辈；她们下厨从不用什么烹饪书，而且除了烘焙之外，也不用任何量杯和量勺。至于烘焙水果馅饼，她们早已了然于胸。我曾在纽约和旧金山的最高档餐厅用过餐，那些餐厅人气很高，还有食品展示和相关书籍。可是在意大利的德帕尔玛餐厅、卡迪纳里餐厅和意大利亚尼餐厅吃完饭后，我不禁对这些都市美食圣殿顶礼膜拜。意大利人在家做饭时非常熟悉当季食材，可以将每种食材用于不同菜肴，而且似乎天生就知道今天什么蔬菜水果熟了，可以做菜。和他们一起做饭多年后，我对意大利人即兴发挥的传统厨艺天才十分敬佩。只要跟着散落的面包屑，就能来到意大利"穷人的厨房"。

在公爵、红衣主教和国王的宫廷厨房里，有最新鲜的蔬菜、最好的烹调油和奶油、最上等的精肉。贵族的宴席上，有填了馅料、展开尾羽的烤孔雀，有用棉花糖做成的鸟笼，有美味多汁的烤肉，有花样繁多的甜点。牛肚、牛百叶、填馅猪脚、香肠还能上桌，而内脏、骨节、尾巴、脚部和颈部则被扔出厨房，赏给下人们吃。这一传统现已不存。

意大利烹饪要么高端，要么低端，这是因为在意大利历史上很长时间内，没有出现庞大的中产阶级；相反，法国则发展出了独特的餐馆文化，形成了精致的资产阶级烹饪方式。在我看来，这就是意大利人不挑剔的原因。猪、牛的一些部位，我本以为不可能用于食材的，也被堂而皇之端上餐桌，旁边就是一道极为罕见的鸣禽佳肴。捏住鸟嘴，提起鸟身，咬一大口，嚼碎了骨头等各种东西。吃羊心、兔肾、小牛犊肠子的时候，我偷偷吐到一边。我的朋友们则非常喜欢这些农家菜。我们的电工安东内洛在家里设下丰盛的便餐，席间我看见五个男孩回到炉灶旁，拿第二盘用番茄和肉汁煨的蜗牛。

从更广的角度来讲，"穷人的厨房"不但是一种烹饪方式，还是一种思考和生存方式。我常在想，在地球上的某个特定地方，是什么塑造了那里的人？地理、历史、气候是怎样造就了他们今日的面貌？"穷人的厨房"与人们的性格、文化和生存方式有什么联系？与今日的烹饪方式有什么联系？

罗马的摄像师，送货的司机，米兰的记者，从威尼托或西西里来的旅行者——他们如果来到我在托斯卡纳的房子，在欣赏农家风景的同时，肯定会问有关橄榄树的问题，试一试采摘李子，或者往口袋里装几个柠檬带回家。我的邻居们外出散步的时候，可不光是走走路。他们采一把蒲公英，摘一点带刺的野菜，或者拔下我的茴香花！冒着摔断锁骨的危险，跳过一条沟渠，就为了采摘几根芦笋。一种搜寻食物的本能早已刻印在人类 DNA 之中。全世界的厨师都善于搜寻食物，不过这可不是一大早外出搜寻海草或野生蕨菜。对意大利人来说，搜寻食物是出于一种对四季和土地的深深眷恋。

"穷人的厨房"的那些厨师，他们那时寻找的是什么？现在呢？

春天，采摘了一些像纱线一样细的野芦笋后，我们要在杏仁长成硬核之前采摘爽脆的青杏仁。在普利亚，芜菁（野风信子的鳞茎）可以做一道好菜。初夏，我们采摘扎手的嫩荨麻和玻璃苣，用作意式饺子的馅料。意大利到处都有无花果树，停车场人行道的缝隙里都有。日出前出门，从潮湿的石墙上摘下蜗牛。青核桃可用于酿造诺齐诺核桃酒，这是一种用香料调味的餐后酒。松露、蘑菇，当然可以有。茴香，可用的有花粉、花和籽。要是找到了酸樱桃，那可太开心了！野薄荷可用于给肉类调味，在意大利南部，人们在奶酪外面裹上一层野薄荷和蕨菜。栗子！在饥馑时期，栗子是救人性命的食物，人们采摘栗子来做面粉、烤肉、填馅料，浸过一点葡萄酒的栗子还可以直接上桌。备受推崇的栗子蛋糕是一种口味浓郁的千层蛋糕，虽然有人可能吃不惯，但栗子蛋糕倒是"穷人的厨房"特有的甜点，只要栗子面粉、一点橄榄油和一点迷迭香，不用放糖，就能做出来。就算今天加上了葡萄干和松子，栗子蛋糕还是那么单调不入眼，人们喜欢它，只是因为它让人想起了家里饭菜的滋味。

打过蜡、贴有标签的农产品，或者从智利进口、在冬季售卖的草莓——搜寻食物与此正相反。预先洗过、包装好的莴苣，可比不上邋邋遢遢的苦苣（一种意大利绿色蔬菜，与菊苣相近）。把苦苣的茎切片后浸在凉盐水中，苦苣片会卷曲起来；不管放在哪种蔬菜沙拉里，都能增添其美味。在夏季搜寻食物的狂热中，意大利厨师遵循从母亲那一代传下来的惯例，用油泡或盐渍方式腌制大量洋蓟、辣椒、豆类、茄子和黄瓜，以备烹饪有需要时使用。多梅尼卡和吉尔达是各自家里厨房的一把好手，她们每年夏季结束前都囤积约 300 罐番茄。太阳好的时候，人们把茴香花和番茄放在室外的匾上晒干。秋天，人们在金黄色的秋叶间搜寻牛肝菌和栗子，这意味着炉火边的晚餐即将开始。这就是意大利的生活。我初到意大利时就是这样，记忆所及，就是这样。

"穷人的厨房"极为突出地传承了意大利人对土地的深深眷恋。另一个好的方面是一种物尽其用、免于浪费的精神，值得每个人铭记在心。我注意到，在收垃圾那天，每家每户都拿出了小垃圾袋可供收走，而我的垃圾袋特别大，让我十分尴尬。我们关注垃圾回收，但是忘了每天积累的垃圾有多大数量！

"穷人的厨房"宗旨就是：完全利用猪身上从猪鼻子到猪尾巴的每一盎司；不管从水里钓到什么，都拿去烧烤；不管手里有什么种子，都拿去种植；去菜场勤一点，让家里的胡萝卜、西兰花保持新鲜，不至于做菜时就已蔫了。因为早先缺乏冷藏设备，人们养成了这样的习惯，同时也避免了浪费。每天买菜不是一件烦琐的家务，而是一个了解远近新闻的机会，同时，也可以交流怎么烹饪刚买的金橘、甜菜、刺菜蓟。

我的意大利朋友们从母亲那里继承了厨艺，我就模仿她们，把西芹和芝麻菜的茎切下来做菜，就像细香葱一样美味呢。把西兰花的粗茎剥下来，切片，放锅里蒸。用芹菜、萝卜叶、胡萝卜和茴香来做沙拉、当配菜。切几根苦菜，点缀在猫耳面上。所有这些，意大利人的奶奶辈都会做；她们还会往汤里放一片帕尔马干酪，以增添其风味。物尽其用、免于浪费的最好例子就是面包：意大利人几乎每天都从附近的面包房里买一根面包回家，这是极为悠久的传统了。

肯定还有卖剩的面包。瞧，这是总汇面包沙拉，这是烤蔬菜浓汤，这是什锦馅面包。一位中年男人告诉我，第二次世界大战时他还是个孩子，早餐只有一片蘸了葡萄酒和糖的面包。如今，没长牙的婴儿也可以咬一小块面包来刺激牙龈。

一根面包，只要还没有像球棒那么硬，就能提供人人都喜欢的宝贝——面包屑。看上去平平无奇的面包屑，却有那么多的用处，谁能想得到呢？把面包屑烤一下，放在意大利面食上面，就能在"穷人的厨房"里做出帕尔马干酪的滋味。要是有鳀鱼的话，就放一点，再浇几滴橄榄油。还可以把大片的面包屑加上香草和红辣椒一起炒。面粉快用完了怎么办？把面粉和面包屑混合，做出来的意大利面食至少外观上不差。我现在才不乱扔面包呢——汤、烤面食、沙拉上面都可以放一点面包屑作为佐料。在普利亚有一种甜味烤面包，又圆又大，分量十足，有的重达 8 到 10 磅，吃起来就像在吃蛋糕。这种美味面包是用"焦面粉"制作而成，其背后的故事让我怦然心动。以前，地主往往在收割小麦后放火烧平麦田，穷苦劳工便一寸寸爬犁土地，捡拾烧焦的麦粒用于磨成面粉。这种"焦面粉"带有暖烘烘的风味，逐渐受到欢迎，今天被用来制作各种美味面包，在普利亚地区的"阿尔塔穆拉""奥萨拉"等大型面包房里有售。

在意大利开车巡游，常能看到以家庭为单位的小麦种植场地：一片麦田，周围是橄榄树和葡萄藤。这构成了意大利烹饪的三件宝：小麦、橄榄油和葡萄酒。在"穷人的厨房"里，小麦意味着面食和面包。看看意大利人能在面食上做出什么花样来！面食形状就有数百种，比如枕头、钉子、散热器、辫子、螺旋、星星、弯头、百合花、半袖、蝴蝶，更有各种异想天开或注重实用的卷边，可以包住酱料。这就像诗歌和享乐，而最重要的是利用面粉和水进行发明创造——使用最基本的原料，加以再简单不过的搭配，就能制作出令人回味无穷的美食。只有鹰嘴豆和苦菜？可以把任何一种苦菜研磨成青酱，加上手边的任何一把香草。不要忘了放一点上好的橄榄油，如果能再加一点松露末，那就更好啦。层出不穷的意大利面食，证明了"穷人的厨房"开拓创新、抚慰人心的功能。

在意大利烹饪中，上好的橄榄油能起到点石成金的作用。我们把荒废了30年的土地整理干净后，就开始自己榨橄榄油，后来还做一点橄榄油生意。10月摘橄榄，让我们感受到了四季的永恒轮回。在地中海周边，橄榄油不只是一种食材，而是一种供奉神灵的圣物，能让人加深与土地的联系，增加对四时变化的感应。

我们新榨的橄榄油看上去就像液体的翡翠一样闪闪发光，令我们惊喜不已。我的朋友朱西能做填馅西葫芦、烤猪里脊和家常青豆，我们都学不来：我们虽然能做，但做得不好。所以，我们仔细观察她是怎么做的。我们是朝平底锅里轻轻洒几下橄榄油，而她把瓶盖一开，就往里咕咚咕咚倒。她的用量是我们的三倍，甚至四倍！我们把这个发现告诉了五金店老板娘，她淡淡地说："我们的橄榄油不会让你发胖。"

我们深信不疑，也照此办理。于是，我们做的食物闪着油光。不但要在沙拉和烤牛排上加橄榄油，还可以在蚊虫叮咬处、婴儿脐带、妊娠纹和干裂皮肤上抹一点橄榄油。把薰衣草浸在橄榄油里，往洗澡水里加一点，就能增添香味。往一只橘子上浇几滴橄榄油，再撒点盐，油煎食物的时候放进去（烹饪书上教你别这么做，不用理它）。吉尔达家里有四口人，她每年要用掉一磅黄油；和我们一样，她每星期至少要用掉一升橄榄油。

以前在美国的时候，一切正相反。在加利福尼亚家里，我们小心翼翼地用橄榄油，却大手大脚地用葡萄酒。一顿八人晚餐过后，我们要把八个葡萄酒空瓶扔进垃圾箱。在意大利，我们注意到，一场派对过后，只有三四个葡萄酒空瓶以及同等数量的空水瓶——意大利人喝水和喝葡萄酒一样多。而且，他们多数只在上菜后才开始喝葡萄酒，只有少数人在上菜前试图劝一杯葡萄酒。我们明白了！葡萄酒和食物的搭配构成了意大利烹饪的平衡。

意大利人为什么看上去更加自由自在、享受生活呢？也许是因为他们更注重与自然的联系，更尊重自然的馈赠。如果一个人遵循自然节律、四季轮回而调整心理预期，那么他一定会感到开心。一顿晚餐分为四道菜——开胃菜、主菜、次菜和甜点，用餐者对每一道菜都细细品尝，这一节奏让我心满意足。随着一声"请入座！"，我因内心愉悦而涨红了脸，感到进入了一种庆祝氛围。好事即将开场！没有人关心意大利方饺里藏着多少卡路里。我以前总是觉得"罪恶"可以和"甜点"画等号，然而即便在甜点最为纯粹的西西里，我也从未听说当地人有这样的观念。我也从未听到意大利人说某个菜是"蛋白质"或"碳水化合物"，餐桌上没有人谈论麸质、脂肪之类的沉闷话题。一顿漫长的意大利晚餐过后，我不但享受到朋友的陪伴、美食和葡萄酒，还有一种重获新生、无比舒畅之感，无法用语言形容。这种健康勃发的感觉正是得自"穷人的厨房"，对手头仅有的一切保持敬畏。食物来自自然，品尝食物要有节制，也要有热忱，这就是问题的核心。曾祖母辈对上桌的每道菜都心存感激和尊敬。

托斯卡纳人说："在餐桌边永远不会变老。"飞逝的时间在餐厅中停滞，人们递过冒着热气和香味的面食碗，便逃脱了时间的掌控。多年来，我在意大利乡间种蔬菜、搜寻食物、下厨，对葡萄酒和烹饪的知识大有长进，这就好像以前关上的门对我打开，给了我极大的影响。

在物资短缺的战争岁月里，意大利人的祖母辈不顾生活窘迫，发展出了"穷人的厨房"，这一烹饪形式至今仍受到全世界的喜爱。这是意大利人的珍贵遗产。意大利诗人切撒莱·帕维塞写道："只要喝一杯，就能让我的身体品尝到植物和河流的生命。"得自祖先的丰盛餐食，正是生命的最好馈赠啊。

家庭神龛

"你信仰上帝吗？"我问一位邻居。他回答："我不信上帝，但我信仰圣母玛利亚。"

圣母玛利亚随着人们的祈祷来到世间，她善于斡旋调解，一心关爱世人，带来了平静和慰藉，还承受了所有母亲所受的苦难。因此，意大利家家户户都供奉着圣母像。她就像一位朋友，虽然神圣，但是可亲可近。每当我们穿上蓝衣服（古典绘画中的圣母玛利亚常身着蓝色长袍），或者迷迭香（又被称为"圣母玛利亚的玫瑰"）开花的时候，我们就会想起圣母玛利亚。如果上帝在世间现身，我们肯定会因害怕而遮住眼睛，可是如果圣母玛利亚来了，我们会邀请她来家里吃饭。

圣母玛利亚可能是西方神话中得到供奉最多的一位人物。葡萄牙法蒂玛、法国卢尔德、墨西哥瓜达卢佩、波兰琴斯托霍瓦等地都修建有圣母大教堂。我们曾拜访过这些神圣的地方，盼望见证神迹的出现。我们呼吸着玛利亚当年呼吸过的空气，她的裙摆曾拂过刺毛灌丛，我们在旁边经过。

土耳其的以弗所据说有玛利亚最后的归宿（坟墓）。这当然只是人们的幻想，不过这一传说反映了人们希望找到玛利亚之墓的愿望。1841 年，德国的一位神秘主义作家在其著作中描述了在以弗所见到玛利亚的幻觉，后来考古学家果然在以弗所找到了一座 4 世纪的墓葬废墟。虽然4世纪已经和玛利亚的时代相隔几百年了，但人们仍络绎不绝前来参观这个"玛利亚之墓"。我在那里参观的时候，看见一群群闹哄哄的游客从大巴上下来，一头扎进了墓葬所在的石头房子里。这些朝圣者，有的来祈愿，有的来还愿，他们往一堵墙上贴了随身带着的各种小东西——手帕、纸巾、丝袜、小照片和地图。

玛利亚的出生地据传是在巴勒斯坦的拿撒勒，后来教廷于1291年认定玛利亚出生地为克罗地亚的特尔萨特，又于1294年改为意大利安科纳附近的洛瑞塔，后者至今仍是热门朝圣地。冥冥中似乎有某种神秘的力量把玛利亚和"家"联系在一起，因此，玛利亚代表了人们对"家"的渴望。在意大利，人们常常把圣母像挂在家门边、十字路口和广场上。从世俗的角度来看，圣母像点缀了人们生活的空间，就像柏树、钟楼、石墙和橄榄梯田，圣母像给自然和人文风景赋予了特色和深度。想想看，意大利怎么可能没有圣母像呢！

人们走上漫长的朝圣之路，是为了期待神迹的来临；人们在家里悬挂圣母像，是为了日常生活中的寄托。在卡普里，我见到一幅圣母像上插着一张小卡片，上面潦草地写着"保佑这个家"。在私人小教堂、家庭祈祷室、路边神龛和卧室壁龛里，有时供着耶稣像，有时甚至还供着圣方济各像，不过圣母像是绝不会缺席的。在科尔托纳，头戴光环的圣母像和带着忠犬的圣玛格丽塔雕像下，卧着一条打盹的小狗。在医生办公室，毛巾架上方贴着圣母像。在加油站、宪兵队、肉店、银行、五金店、修车铺，一抬头就能看到圣母像，背景里往往有橄榄枝，旁边就是裸体挂历。她无处不在，法力无边。即使是不信上帝的人，也得承认她的存在。西班牙哲学家乔治·桑塔亚纳说："这个世界并没有上帝，玛利亚是他的母亲。"从天空到大地，都有她的影子。有时候圣母像被贴在金属栏杆后面，但她的灼热目光仍能穿透一切阻隔。玫瑰凋谢、鸽子翱翔、阳光耀眼，都不能动摇她分毫。当我们在她面前走动，她的眼睛会跟着我们吗？我上前轻轻碰一下她的长袍、她的鞋，会感到一阵悸动吗？要是她脱下长袍，穿得花里胡哨的，那还会有法力吗？画家那么喜欢给她穿上垩蓝色的衣服吗？画家画完圣母像，会得到神圣的安眠吗？

初夏的一个上午，我在那不勒斯信步而行，四处寻找圣母像。我不照导游手册走，完全是漫无目的。（这可能不是了解一座城市的好方法。）我只需要集中注意力，因为在那不勒斯，贴着圣母像的神龛无处不在，扫一眼就能看见五处，实在叫人分心啊。有些神龛在街角的显眼位置，但大多数不事张扬，就像娴静羞涩的小姑娘。街面层的圣母神龛往往带有小花架，里面塞着塑料绣球花、盆栽杜鹃花和剪短的剑兰。有一个神龛，是一个番茄罐里装着自种玫瑰花，令我十分喜欢。有的神龛缠着一圈小灯泡，闪着柔和的光芒；有的则点缀着蓝色霓虹灯，发出轻微的嗡嗡声；还有的放着蜡烛，蜡油流下来，在神龛里淌成了小河。有一些神龛已被废弃，可是附近的还有人照看，我不知道其中原因。这些圣母玛利亚神龛是神圣的民间艺术，它们的根基就是人们的宗教神性、艺术创作冲动和对日常生活的关注。也许一个意大利人选了一种神龛式样和材质（砖雕或石雕），请某个叔叔伯伯或当石匠的朋友亲手制作，然后某个晚上全家吃面食的时候商讨了分工：露琪亚去买神像，塞西莉亚去调合适的漆色，妈妈去把神龛内部漆上海蓝色，最后由安东尼奥神父来给神龛做祝福仪式。神像多放在砖雕、石雕或上漆石膏的拱券下面。拱券是一个弧形，模拟天体（太阳、月亮、金星、火星等）的运行轨迹，暗示玛利亚、圣徒和天使在天堂中的地位。

完工后的圣母玛利亚神龛成为众人关注的全新焦点，成为建筑的一部分。一幢房子新建了门窗，人们也许还不会注意，而新建的神龛可不一样呢：它引人注目，成为周围环境的中心。它不仅对于当初筹建的家庭极为重要，而且对所有匆匆路过的人也很有启迪。比如，我在6月的一个上午，小心查看花丛中卷成一团的便笺和圣徒卡片、神龛上插着的金属裁切的手脚形状，显然修建神龛的人希望通过祈祷让受伤的肢体复原。那些在神龛边匆匆路过、不作理会的人，把圣母玛利亚当成路灯、邮箱、酒店招牌——玛利亚能读懂他们的内心吗？那些驻足观看的人，不管他们渴望脱离这个凡俗世界，还是因身处这个凡俗世界而心存感激——玛利亚能理解他们吗？看不到的东西也许就像看得到的东西一样神秘：那些多次路过神龛的人留下了自己的身形，而他们在神龛这个镜子里面再也看不见自己的倒影。

我家车道入口处有一处石雕神龛，里面有一尊安德烈亚·德拉·罗比亚（意大利文艺复兴时期雕塑家）风格的玛利亚怀抱圣子的雕像。看到神龛的那一刹那，我也看见了"期盼阳光"老房子，心里知道它就是属于我的家了。开始的那几年，我们尚在那片久已荒废的土地上清理荆棘，那时候有一位孤独的男士每天来给神龛献花。即使在8月如同鼓风炉的炎热天气里，他也披着一件外套，对我们在上面的梯田里摆弄大剪刀和割草机根本不加理会。每天，他把前一天的花拿出来，扔进水沟里，用手掌轻轻抹一下神龛，然后放上一束蓍草或野生犬蔷薇。

这样过了几年之后，他突然再也不来了。镇上好像没人认识他，他从此销声匿迹，我也只得认为他已经去世了吧。一位邻居的老母亲也曾每天来给神龛献花祈祷，直到仙逝。这两位常客离开人世之后，事情发生了奇妙的转折。我写的关于托斯卡纳的书有了一点名气，读者们纷至沓来，造访我的老房子。他们在神龛上留下了各种纪念物，比如钱币、松果、野花、蜡烛、奇石和便笺，甚至还有来自匈牙利和波兰的酒；他们还围在神龛边拍合影。我的邻居普拉奇多骑马经过时，向神龛额首致意，并以圣父、圣子和圣灵的名义在胸前画了十字。卡迪娅跑步经过时，用双臂摆出十字的形状。基娅拉接过了祖母的信仰，继续给神龛献花；因此，每当我们长时间外出归来，就能看见神龛里的玛利亚身边一片烛光灿烂，神龛前的花瓶里插着基娅拉花园里的当季花朵。

历史上的罗马人信奉多神教，他们的个人住房和公共祭祀空间都分给了不同的神祇。一个罗马人的家里，至少有住家守护神拉尔、双面门神雅努斯和女灶神维斯塔；祖先的英灵和其他守护神也看护着整幢房子和里面的食物、橱柜。今天，神龛仍可散见于废弃的古道、乡村的角落和镇子的大门，这就是古老传统的现代孑遗。甚至连老掉牙的菲亚特汽车仪表盘上都有临时做成的小神龛。人们希望把自己的家、街道或城镇与某种神圣之物联系起来，神龛便应运而生。徜徉在那不勒斯的时候，随处可见的神龛让我痴迷不已，我也找到了神龛背后的缘由：只要引起了人们的注意，那就得到了神圣之物的一部分。描绘了真理，就能得到真理。

神龛与圣地不同：神龛不是一种目的地，而是一个人去邻居家、杂货店或公园的路上看见的一个物体。在一个神龛边驻足，这一瞬间给日常生活带来了一段停滞，希腊人称之为"站立默想的时间"。停下来一会儿吧，心里感到了什么？在营营役役的人生中，总有那么一个时刻，突然明白玛利亚（或向玛利亚传报受孕喜讯的天使）是一个永恒不变的静点，而自己则不停地前进、后退、前进。玛利亚的路边小屋强烈吸引着我们，不管我们是勇敢还是胆怯，自满还是上进，无牵无挂还是深陷尘网，抑或只是怀着好奇心。这些神龛具有魔力：不管是谁，只要有心寻求神龛的慰藉，就能在神龛边驻足，享受片刻的宁静。

把 2020 年放在脑后

居家隔离的第 6 天，这天上午，我想起了约翰·济慈在那不勒斯湾接受隔离检疫的日子。但丁和奥维德等文人曾被强行流放，而济慈不同，他是因为政治原因而被驱逐，因此主动离开了湿冷多雨的英格兰，来到阳光灿烂的意大利，希望改善身体状况。

1820 年 10 月，斑疹伤寒在那不勒斯大流行。济慈和他的画家朋友约瑟夫·塞文一起，在港口的船上漂了 10 天（不到意大利检疫规定的 40 天）。在踏上旅程之前，济慈就受到忧郁心情的折磨。他写道："面临必死的命运，就好比不情愿也要去睡觉，这让我心情沉重。"（《初观额尔金石雕有感》）在有名的《夜莺颂》中也有一句："我几乎爱上安详的死亡。"离开英格兰，远赴意大利，这并不是度假，而是一次绝望的旅程。济慈的咳嗽越来越重。一早起来，他就看见枕头上有一点血迹，心里明白自己肺结核严重，时日无多。他只有孤注一掷，赶赴罗马，不过这样就必须在海上漂一段时间。

我同济慈一样，从停泊在港口的游轮高处俯瞰那不勒斯。这里有世界上最壮观的景色：沿岸一片杏黄色、深红色、天蓝色和玫瑰色别墅依次排开，港口碧蓝碧蓝的海面呈现一个巨大的 U 形，而维苏威火山的厚实轮廓，即使在远处背景中也是非常显眼。有俗语说：见识了那不勒斯，便不枉此生。在一个地方待着，不到一星期，我就坐立不安；要是被迫在一个地方无所事事，那真是度日如年了。（被隔离在游轮上的人，没有一个对这段日子表示留恋。）

济慈的童年一点儿都没有诗意，在他的成长过程中，他爱过的人一个个离世。他有很强的不安全感，生活拮据，还常有人讥笑他是小矮个儿，让他十分气愤。度过了艰难而悲惨的童年后，济慈14岁时成为一位医生的学徒，这对他来说是一段可怕的经历，随后他又在医院里做了几年实习生，那段日子让他感觉毛骨悚然。在此期间，他爱上了诗歌，他把所有的业余时间用于学习写作诗歌。后来，他放弃了医学事业，走上了文学道路，立志"成为英国诗人之一"。这就是济慈弃医从文的经历。

我对济慈的10天隔离检疫很感兴趣。那时，济慈快到25岁，距离病逝只有4个月，他早已有预感："人生缥缈不定，似乎已活在死后世界中。"他不知道，对于我这样的后世读者来说，他度过了成功而充实的一生。济慈去世后被安葬在罗马，他的墓碑上刻着一句悲伤的话："长眠于此地者，声名书于水上。"才不是这样呢。

济慈在隔离检疫期间给布朗夫人写了信，后者是济慈情人芬妮的母亲，济慈再也见不到这位芬妮小姐了。"如果我能长留人间的话，我要好好向你描述一下那不勒斯湾。"他在信中写道，"请代我向芬妮致意。我要是身体健康，那不勒斯的美景用一帖纸都不够我写——一切恍如梦境。"

一帖纸指的是四大张羊皮纸，折成24页。想象一下：济慈用整整一帖纸描述了粼粼水面上的那座城市——近在眼前却触不可及——意大利。月亮慢悠悠地升上来，在圆拱形屋顶上洒下银色月光，远处的钟声一直传到海面上，暖湿的空气沁人心脾。我看见他靠在栏杆上，"几乎爱上安详的死亡"这一忧郁思绪已离他远去；隔离检疫让他的生活停顿下来，活下去的强烈愿望在他心中油然而生。他不再是那个充满热忱和浪漫激情、在诗中抒发忧郁情绪的少年，面对着阳光灿烂、无比壮观的那不勒斯湾，他感到这一切促发了他对生命、家、爱的渴望。然而人世终究是镜花水月，他无力提笔用一帖纸描述那不勒斯。

当济慈结束检疫后，他立即写了一封信给布朗夫人，信中表达了他仿佛笼中鸟一样的焦虑心情：他不敢想象以后再也见不到芬妮了。"我不敢写信给她，不敢收到她的信（因为看见她的字迹让我心痛），也不敢听见她的任何消息；看见她的名字写在纸上，就已让我不堪忍受了。"

两百年之后，这种痛苦仍让人感同身受。如果济慈能恢复健康，能回到芬妮身边，能在意大利自由徜徉，而不是待在罗马望着窗外的"西班牙阶梯"，离伦敦的汉普特斯西斯公园那么远，那么他的诗歌会有所变化吗？我不知道。

居家隔离的第 6 天，我和济慈在一起。他在诗中写道："在那些黄金国度有我很多的游历。"我也是啊。读大学的时候，我以为"黄金"的意思是"梦想"，可是后来我发现"黄金"指的是精装书包了金边的书页。我的济慈诗集并没有包金边的书页，相反，那些书已经发黄，诗句还加了下划线（尤其是《圣阿涅斯之夜》），让读者略感尴尬。我还记得第一次阅读这首诗，并从中得到了有关写作的重大启发。我用淡紫色墨水写下了眉批："色彩、触觉、嗅觉、味觉——只要激活两种感官之间的联系，笔端就具有了打动人心的力量。"济慈还说："感受到美，就是永远的快乐。"明白了这一点，就能将之作为百试不爽的标准。

我的猫爬上了沙发。我对着它吟诵各种文学名句，可是它望着窗外，完全不理会当下的现状：一种强力病毒正横扫全世界，仿佛圣经中的十灾，随意将所到之处化为灰烬，和盘踞在济慈肺部的结核杆菌没什么两样。我们不知道将要隔离 10 天还是意大利人规定的 40 天，还是更长。生活停顿了下来。维苏威火山会爆发吗？我们不知道。

回到济慈。这位诗人提出并倡导"消极感受力"，即"处于犹豫、迷惑、怀疑之中仍泰然自若，不去急躁寻求事实和理性"。经过居家隔离的一天，这就是我的收获。事实和理性并无常态，所以不必去急躁寻求。泰然自若意味着积极面对生活。犹豫、迷惑、怀疑，这是人生沉浮、做梦、欣赏美景的一种未定状态。

3

南方纪事

家是一个人出发的地方。

——T.S.艾略特

十字溪属于风雨，属于太阳和四季，
属于宇宙间的秘密开端，而最重要的是属于时间。

——玛乔里·金南·罗林斯

如果一个年轻女子待在家里老不出门，
巧事也不会落到她头上，那就要到村子外面去追求。

——简·奥斯汀

南李街上的老房子

住在哪里，自有命运安排——我早就知道这一点。我驾车赶回加利福尼亚的家中，驶到金门大桥上的时候，接到了我姐姐的电话："爷爷 DJ 的房子正在出售，你想去出个价吗？"我们私底下把爷爷约翰·亨利·梅耶斯叫做 DJ，不过老爷子既心高气傲又颐指气使，和在迪厅里放音乐的 DJ 完全没有共同之处。

长久以来根植于心中的对家的向往，这一刻被电话勾起，弥漫于全身上下。这一消息是姐姐的朋友"炸药"从佐治亚州南部的家乡来电告知的；这位可爱的主妇年轻时是女子鼓乐队的领队，跳着舞走进橄榄球场时就像炸药一样火辣，因此得了这个昵称。

姐姐说："'炸药'夸这房子雅致，修复得也很好。她劝我买下这幢老房子，回到家里，和族人生活在一起。"我听到了她语气中的一丝讽刺。

"你怎么回答的？"

姐姐一阵大笑："我说，就算全美国的房子都倒塌了，我也不会买那幢房子。"

对我们族人来说，那幢房子就意味着家。我的父亲加尔贝特·梅耶斯在那里长大。他小时候被叫做"小熊"；他在襁褓中时，他姐姐黑泽尔还不会说"美丽"。我一生痴迷于家、室内设计和花园种植，就是由那幢房子开始的。它始建于 1906 年，四周环绕着门廊，正门前有一棵巨型木兰树，里面有六个壁炉和一个漂亮的弧形楼梯间；到了 20 世纪中期，它就已经是远近闻名的古老建筑了。我特别喜欢二楼的宽敞走廊，走廊两边摆着大木箱，里面放满了剪贴簿、发黄的照片、黑泽尔姑妈的玫瑰色和米色塔夫绸、蓝色丝绸、用纸巾妥帖包裹了几十年的紫红色天鹅绒舞会礼服（可惜"黑暗小镇的骄傲舞会"早已停办了）。我在那儿留宿的时候，听到寂静的夜里唯有门厅里的落地钟像英国大本钟一样缓缓敲出报时钟声。奶奶以前坐在餐桌上首，她的脚下有一只隐藏的召唤铃，似乎能叫来济慈的情人芬妮·布朗端上一盘辣椒鹌鹑。雪茄的烟味、夏尔美香水、火炉中潮湿的木灰、油炸食物——那幢房子里的气味往往在某个遥远的异乡不可名状地涌上心头，带着我穿过房后的纱门，回到一片芹菜绿的厨房里。院子里有一个带底座的圆形凸镜，上面曾经照出了我两岁时扭歪了的小脸蛋；旁边，大如人脸的银色绣球花和遮天蔽日的橡树相映成趣。童年的我住在爷爷奶奶的南李街老房子里，现在想起这一经历，就像看见一缕阳光中的灰尘被镀成金色，上下飘动；在我的小说《天鹅》中，我试图重现这一段童年时光。

在我 11 岁的那年暑假，我翻来覆去地放美国诗人斯蒂芬·文森特·贝尼特的诗歌唱片《约翰·布朗的遗体》，背诵其中的两句："佐治亚的风四处吹拂，风中的甜味是晒干的桃脯。"这我相信，不过我家乡的风多半带着布伦瑞克造纸厂的有毒废气。贝尼特对于风景之美的刻画曾令我极为心动。我年轻时还喜欢美国诗人西德尼·拉尼尔的《格林的沼泽》，一次开车途中大声朗诵其中的诗句，让家人们不胜其烦："沼泽里的雌鸟在湿地上秘密筑巢，我也将借助上帝的恩典建造我自己的家……格林的沼泽包容万物，它无边无际的宽宏就是上帝的宽宏。"

在佐治亚州米利奇维尔读中学的时候，我开始读弗兰纳里·奥康纳的作品，到了俄亥俄州哥伦布后又开始接触卡森·麦卡勒斯的作品（两者均为美国南方小说家）；出生于佐治亚州萨凡纳的诗人、小说家康拉德·艾肯，我自然不会放过；托马斯·沃尔夫、詹姆斯·艾吉、尤多拉·韦尔蒂等南方作家的作品，我都有所涉猎；当然，还有我最崇拜的威廉·福克纳。他们的作品所编织的经纬，给了我佐证，让我更好地认识我已经觉察到的一种现象：土地和人物之间存在着纠缠不清的关系。南方的天空和大地自有其美景，飓风、龙卷风狂野不羁，阳光灼人心魄，大自然更是变幻不定：树木葱茏的小岛在沼泽里上下起伏，流沙能把小狗一下子吞没，要是地下石灰石岩层崩塌，会形成落水洞，灌满了绿水，人都会栽进去。对于南方的自然伟力，我可是了如指掌。

风中的甜味是晒干的桃脯？木兰花香飘满整幢房子，这更叫人心醉呀——为了达到这一效果，壁炉里堆的是木兰花，而不是柴火。楝木的味道仿佛在空气中起舞，装着纱门的门廊上有大朵粉色杜鹃花——这画面有一种雕塑感，我十分喜欢。犁过的土地喷了滴滴涕，飞机撒下了农药之后，便出现了壮观的日落，太阳带着斑驳杂色，好像一个棒棒糖。当年我和父母星期天下午出去"闲逛"的时候，我总是叫父母停下车，在清澈的潺潺溪流中蹚水，或者在木桥边看奇形怪状的小柏树从黑水中长出来。我记得以前读《南方的心灵》，很赞同作者 W.J.凯什的一个看法：覆盖着苔藓的树木周围有一层蓝色氤氲之气，这让南方人用一种浪漫主义的角度看待世界。他说：南方人看到的不是现实，而是一个更加温柔的世界。

我那些不成熟的直觉观念，在文学中得到了表达。虽然我周游全球，但我仍不忘初心。在托斯卡纳，我又一次认识到，美丽的风景不只是一个背景，而是影响人、塑造人的重要因素。

"期盼阳光"老房子坐落于伊特鲁里亚时期的古墙下，山上还有一座美第奇家族的城堡；我买下这幢老房子的时候，就知道那么多年来，它以所在的山坡为"家"了。颓圮的灰泥墙面上，涂着一层又一层的赭色、褐色和玫瑰色墙漆，仿佛一层又一层的时间覆在上面。老房子下面的道路名为"回忆街"，两侧种着柏树，以纪念第一次世界大战的战死士兵。远处可见一座金光闪闪的城堡，是18世纪为一位来访的教皇而建，不过教皇只在那里住了一晚。从我的位置来看，老房子就是整幅山水画中的"静止点"。我只要看太阳照射外墙的角度，就能推测几点几分。地域感？我以为住在这幢老房子里能让我走进意大利的生活，看来，这个想法是对的。

我读大学的时候，南李街老房子失火，烧毁了一部分。我奶奶弗朗西丝那时早已去世，我爷爷半夜逃离火场，两天后因为受惊过度而离世。黑泽尔姑妈出钱修复了老房子的外墙，将原先环绕四周的漂亮门廊换成了细长的圆柱。我成年之后，黑泽尔姑妈去世之前，老房子外表一直保持着原来的样子，就连抛光的黄铜门环和街边人行道上的金盏花都一如从前。"真俗气，"我妈说，"金盏花什么用处都没有。"

黑泽尔姑妈有时候过来重访老房子，还用低沉的嗓音对我们说："这房子看上去不错吧？我那时有12个追求者，我让他们坐在这儿的台阶上，对他们宣布我和威尔福德订婚的消息。"母亲翻了翻白眼，我也不由微微一哂。黑泽尔姑妈住在迈阿密一幢铺着瓷砖的热带风格房子里，可她总是涕泪俱下地对我们说，那幢房子永远不是她的家。她用一个威尔士语单词"hiraeth"来表达"有家难回"的忧愁和"无处为家"的迷惘。她在迈阿密的房子是西班牙地中海风格，比爷爷奶奶的维多利亚式老房子新潮百倍，可是这幢位于南李街的白色四方形老房子偏偏成了她一生中魂牵梦萦的地方。

南李街老房子叫人不可思议、难以忘怀的一点，让我姐姐宣称

"就算全美国的房子都倒塌了，我也不会买那幢房子"的原因，就是房子内部仍然是被火烧毁的样子。那架小型三角钢琴在火灾中被熏黑了，斜靠在耷拉着的楼梯下面；墙壁都是烟熏火燎的黑色，家具上黏着白乎乎的灰。在我有关南方的小说《天鹅》中，我没有写到这一切，因为这一譬喻太过明显，没必要落笔。我想，会不会有外面的小孩往窗户里张望，结果被吓到，转身逃命去啊。

我的一位大学教授说，南方人的地域感来自战争失利的群体经验。他指的当然是南北战争，南方诸州最终战败。"整个美国，只有我们为自己的土地而战，却被剥夺了自己的土地，"他说，"这让我们产生了一种失落感，我们永远走不出来。"我才不相信他的话呢。我觉得塑造了我的是这片土地，而不是一百多年前的一场战争。我当初学习历史的时候，就认为战争在成文史中所占的比重过大。隐蔽井、凤眼莲、月光、猎枪、帽盒、细雨、水蝮蛇、片状闪电、稻草人、私刑、天蓬四柱床、落水洞、棉铃、奴隶拍卖、矮棕榈、乙醚瓶、月光花、夏天清晨猛然关上的纱门——这些比文字更具意义。人们在一片土地上生活，土地的特性在他们身上表现出来，将他们变成他们应当成为的样子。

在托斯卡纳生活，让我更加深了这一认识。我买下的老房子成了我的特性，它渗入了我的内心深处，是一种永恒的存在。而南李街的老房子，则代表了我最早的玩乐时光：我小时候住的六扇窗户的小房间，是我做白日梦的地方，我整天疯玩，忙着创造各种平凡或神奇的东西，幻想着成为另一个版本的自己。家就像一个深水系泊处：人沉沉浮浮，总可以停靠。所有的老房子里，都有看不见的精灵，怀着好意或恶意，盘桓不去；不管这些精灵有什么样的记忆，他们都游荡在楼板、墙壁间，慢慢影响了居住者的人生。在"期盼阳光"老房子，我一回来就感到一种真实的满足。这强烈的幸福感，让我产生了一种安心回家的释然。

　　有人买下了爷爷 DJ 的老房子。松木地板闪闪发亮，来自另一处被拆除的老房子，落地长窗挂着蓝色丝绸窗帘，房后的门廊下的格栅，正适合一个德高望重的老人坐着剥豌豆——我可以想象这些情景。老房子的每道门槛和窗框都会得到细致修复，老房子的命运从此改变。新主人也许不会知道老房子失火的细节，但是过去的印记总会时不时地显露出来。当年那个把娃娃屋搬到父亲加尔贝特房间里的小女孩，50 年之后，也许会想象身着深红色天鹅绒的舞者，也许会觉得绣球花胜过一切花卉，也许会从噩梦中惊醒，在那个可怕的噩梦中，熊熊火焰吞没了漂亮的弧形楼梯。

母亲的美味蛋糕

　　母亲端着椰子蛋糕走进餐厅，父亲开始饭前祷告："天上的主啊。"母亲轻轻地把蛋糕放在餐桌上。这个蛋糕体型巨大，没法放进任何一个盘子里，所以只好放在一片覆着锡箔的纸板上面冰冻起来；毛茸茸、白生生的，裹着一圈椰子花边，下面铺着白色网眼纸垫圈，好像一层雪花。春天，母亲会在蛋糕上围一圈白色山茶花；夏天，则是一圈橙黄色旱金莲；冬天的圣诞假期，母亲为蛋糕点缀上小松果，不过喷上的金色颜料可能有毒呢。

　　我坐在车道上，为此做一点准备工作：我拿了四个椰子、一个碗、一个冰锥和一把锤子，把冰锥用力凿进椰子眼里，把椰汁倒出来，然后把椰壳砸开。取出椰肉可不容易，褐色的硬皮必须清除干净，而且椰肉要切成小块。我不喜欢做蛋糕，但我喜欢看母亲将一杯黄油加三杯糖打成糊状，把一整盒 12 个鸡蛋拿出来，打出蛋清混进去并搅拌均匀。她把蛋黄放在一个碗里，盖上一个浴帽一样的弹性塑料罩。然后，她在蛋糕糊里倒一杯牛奶，撒一点香草，并缓缓放入五杯事先筛过的面粉和两茶匙发酵粉。有时候她用三个圆形盘子来烤蛋糕，但是她觉得长方形蛋糕切成方形小块比较利落，所以用得多的还是两个长方形盘子。

　　最叫人垂涎三尺的是蛋糕上面的糖霜——新鲜椰子！母亲先用四杯糖加一杯水烧开，略凉后放入四个打成糊状的蛋清，然后咬着嘴唇狠狠搅拌，直到糊状物发出光泽。接着，她倒进大部分椰肉并搅拌，将其作为第一层糖霜均匀涂抹在蛋糕上，第一层抹完之后，再把剩下的椰肉均匀撒在上面。一口吃进100卡路里？我们可不考虑这个。

椰子蛋糕在餐桌上光彩四射，它已经不是普通蛋糕了，而是万中选一的美味佳肴。至少我们是这么认为的啦！不过，一星期后，母亲又端出了一道大餐：柠檬奶酪蛋糕，这也是父亲的最爱。这不是大家熟知的奶酪蛋糕：里面填的柠檬酪味道浓烈，尝起来就像带凝乳味的奶酪。我看了配方，才明白神奇的奶油色馅料和贝斯塔姨妈的白色糖霜将普通蛋糕升华成了一件艺术品。白色糖霜很麻烦，我实在是做不来；不管我用谁的配方，我都达不到那种毛茸茸的效果。我可能患上了"白色糖霜恐惧症"。母亲可不一样，她不但能做糖霜，而且她的糖霜有丰富的泡沫和诱人的色泽。我试过她的三种蛋糕配方，每一种最后都变成了松松垮垮的一坨。

柠檬馅料其实不难做。母亲将两只熟透的柠檬磨碎取汁，用一个小平底锅融化半条黄油，放入磨碎的柠檬皮、柠檬汁、三个打好的鸡蛋、一小撮盐和四分之三杯糖，然后开中火煮，直到混合物如食谱中所说的"分离成碎片"。

这是发黄的食谱上唯一的指示，母亲的食谱都是如此简略。我想，只要是她会做的步骤，她就不写细节了。她会写："煮成粥状""混合并搅拌""软球阶段""明显裂纹"，等等。我没有她的那种烹饪本能，所以我尝试她的食谱时便束手无策，只有将一个个做失败的蛋糕扔进垃圾桶。不过，母亲的食谱中我可以成功做一种，也是我最喜欢的食物——焦糖蛋糕。这种蛋糕既美观又美味，其壮观程度就像我姐姐穿上了结婚礼服。我成年后，每个感恩节都做焦糖蛋糕。一个焦糖蛋糕，连馅料带糖霜，一共要用掉八杯糖，所以我只在感恩节做，反正这时候大家都大吃大喝的。做焦糖蛋糕要花费很多时间，但端上了桌便举座皆欢，每个人都快乐地晕过去。可是在意大利，情形很不一样，意大利朋友们面露难色，把蛋糕盘子推走，多次追问后才说出实话："太甜了！"我真不明白。也许意大利人太娇贵了？也许是我不爱吃意大利苦味栗子蛋糕的报应？对意大利人来说，苦味栗子蛋糕是一种童年回忆，而我只好思考其中的文化差异了。

不管我在哪里，我上了餐桌就会想：这份食物表达了什么？关于时间、地点、人物和其中的互动，食物有没有告诉我什么？我家以前做了那么多花样繁多的豪华甜点，母亲就喜欢这种"排场"；我脑海中仍能看到她切下一大块蛋糕，递给我、父亲、姐姐、爷爷奶奶和客人们。在记忆中的那段早年时光，在南方的那个小镇里，我静静坐着，心里想着下午怎么可以再吃一块蛋糕，却不知道母亲给我的人生赠予了一份礼物，那就是让我永远期待人生的精彩。

柠檬蛋糕

将烤箱预热至 350 华氏度（约 177 摄氏度）

0.5 磅黄油，预先软化

2 杯糖

2 个鸡蛋

3 杯面粉，与发酵粉、盐一起筛匀

2 茶匙发酵粉

一点点盐

1 杯脱脂乳

1 茶匙香草

4 个蛋清，打匀

将黄油和糖搅拌均匀，打入鸡蛋并搅匀。交替倒入面粉和脱脂乳，搅拌 3—4 分钟后，倒入香草和蛋清。

给两个 9 英寸平底锅垫上保鲜纸，抹上黄油，把面团放在平底锅上，送进烤箱烤 25 分钟。蛋糕烤好后，自然冷却并脱模。

馅料做法：

2 杯糖

4 茶匙黄油，预先软化

6 个蛋黄，打匀

2 茶匙面粉

1 杯热水

9 茶匙柠檬汁和 3 个柠檬的外皮

将糖和黄油充分搅拌，打入蛋黄和面粉。倒入其他液体配料，放进一个双层蒸锅中蒸，其间不停搅拌，直到锅中物"分离成碎片"。自然冷却后，馅料应有如同生奶油一样的浓度。

将馅料平铺于蛋糕各层及顶部。如果蛋糕层出现滑动，一定要用牙签予以固定。

给蛋糕撒上经典的 7 分钟白色糖霜。

焦糖蛋糕

将烤箱预热至 350 华氏度

1.5 杯糖

3/4 杯黄油，预先软化

4 个鸡蛋

3 杯自发面粉，与小苏打、盐一起筛匀

半茶匙小苏打

半茶匙盐

1 杯脱脂乳

1 茶匙香草

1 茶匙柠檬汁

将糖和黄油充分搅拌，一个一个打入鸡蛋。交替倒入面粉混合物和脱脂乳，保持面团松软。加入香草和柠檬汁。给几个 9 英寸平底锅垫上保鲜纸，抹上黄油，将面团放在平底锅上，送进烤箱烤 25 分钟（到了 20 分钟就要随时查看）。蛋糕烤好后，自然冷却并脱模。

浓稠焦糖糖霜做法：

1.5 杯糖

1.5 杯水

4.5 杯糖

2.25 根黄油（约 18 茶匙）

1.5 杯炼乳

一点点盐

1.5 茶匙香草

将糖和水倒入一个平底煎锅中，开中小火煮 12—15 分钟，不停搅拌，让糖融化，慢慢变成浅棕色，熬成焦糖。不可开大火！开到中火，往煎锅内加入黄油、炼乳、盐和香草，用木勺大幅搅拌。这样再煮 5 分钟，然后看看焦糖是否已达到"自身沸腾"阶段：舀出 1/4 茶匙焦糖，滴入一杯自来水中，如果焦糖变成球形，那就说明已经煮好了。如果未达这一阶段，那就再煮一段时间。关火，再搅拌一百下，然后将糖霜浇在蛋糕最底层，从下往上一层层浇上去，最后浇在蛋糕顶部。

母亲的食谱

　　自从我结束在旧金山的大学教书生涯，回到南方定居，便又吃上了我小时候用银匙舀的食物，心里十分愉快。在佐治亚州南部的家乡，我家里的每个人（包括长大后的我）都知道，午饭是一天中最重要的事。伯恩哈特先生每星期三卖蜜瓜，盛夏每天都卖玉米，偶尔卖大量的豌豆（所以得屯一点），7月以后卖新鲜土豆。当我看见母亲开车停上车道，带回一箱箱新鲜蔬菜、西柚、黄李子，我就知道那些箱子下面肯定有几个椰子，用于制作她的美味椰子蛋糕。我也帮忙用冰锥凿进椰子眼里，砸开椰壳，取出椰肉，并把碎椰壳做成小船，粘上用纸和牙签做的风帆，虽然不牢靠，但也算是蛋糕的一种笨拙装饰吧。星期天的午饭是典礼一般的大餐（椰子蛋糕总是在这一餐后上桌），餐点包括炸鸡、肉汁米饭、棉豆、饼干以及用玻璃杯装的桃子、西瓜和黄油面包泡菜，偶尔会加一道火腿或烤牛肉；松脆的炸鸡、奶油色的肉汁和齁甜齁甜的甜点，偏偏遇到了大量水果酸味作为调剂；甜点有山核桃派、柠檬蛋糖脆皮、橙子奶油蛋糕、夹心白蛋糕，还有母亲的拿手菜——椰子蛋糕，那里面有多层富含黄油的柔软馅料，好像被搅匀的白云，而新鲜椰肉咬上去嘎吱作响，让身处佐治亚州南部灼热天气中的我们想到，有个地方叫作"热带"，那儿的阳光更加灼热。湿度直奔100%的时候，母亲在厨房里一边骂着粗话一边想方设法把蛋清打成酥皮，而火焰冰激凌怎么都做不成，面团变成揉不开的硬块，奶油不能冷凝结块，于是母亲只好在她的烹饪书里记上一笔"不要在潮湿天气做这个"，然后扔进厨房抽屉里；母亲的烹饪珍藏就放在抽屉里，包括两本教会小册子、一本她从来不用的烹饪小册子、一本"好主妇学堂"的《完美餐点》、各种关于冰箱和发酵粉的说明书，里面横七竖八插着发黄发皱的剪报，纸页空白处密密麻麻写满了母亲的烹饪配方，除此之外，母亲还在支票背面、便笺、喜来登酒店信笺纸、人寿保险日程表等各种纸张上写下了她常用的配方；这就是她一生的记录，她为家人和朋友下厨，以她的非凡厨艺来安慰病人和吊唁亡故，这些都记在无关书籍的边边角角上，翻看时还会瞥到可笑的印刷文字，比如"高个子的人可以穿长款皮草，矮胖的人可以带一把细长的雨伞"；母亲的这些记录，我全保留下来了，藏在我的书架上，那上面有400本烹饪书（万一老房子着火了呢），毕竟母亲的厨艺远比我高明，而且那些记录里有我几千次午餐会、假日聚会和节庆活动。每当我想念母亲的西葫芦砂锅、甘蔗糖浆派、乡村队长鸡，或者经典奶油鸡肉西兰花砂锅、撒上糖粉的婚礼曲奇饼、芝士饼干、红糖松饼、玉米布丁，或者圣诞期间的"玛莎·华盛顿"黑巧克力豆、黄油蛋清软糖、坚果软糖、波旁酒味巧克力、花生薄脆糖，我就从这堆记录中寻找母亲用铅笔写的简略文字——每一条食谱都是她下厨过程中匆忙记下来的，所以言简意赅，有时候连基本步骤和配料都省去了，因为她胸有成竹呀。在那已经逝去的南方，我家的厨房有七个窗户，挂着鲜艳的咖啡馆式窗帘，我坐在餐桌前，膝盖上摊着一本翻开的书，看见餐厅门猛地打开，一道道美味佳肴被端了上来，有围了一圈炸土豆丸子的辣椒鹌鹑，填着玉米面包屑馅料、装饰着小红莓、烤得金黄发亮的火鸡，蛋奶软糕，黑底派（配方是用我姐姐的浅绿色墨水写的），红糖松饼（我家做的永远是甜味的，而不是咸味的），奶油炖牡蛎，辣玉米，棉花糖、软糖蛋糕，鸡肉冻（我后来在法国吃到过），串在生锈的床垫弹簧做的烤叉上、架在火塘上转着烤了一整晚的猪里脊，冰镇水果沙拉，巧克力冰盒蛋糕，布伦瑞克炖肉，番茄肉冻，还有每年 3 月我过生日都能吃到的覆着粉色糖霜、围着一圈白色山茶花的奶油蛋糕。没有面食（除了偶尔的意大利面）、嫩青菜、腌金枪鱼卵、布拉塔芝士、新西兰无污染鱼肉，几乎不用香草（我自己倒是用得很多），除了切德干酪和环状干酪之外也不用干酪（我自己倒是很喜欢用帕尔马干酪），没有洋蓟、芒果、牛油果、反季葡萄，不用食物处理器、手持搅拌器、蔬菜切片器、烤箱纸、不粘锅、微型刨机、制冰盒、搅打器、浓缩咖啡机，不过母亲倒是有一台冰激凌机，她摇手柄的时候要我坐在上面固定机身，还有一台电动食品搅拌机，可结实呢，要不是遗失了（老房子里的东西大多遗失了），说不定还能用到现在。后来，母亲不再下厨了，厨房黯淡了下来，老房子也沉寂了，接着便很快被转手给了别人，我只来得及抢救出几个铸铁煎锅和母亲的食谱。母亲放辣椒粉的一堆罐头、旧湾调料、龙蒿、肉豆蔻及其种衣、红辣椒碎末，这些全被清空了。放菠萝茶的大水罐、打蛋器、做干酪酥条的铝质压制机、用于鸡肉装饰的玫瑰形烧烤模具、天使形蛋糕烤盘、草莓布丁模具——所有这些都被时代洪流碾压殆尽，成为碎片，流进看似平静的记忆之海，那里的潮汐起起落落，不受月亮左右。

西葫芦砂锅

我家以前常吃西葫芦砂锅，一星期一次，配着炸鸡吃很不错。现在，我做西葫芦砂锅常用来搭配夏天蔬菜，比如玉米棒子、番茄馅饼和大盘蔬菜沙拉。母亲原来的西葫芦砂锅配方里没有橄榄油，而且她和姨妈们总是开一罐奶油芹菜汤来作为奶油汁用。我偏爱未加工的食品，所以我自己做酱料。我觉得西葫芦砂锅非常美味，我最喜欢的一点就是它色泽金黄，看上去就像阳光。

将烤箱预热至 350 华氏度

2 磅黄色西葫芦，切片

3 勺黄油

1 个大洋葱，切碎

2 勺橄榄油

1 茶匙盐

1/2 茶匙辣椒

2 勺面粉

2 勺黄油

1 杯全脂牛奶

3 个鸡蛋，打匀

1/2 杯切德干酪，磨碎

3/4 杯粗面包屑，加 1 勺橄榄油炒一下，加调料至口味合适

1 茶匙百里香（另准备完整一枝，放在最上面）

将西葫芦放在大锅中蒸 5 分钟，至酥软。去水，用叉子捣烂，分散放入黄油。将洋葱加橄榄油，开中火到大火煸 3 分钟，至半透明状金黄色。将洋葱放入西葫芦中并搅拌，加入盐、辣椒等调味料。

在小平底锅中准备奶油汁酱料。将剩下的黄油融化，倒进面粉并搅拌，在中火上小心煮一下，直到混合物搅拌均匀并开始发褐，制成油面酱。关火，边搅边倒入牛奶，开小火并搅拌，直到油面酱变浓稠。关火，边搅边放进鸡蛋，然后将油面酱倒进西葫芦中并搅拌。加入切德干酪。

在煸洋葱的锅中烤面包屑，直到后者变成褐色，放入百里香并搅拌。将大部分面包屑混入西葫芦中，然后将混合物倒入一个 9 英寸 × 12

英寸、抹了黄油的烤盘中，上面放剩余的面包屑和百里香枝。放烤箱中烤 20 分钟，凉后即可上桌。

红糖松饼

南方正餐中常有甜面包以及饼干、蛋卷。我姐姐喜欢做一些小巧的松饼，和火腿等咸味食物一起吃风味更佳。松饼更是早餐不可或缺之物。

将烤箱预热至 350 华氏度

4 盎司黄油

1 杯红糖

1 个鸡蛋，打匀

2 杯通用面粉

1 茶匙发酵粉

1 茶匙小苏打

1 杯全脂牛奶

1 茶匙香草

半杯碎山核桃

将黄油和红糖放入中等大小的碗中搅成糊状，打入鸡蛋。用筛子将面粉、发酵粉和小苏打徐徐放入，在面糊中加入牛奶。放入香草和山核桃并搅拌。将面糊放入事先准备的平底锅中，制作约 18 个松饼。10 分钟后可测试一下松饼顶部是否坚实。

奶酪玉米粉

我家以前吃早饭时常做奶酪玉米粉，不过我不太喜欢。后来我在意大利定居，吃了好多玉米糊，才知道美国奶酪玉米粉的好处。现在，我吃再多的奶酪玉米粉也不够，特别是母亲以前常做的那种。有时候，她做奶酪玉米粉配鹌鹑的时候，先打好蛋清，然后缓缓放入面糊中，将其作为一种烤盘来用，这样就做成了蛋奶酥。

将烤箱预热至 350 华氏度

3.5 杯水

1 茶匙盐

半茶匙胡椒粉

1 杯用石磨磨细的玉米粉

半杯黄油

8 盎司浓味切德干酪，磨碎

1 杯全脂牛奶

4 个鸡蛋，打匀

在一个大平底锅中放入水、盐和辣椒，烧开，缓缓放入玉米粉并搅拌，直到锅中物全部搅匀。盖上锅盖，开小火炖 20 分钟，不时搅拌。

放入黄油、切德干酪和牛奶，继续开小火搅拌，直到黄油和干酪融化。缓缓打入鸡蛋。倒进一个 2.5 夸脱（1 夸脱等于 0.946 升）容量、抹了黄油的碟子中，烤 30 分钟。可供 10 人食用。

辣玉米

也许大家喜欢吃玉米棒，不过我喜欢用一个黑铁煎锅煎出的辣玉米。配方中当然有黄油，但我现在用新鲜橄榄油来代替。要是嫌不够辣，还可以加灯笼椒或红辣椒。有时候，我还加一点嫩黄秋葵、切碎的西葫芦或黄色南瓜。如果用罐装的甜椒（因为新鲜甜椒比较少见），那么一定要沥干水分，最后才放进去。这是一道很好的夏季配菜，可以和烤鸡一起吃。

4 勺黄油

1 个大洋葱，切碎

1 根芹菜，切段

3 杯玉米粒

1 个甜椒或红椒，切碎

1 个柠檬，切碎

1/4 杯红酒醋

1 茶匙塔巴斯科辣沙司

若干红辣椒末

2 个蒜瓣

1 茶匙糖

1 勺盐

1 勺胡椒粉

半杯浓奶油

一把荷兰芹，切碎

用一个大煎锅来融化黄油。开中火将洋葱和芹菜炒 3 分钟。倒入玉米和甜椒，搅拌，再炒 5 分钟。将除了荷兰芹以外的其余配料全部倒入，盖上锅盖，开小火焖 8 分钟。然后，从锅中取出蒜瓣，放进荷兰芹。可供 6 到 8 人食用。

玛丽·戴维斯用玉米片做的火鸡填料

玛丽·戴维斯是我姑妈，我在她家才知道，做菜也是"多多益善"。每次午餐，她厨房外的圆形餐桌都摆满了食物：炸鸡、火腿、各种蔬菜、土豆泥、祖传配方饼干、沙拉、大罐茶和馅饼，都不止一份，还有柠檬、巧克力、枣子卷、橙子蛋糕。玛丽厨艺极佳，她照顾着眼睛不好、脾气暴躁的奶奶。（我小时候偷偷挣脱她的掌控，她不可能看不见。）奶奶爱发牢骚，她唯一不抱怨的就是玛丽的厨艺，毕竟玛丽得到了她的真传，所以奶奶也是有功的吧。我在意大利开始下厨的时候，回想起玛丽的感恩节火鸡填料别有风味。感恩节火鸡我做了一辈子了，到了意大利才知道还有玉米糊这东西。从此以后，我在玛丽的玉米片填料配方里加上一杯左右的烤栗子。奶奶也许不会同意我的改动，不过谁还会关心呢？

以下配方适用于一只 12 磅的火鸡（如果是一只鸡，则用量减半）：

1 杯玉米片

2.5 杯鸡汤

半杯黄油

1 杯切碎的芹菜

半杯切碎的青椒

1 个洋葱，切碎

盐和胡椒粉

1 茶匙干百里香

5 杯烤面包角

2 个鸡蛋，打匀

将玉米片、鸡汤和黄油倒进一个大平底锅中，开中火加热，直到锅中物变稠冒泡，继续搅拌 8 分钟。加入其余配料。用长勺将填料填进火鸡肚子里，然后放进烤箱。也可直接放在一个 9 英寸 × 12 英寸、抹了黄油的烤盘上，用 350 华氏度的温度烤 30 分钟。

乡村队长鸡

后院里的晚餐常有乡村队长鸡，这是用吃剩的炸鸡做的。配方中用到咖喱，给这道菜带上了一份印度风情。用剩的酱可用于拌米饭。

制作 8 块炸鸡

将烤箱预热至 350 华氏度

酱料：

2 勺黄油或培根脂肪

1 个大洋葱，切细

2 个青椒，切碎

2 个蒜瓣

1 个 14 盎司罐装的碎番茄

盐和胡椒粉

2 茶匙咖喱粉

1 勺干百里香

4 勺醋栗

2 勺碎扁桃仁

一把荷兰芹，切碎

用一个可以放进烤箱的带盖煎锅，开中高火炒 3 分钟洋葱、青椒和蒜瓣，直到后者变褐色。倒进碎番茄、调料和醋栗，搅拌，再炒 5 分钟。倒进炒鸡，盖上锅盖，放进烤箱烤 30 分钟。撒一点扁桃仁和荷兰芹即可上桌。

龙蒿豆

母亲用四季豆做的菜里面，这是我最爱吃的一道。"龙蒿"看上去是个很美好的词。我和母亲去亚特兰大时，母亲就做这道不常见的菜。配方里说要用沙拉油——我才不用呢。虽然我小时候吃的菜里都有沙拉油，但是现在有了更健康的橄榄油，就不需要用沙拉油了。

（我小时候，橄榄油装在小瓶子里，看上去很可疑。）母亲还在龙蒿豆上面放一点培根，因此，有需要的话，可以用微波炉加热四五条培根以备用。

1.5 磅四季豆，掐去头尾

2 勺橄榄油

1 个大洋葱，切细

先将四季豆蒸到刚刚熟的程度。在一个中等大小的煎锅里倒入橄榄油，用中高火炒洋葱 3 分钟，直到后者变透明。倒进四季豆并搅拌，然后放在一边。

酱料：

3/4 杯橄榄油

半茶匙盐

1 茶匙糖

半茶匙辣椒粉

2 到 3 片红辣椒

1/4 茶匙黑辣椒

1/4 龙蒿醋

1 个柠檬，用于取汁、调味

1 勺龙蒿（或半勺干龙蒿）

1 勺百里香（或半勺干百里香）

用一个大碗将所有酱料配料全部打匀。将四季豆和洋葱放进碗里，搅拌。盖上盖子，让四季豆腌三四个小时。加热后或常温上桌，上面可放几片培根。可供 6 到 8 人食用。

重回黄金群岛

　　我要去一个夏威夷小岛住 5 天：散步、游泳、读书、吃菠萝和烤鱼，就是休息一段时间。睡觉时会听到催眠的涛声，走路时会感到水面上吹来的舒适的风，每天傍晚能看到一轮落日消失在海天一色的地平线上。这些期待触动了我内心深处的记忆，让我想起了小时候在佐治亚群岛上度过夏天的经历。

　　去年春天，我乘坐一条小船，游览了威尼斯潟湖。绿莹莹的水面仿佛绸缎，湖水的另一端便是阳光下闪闪发光的威尼斯。我迎风而立，闻着略带咸涩碘味的沼泽气息，看见一个个长满芦苇的小岛露出水面：这一切似乎无穷无尽，眼前的景物都颠三倒四了。我登上了托尔切洛、埃拉斯莫等地，感觉当地人早在几百年前就已逃离了家园，而这些小岛却一如往昔。这段经历也进入了我的记忆深处。

　　夏威夷和威尼斯的小岛都让我陶醉不已，但是真正独一无二、生生不息、叫人魂牵梦萦的，还是佐治亚州的沿海群岛呀。

　　我至今还记得母亲说"他们还在岛上呢"或者"我们要在岛上住到 8 月"。每次去的时候，我和母亲、两个姐姐、家庭厨师挤上汽车（父亲嫌我们吵闹，开另一辆车），带着威利·贝尔（著名橄榄球运动员）卡片、放在拉链套里的录音机和吹风机、玩具和衣物，一路上我像小狗一样把头伸出车窗，闻着各种气味，也不管头发都被吹成了小卷卷。对我来说，"上岛"两个字就意味着夏天和自由。每天早晨，我一个人跑到海滩上，看一轮红日颤颤巍巍地从水面升起。在禁止游泳的地方，我一个人偷偷下水去游。在海滩上，我尽情地翻侧手翻，直到头晕目眩。

每隔几年，记忆中母亲的声音就让我情不自禁地去一趟佐治亚沿海群岛，去看一看记忆中的沼泽。海洋岛的海滩是我记事以来第一次让我心动的风景。回菲茨杰拉德的路上，我破天荒地安静了下来。那些沼泽呀，不是陆地，也不是海面：我知道，我再也离不开佐治亚沿海群岛了。

小圣西门岛有一段7英里的海滩，看上去就像上帝创世时那样冷清。海滩面对着大西洋，在海滩上尽情走一走，左边是碧蓝的海水，右边是沙滩和沙丘，让我解开了心结。完全就是鲁滨逊·克鲁索的荒岛，那么星期五在哪儿？周围看不到建筑物，没有独幢房屋、公寓楼、便利店、高尔夫球车，更别说高层建筑和高架桥了，只有三只鹈鹕陪着独行的我。海滩上遍地贝壳，有"天使之翼"海鸥蛤、扇贝、海胆和无数的海螺，海螺白色和蓝粉色都有，螺壳里包含了日落的每一种颜色。我捡了十几个海螺，一开始还想找一个完美的标本，可是后来我放弃了，把它们全扔在海滩上。广阔的天空，无垠的大海；松软的沙滩，被我踩出了深深的足印。

回宾馆的路上，我走上一条1.5英里长的沼泽步道，途中看见一条短吻鳄背着幼仔，懒洋洋地躺在道旁的咸水中，一头犰狳披着全身盔甲，一溜烟儿逃进香桃木丛中。生气勃勃的橡树上覆盖着藤蔓和苔藓。微风刮过矮棕榈，沙沙作响；一两只海鸟飞过，叫声凄厉。除此之外，万籁俱寂。

黄金群岛像一串项链，悬在佐治亚州的海岸线上，小圣西门岛是其中之一。我家在海洋岛和圣西门岛上租了房子，但我现在好怀念小圣西门岛因不通车辆而形成的那种田园氛围。

我小时候，附近的杰基尔岛无人居住。那时《瑞士家庭鲁滨逊》是畅销书，我幻想着一个无人岛上长满了橡树，扭曲的树干上覆盖着苔藓。我姐姐和她男朋友终于同意了去那儿，于是我们三人从圣西门岛划船出发。那对小情侣自己去玩了，我则在岛上无人空房中探险，那些豪宅原属于父亲口中的"北方强盗资本家"，现在游泳池里长满了水藻，法式落地门通往露台，在微风中轻轻摇晃。我在空房间的橱柜上发现了字母，在厨房地板上找到了带花纹的瓷器碎片。杰基尔岛现在已被改建为一个州级公园，有时候会迎来很多游客。建于 20 世纪 60 年代的农场砖砌小屋似乎也带上了几分历史积淀。那些豪宅也得到了整修，并派作新的用途。我得移开所有现代装饰，才能发现我小时候的"野性无人岛"，认识我小时候还不懂的复杂历史。1858年，最后一艘美国运奴船"漫游者"号停靠在杰基尔岛南岸，现在岛上建起了一座博物馆，以纪念"漫游者"号运来非洲奴隶这段沉重的历史。20 世纪，北方富人在这里修建了巨大的豪宅，可以在温暖的气候中过冬。到了 20 世纪 70 年代，岛上到处都是农场小屋，不过仍很安静，最大的噪声大概是蚊子的嗡嗡声。我对杰基尔岛的最初记忆就是我们的红色小船靠泊在一个码头上进行登记。经过很长时间的焦灼等待和不停玩闹之后，我终于能跳上岸，自由自在地到处游逛。

佐治亚州的沿海岛屿中，很多已经成了自然保护区，而坎伯兰岛等则成了半私人的地方。几十年来，一个铅笔制作商家族是小圣西门岛的主人。他们当初买下小圣西门岛是想采伐岛上的雪松，可是后来发现岛上的树木枝干扭曲，不适合制作铅笔。与此同时，他们爱上了岛上的风景，他们的家也成为一个舒适的旅馆。幸运的是，我可以想象我是小圣西门岛的主人。

宾馆里客人寥寥，大多数是来观察鸟类活动的。在家庭式餐桌上，大家谈的是当天下午看见的小绿鹭、刚孵出的白鹭、岛上的鹗巢。我对窥探鸟类活动一点兴趣都没有，不过这里是美国东海岸鸟类栖息地之一，我对此十分欣慰。既然大多数客人都抱着野外观测望远镜不放，那我自然可以享用无与伦比的海滩、天蓝色的大游泳池和骑马小径。我坐在宾馆门廊里的时候，一只白鹿踱了过来，蜷在我脚下，睡着了。这让我极为陶醉，我感到我就是童话故事里的女主人公。

傍晚，当太阳斜照着沼泽，我和女儿乘上独木舟，慢慢划进芦苇深处；我们固然赞叹水天一色的美景，但是也担心鳄鱼突然张着大嘴从水里钻出来。这里的夜晚，繁星满天。城市里的人往往忘了头上的天空是什么样，而在这里的漆黑一片中，星星放射出灼灼光芒。天上的一个个星座仿佛发电站的电缆塔一样发出低沉的嗡嗡声。哦，那是蚊子。它们能把我抬起来，一直送我去床上吗？

我从小圣西门岛回到家里，发现衣服口袋里还有一个小海螺，螺壳里包含了黎明的每一种颜色。现在，我把它放在书桌抽屉里。拿出钢笔的时候，我偶尔在泛着淡淡光泽的螺壳珍珠层里轻轻碰一下。这一下就将我带回了那时的情景：沼泽、岛屿、潟湖，亘古以来就存在的地方，一切奉水为主宰的地方。

4

一瞬间的家

好奇的人永远身处危险之中。好奇心也许会让人回不了家……

——珍妮特·温特森《橘子不是唯一的水果》

为什么不留下来

In giro，这是我很喜欢的意大利单词，意思是"四处（旅行）"，还有 gita，意思是"（短途）旅行"。它们反映了我爱好旅行的人生哲学。在我放首饰的抽屉里，有一个 20 世纪 30 年代的胸针，上面刻着花体字母：Va e Torna（"远行千里，终要回乡"）。我常常拿起胸针，心里盘算：下一个目的地是哪里？

有一些理智、敏感的人根本没有外出旅行的基因。大学二年级的时候，一个同学去欧洲旅行。她回来后，我迫不及待地要听她讲讲欧洲见闻，可是她却说："还好去过了，以后就不用再去啦。"

有人狂热地喜欢外出旅行，有人则一门心思想待在家里，这两个极端之间，也有人希望领略异国风情。1386 年，杰弗里·乔叟开始创作《坎特伯雷故事集》，他在诗中说道，冬天过去后，"人们渴望走上朝圣之路"。是的，我们仍然渴望走向远方。那时候的旅行，条件艰苦得多，有土匪横行、跳蚤肆虐，马车还会陷在泥坑里出不来，当然，我们现在也会因为人多拥挤、航班延误而心烦不已——好像每次旅行都应该一帆风顺的一样！如今面临着全球疫情的紧张局面，像我这样热衷于出门旅行的人也要三思而后行啊。

我离开北卡罗来纳州的时候，柠檬色的风信子正在开花，少见的黄木兰刚刚发出了手掌大小的花骨朵，罗勒和百日草的种子破土而出。我的新电脑让我写作如有神助，蓝、白两色的新椅子十分舒适，书房里堆满了我喜欢的书——我真是不愿意离开啊。虽然我心头犹豫，但我仍然倾向于赶赴机场，搭乘飞机离开。毕竟我有这种"说走就走"的强烈欲望呀。

3月的艳阳下，我和艾德到达了罗马菲乌米奇诺机场，通过海关后，便混入人群之中。艾德马上去酒吧要了一杯速溶咖啡，然后我们踏上了去科尔托纳老房子的两小时车程。在租赁的车里，我给手机换上了意大利电话卡，一下子看见2016年3月22日比利时布鲁塞尔爆炸案的新闻上了头条——这起恐怖袭击发生在我们飞机降落的时候。我们的车在拥挤的车流中穿行，要是没有在某个匝道口右转往北走，就可能迷失在罗马的犄角旮旯里面。在飞机上度过17小时上下颠簸、无法睡眠的航程之后，我们实在是很想尽快到家。布鲁塞尔爆炸案的消息让人不能置信：为什么还会有恐怖袭击呢？

我们筋疲力尽地回到家，几乎瘫在地上，但看见重瓣水仙在山坡上肆意生长，山楂丛披上一层淡淡的白色，老房子下面的山谷开始露出一抹嫩绿，心里还是乐开了花。我们的朋友吉尔达给我们留下了烤洋蓟和像丝绸一样光滑的意式奶油布丁，真是好心啊。我们好好睡了一觉，抓紧时间把行李整理好后，便开了一瓶葡萄酒，并用番茄酱和香草做了一盘意大利面食。

烛光摇曳不定，窗外一轮满月，意大利音乐悠扬奔放——家的安宁，就是这样吧？我问艾德："我们为什么要继续旅行？这么多麻烦……这么多安检，这么多搜身……"

"那你想待在家里吗？读书、下厨、侍弄花草、会见朋友、散步、写作……这样吗？"

"想啊！哦，不对，我只是厌倦了旅行黄色预警和机场扫毒犬，还有料不到的危险呢！还记得吗，凯莉在伦敦过马路时看错了方向，结果被一辆运炸土豆片的卡车撞了。我们完全可以在海滩上玩两小时的呀。"

"我们当年租下那座湖边小屋后，过了三天你就坐立不安了。而且，料不到的危险在哪儿都有啊！你在家里也可能从梯子上掉下来。你喜欢土耳其、希腊和墨西哥，那儿也有数不尽的危险呢。你对旅行的厌倦只是一时，会过去的。"

我还是强辩："我又不是经常爬梯子。"不过我知道他说得对：我只是一时的厌倦而已。世界对我们这些热衷于出门旅行的人并没有特别优待，并没有展示出特别优美的景色——它何必这么做呢？

英国探险家、旅行作家芙瑞雅·斯塔克写道："独身一人在一个陌生小镇醒来，这是最愉快的人生经历之一。"这位勇敢的探险家曾在 20 世纪 20 年代到访叙利亚、阿拉伯半岛等，是最早到达这些偏远地区的外国女性，她激起了我的旅行热情。是什么促使她远赴沙漠，走上古代骆驼队运送香料的路线呢？我带着这些疑问，阅读她引人入胜的作品。一句话点醒了我："对神秘的未知之物抱有好奇心，这推动了人类对旅行的热情。"说得没错啊。那些异乡人是谁？他们是怎么生活的？我总是问自己：我能在这里生活吗？在这里安家是什么感觉？

多少次在异国他乡，我一个人都不认识，当地语言只能说几个单词，连路牌都认不全——可是，这给我私底下带来了多大的兴奋啊！因为我感到我的心灵正在向新事物开放。每次我启程，全身神经元突触都在传递着好奇的冲动。

我曾游览过西班牙格兰纳达的阿尔罕布拉王宫，这一经历至今仍让我难以忘怀：我以为那里能勾起我的兴趣，想不到我收获的是满满的感动。（记忆啊，让我重回那一刻吧。）彩色镶嵌的瓷砖、像蕾丝一样精雕细琢的石雕工艺、水花四溅的喷泉、静谧而凉爽的池塘——这是当年的摩尔人所喜爱的一切，如今也让我心醉神迷。从拱门中可以望见优雅景色，12只大理石狮子会在每个小时依次喷水报时，这些都让我乐在其中。我回想起我坐在花园里，听着西班牙作曲家马努埃尔·德·法雅的《西班牙花园之夜》——古老的历史、眼前的美景和自己身在此时此地的感触等种种复杂的因素，在那一瞬间，都融合为一种独特的经历，让我这个旅行者浑身战栗不已。

还没吃甜点呢，我和艾德就已开始讨论夏季全家出游计划了。那不勒斯、都灵、热那亚、佛罗伦萨……地图上都画满了圈。我打算以意大利不为人知的小镇为题，写我的下一本书，这样一来，我的旅行范围还要扩大好几倍呢。各种笔记、文件和文件夹已经记满了我有意拜访的地点。

当然，还是要记得"小心驶得万年船"，因为不可知因素总是存在的。不过，也不必因噎废食，太过担心。我计划在炎热的7月去那不勒斯待几天，我们全家对此都兴奋不已。那不勒斯曾经上过旅行预警名单，可它是我最喜爱的城市之一呀，会有什么坏事发生呢？我期待的是壮观的海岸景色、美味的比萨、富有特色的街头小吃和海鲜市场、让人倾倒的庞贝古城文物展览，四口之家驾着一辆黄蜂牌小型摩托车在街上无所顾忌地飞驰而过也是意大利一景。我渴望受到震撼。我希望，当我坐在公园长椅上，拿出笔记本电脑开始写作，搜词刮句来描绘我的旅行心绪时，仍能感受到当初的那种兴奋之情。

"这是少有人走的路。""旅行中，重要的是旅途本身，而不是到达终点。"这些老话都有道理，但是最让我感同身受的是小说家阿娜伊斯·宁所写的一句话："我坐立不安，感觉受到了某种召唤；星星又在扯着我的头发呢。"旅行就是这样：受到某种神秘的召唤，不由自主地去了秘鲁、摩洛哥或斯洛文尼亚的某地，和当地的某种特质擦出了奇妙的火花。旅行是一种特权，让我在惯常的生活之外，进入一个完全不同的世界。旅行给了我"另一个我"。

在土耳其的一个小岛，我坐在石滩上的时候，5 个小姑娘走过来向我推销围巾。这是她们母亲的手艺：珍珠围绕着一绺绺棉线，色彩淡雅迷人。她们的宠物山羊还想咬我的脚趾头。她们把围巾围在我身上，抚摸着我的头发，靠在我身上大笑，还给我拿来好看的石头。她们的样子至今仍浮现在我的脑海中。这样的旅行经历，难道比不上待在家里吗？

蓝色围裙

很久以前，我千里迢迢来到阳光灿烂的法国普罗旺斯，在西蒙娜·贝克的学校里学习烹饪。那时候，农贸市场还没有很大的热度，顶级厨师名人、菜谱博客、美食网站、烘焙大赛（那些家庭烘焙达人一个个看上去精明能干）等还没兴起；那时候，蛋糕上的乳沫还不像口水，人们还没有狂热追求无麸质食品、真空低温烹调等"食物神教"；那时候，法国、意大利的城乡还没有随处可见的烹饪学校。

在那遥远的过去，让我横渡大西洋的动力在哪里？我前夫只要有休假，就乘帆船到处旅行。我负责升降船艏三角帆、大三角帆，还在不停晃动的厨房里烹饪。我们在天使岛下锚过夜，看见小鹿跑过来，在管理员的花园洒水器处饮水；晚上，我们在船艏点上蜡烛，坐在星空下喝葡萄酒。除此之外，其实并没有什么乐趣。海上风向难以预测，有时极为危险；旧金山湾有些地方非常浅，我们的帆船声呐又常常失灵，结果便搁浅了，我们只好等涨潮。鲨鱼在船舷边张开血盆大口。我睡觉的时候，常常梦见鲸鱼把我们抛上天空，又把我们砸入冰冷的海底。

那时候，我常常恍惚感到，我在屋里躺着，一只鸟从烟囱里飞了进来。我女儿对她的马"切尔西"宠爱有加，这马是从赛马场买来的，有一身坏毛病，可我和女儿还常为它准备谷物饲料。我想成为一名作家，可是只能在厨房里打转。我想：出发吧，去从未到过的地方！我的朋友珍妮特告诉我，普罗旺斯阳光普照，有很多烹饪学校，她还没说完，我就说："走吧。"

西蒙娜·贝克的学校位于格拉斯城外山上的一幢蜜色房子内，班上有五个人：来自旧金山湾的我和珍妮特，来自亚特兰大的两位事业有成的漂亮女士，还有一位来自南非的神秘女士，她的男朋友带着夫人出去度假，将她送来这里。我和珍妮特早已熟读《法式烹饪大全》，这是由西蒙娜·贝克和茱莉亚·柴尔德合著的大作；我俩都会做各种宴会菜式，包括奶油汤、奥洛夫王子小牛肉、香橙甜酒蛋奶酥等耗时费力、华而不实的玩意。我们十分欣赏西蒙娜·贝克直截了当的烹饪风格和她在厨房里说一不二的作风。上课第一天，她给我们每人一件围裙，颜色是根据她对我们每人的印象而定。我的围裙是朴素的蓝色，而其他人的围裙上则有小花和条纹。西蒙娜·贝克对我们彬彬有礼，但并不友善。来自亚特兰大的凯西问了太多问题，她就毫不客气地打断："这么磨磨唧唧的，还要不要做菜了？"这句话简洁有力，后来成为我心中默念的箴言。大家忙活一上午，然后在露台上吃一顿丰盛的午餐：鱼肉末配蛋黄奶油酸辣酱、撒了糕点外皮的比萨、浇了白汁的清蒸鳎鱼、奶油蛋糕配花式香肠。虽然不是星期天晚餐的程度，但这些菜容易制作，我们也乐在其中。西蒙娜·贝克示范烹饪过程，我们完成她分配的任务并做笔记。随后的清理就不是我们的事啦。

如果一位学员向她提问，她通常会带着不可置信的神情从茶色眼镜后面看过来，并简单回答："《法式烹饪大全》里有写的啊。"就好像我们都应该倒背如流一样。可我学习的是，用铜碗打蛋白时为了查看蛋白软硬程度，要打得飞起，直到可以把铜碗倒扣在头顶。我学习的是，煮鸡汤时不能盖上锅盖，这样可以顺利收汁。我们用蛋奶酥做了通透的蛋卷，里面填了蟹肉。用青葱的时候，我们不煸，而是直接融入菜中。她喜欢用金属勺，觉得木勺"总有洗不干净的脂肪在上面"。我学会要保持刀具锋利、干燥，并且不要浪费任何食材。我看见她用蛋黄时，把不用的蛋清保存起来。剩余的面包可以处理成面包屑，虾皮可以用在肉汤里。在那个不起眼的厨房里，我培养了大大小小很多习惯，让我改变了此后的人生。西蒙娜·贝克尊敬食材，就像一位作家尊敬文字。她虽然节俭，但她的餐桌上摆满了琳琅满目的美食。她有时严厉责骂，有时关爱有加，这些都潜移默化地影响了我，让我下厨时更加用心。我开始将烹饪视为一种艺术、一种实践，而不是为了达到目的的一种手段。我开始爱上那个厨房里的一切：破旧平底锅、木碗、一把开着特殊槽沟的勺子、滤器、篮子——那都是我的工具。

法式甜点是上天赐予的礼物。我们用太妃糖制作苹果馅饼，用巧克力制作樱桃奶油蛋糕，不用奶油制作巧克力慕斯，然后大快朵颐。西蒙娜·贝克教我们做法式蛋白酥：先用热水蒸，然后用一根裱花管在水果馅饼或柠檬馅饼周围喷上装饰性圆环。（照我看，实在是太麻烦了。）

在西蒙娜·贝克教的所有甜点里面，有一种完美浓缩了她的学校里的美食口味和我在那里的幸福时光，那就是"魔鬼蛋糕"，一种其貌不扬、口味浓郁的巧克力蛋糕，这倒是我没有想到的。西蒙娜·贝克也是从她母亲的黑皮笔记本里找到这一配方的。我到现在还记得尝第一口的感受：内芯是苦甜参半的巧克力，加了一点杏仁，顶部的巧克力则带有黑咖啡味。这味道很复杂呀，我想。我不记得我以前有没有做过这种味道复杂的蛋糕：我做的蛋糕，味道都很单一，倒是曾经试过做我母亲的夹心白蛋糕，但是失败了。

"魔鬼蛋糕"这个名字也很复杂，它拼作 diabolo，但是法语"魔鬼"是 diable；我查到希腊语中 diabolo 意为"向上帝撒谎者"，即

"魔鬼"。西蒙娜·贝克的母亲为什么拼作 diabolo，我们不得而知，可能那是方言或旧式拼法。也许老太太喜欢看杂耍？因为 diabolo 也可以指杂耍表演者使用的一种小玩意，即"空竹"。西蒙娜·贝克教我们这样分离蛋清蛋黄：先轻轻打碎蛋壳，然后把蛋捏在手里，让蛋清从手指缝里流下来，而蛋黄则留在里面。"一定要保持信心。"她提醒我们。这样看来，烹饪和杂耍倒也有几分相似之处呢。

"魔鬼蛋糕"是用一个圆形烤盘烤出来的，不到 2 英寸高。西蒙娜·贝克虽然在她的烹饪书中列出了美国巧克力，但她自己用的肯定是从巴黎的一家巧克力店里买的。做这个蛋糕不需要太多面粉，而且加进去的杏仁碎末也让面团不会涨得太厉害。蛋糕顶部结了一层硬皮，但是内芯仍然湿润，又不至于含有太多奶油。"千万不能烤过头。"她再三提醒。有一本书中写道，午夜 12 点过了一分钟就是后半夜了，烤"魔鬼蛋糕"就是如此，不能多一分钟，不然，柔软美味的质地马上就变得干巴巴、碎渣渣的。

待蛋糕自然冷却后，就要往上面浇一层加了咖啡的巧克力奶油，这一层虽然薄，但很浓稠。这时候，客人们都放下叉子，目不转睛地盯着，仿佛观看胜利女神雕像揭幕。给每位客人上一块就行了，因为这毕竟只是个小蛋糕，不是我小时候那种浇着厚厚一层糖霜的四层大蛋糕。更形象地说，就像自己穿着蓝色荷叶边小裙子，这时有人穿着黑色普拉达套装走了过来——就是这个感觉啦。

有了这样的美味，就不需要加别的来画蛇添足了。有时候我给蛋糕围一圈覆盆子，不过，这样真的有必要吗？"魔鬼蛋糕"不需要任何点缀。我在我自己的厨房里烤过好多"魔鬼蛋糕"，盛在韦奇伍德白色盘子里，用于我女儿的生日宴会、无数次的派对和自带食物的聚餐，甚至还有葬礼。现在，我女儿也为她全家烤"魔鬼蛋糕"。我还把这一配方分享给朋友们，他们又分享给更多的人——我是不是应该把配方写在我的厨房墙上？在我吃第一口"魔鬼蛋糕"的那一天，我和这道甜点的缘分就开始了：我吃得很慢很慢，细细品尝每一口的细腻质感。

每天下午，我们去比约、法扬斯、旺斯等地，进入米其林星级大厨的厨房里参观，甚至和保罗·博古斯谈笑风生。西蒙娜·贝克目光锐利，她带我们去市场，教我们怎么买到称心的鱼（看鱼眼睛和鱼鳞色泽）、葡萄叶包裹的各式奶酪、橄榄和紫色洋蓟。我学会了喝皇家基尔酒（我还以为香槟有多浪漫呢）。每天傍晚，西蒙娜·贝克和她丈夫让·贝克与我们一起在露台上喝酒，有时候茱莉亚·柴尔德和她儒雅的丈夫保罗也加入进来。夕阳的光线在皇家基尔酒里升腾、跃动，仿佛吸收了远处群山映照出来的所有色彩。茱莉亚对我们这些女学员之间如何相处很感兴趣，她嗓音极高，令我们有点兴奋。虽然我们在她面前怯于表达，但一回到自己房间，就学她说话，以此取乐。

西蒙娜·贝克的厨房让我度过了美好时光，普罗旺斯的柔和风景也让我陶醉。开着各种花的田野上，空气叫人微醺，阵阵微风吹过，使我动起了过乡村生活的念头。每天早晨我出去散步的时候，都惊叹于这里环境宜人。开车路过金色的山顶小镇、马蒂斯艺术风格的小教堂、用于制作香水的大片玫瑰园，我都心驰神往。有时候傍晚在一个小广场停车，坐在悬铃木下的露天餐椅上吃饭。品尝着特色龙蒿鸡，很容易感受到食物背后的生活方式。真想这样过一辈子。

这段学习之旅转眼就结束了。红罂粟像野火一样，蔓延到整片田野：我从没见过这番景象。为什么有人那么幸运，可以在这样的风景中生活？我整理行李的时候，心想我这些衣服也许可以吸收一些附近的玫瑰花香。其实，我的夏装浸透了浓烈的普罗旺斯香料味，旁边放着西蒙娜·贝克那本已经翻旧、污迹斑斑的烹饪书。回美国途中，我在巴黎停留，于是趁这段时间疯狂购物，买了一个用于打蛋清的铜碗、好多巧克力、几个用于制作阿伦松蛋奶酥的圆柱形模具、香草精、香料提取物、一个肉豆蔻研磨器和各种尺寸的蛋糕烤盘——其中有一些好几年后标签还没撕掉呢。谁知道我以后还来不来法国呢？

就这样，我回到了家。一次短短的旅行也能改变一个人看世界的角度。我的家庭对我来说是最重要的。西蒙娜·贝克曾说："这么磨磨唧唧的，还要不要做菜了？"这句话促使我将正在酝酿的一种想法付诸实施。我去读了研究生，后来我留下来任教，再后来我成了一名作家，并被任命为系主任。多年后，我在意大利托斯卡纳乡间买下了一幢房子，这幢玫瑰色外墙的房子是我下厨、招待朋友的理想场所。我在房子四周种上了玫瑰，往南面眺望，可以看见种植着橄榄和葡萄的梯田，远处的群山之间矗立着一座小塔。西蒙娜·贝克的"魔鬼蛋糕"，我大概已经烤了500个了。

碎 片

我要找的不是什么东西、什么人，我要找的是所有东西、所有人。

——奥克塔维奥·帕斯

要是我看见窗外一队朝圣的男人脱去上衣，用绳子抽打后背来赎罪，那我就知道我已进入超现实世界了。那也行啊。墨西哥作家奥克塔维奥·帕斯说，街上到处都是超现实。那时候，我的婚姻千疮百孔，我们在加州帕洛阿尔托的住宅也挂牌出售。有一个诗人朋友在墨西哥的圣米格尔·德·阿连德有一幢房子，我不妨租下来，在那里度过夏天，看看我身处的困局有没有明朗的可能——除此之外还有什么办法呢？那幢两层小楼有白色拉毛外墙，四四方方的，位于一个街口，里面塞满了书籍、手工织物和古代美洲陶器，还有老鼠肆虐。

街对面，成群的白鹭在随风摆动的树顶上筑巢；楼下斜对面就是灰尘满地的贝尼托·胡亚雷斯公园，当地妇女仍在一个石头水槽中洗衣服。我想，我要在这里忘记不幸的婚姻，全身心沉浸在另一种文化、另一种语言中。

我和一位当地妇女交上了朋友，她给一个斗牛士生了孩子，却没有告诉那个男人。我女儿和侄女出去上课时不忘调戏当地男孩，结果有时候窗下聚了一堆男孩，齐声央求"金发美女"现身。前来拜访的美国朋友络绎不绝。我曾经看见老鼠从床底下蹿过去，不过我没说。

夏天屋子里热，我买了好几捧夜来香，让室内香气扑鼻。送奶员骑着驴，用一个大铁皮罐送来鲜奶，上面还漂着一束棕色的稻草。我买下一桶，然后倒在容器中。大家都喜欢泡温泉、参加瓜纳华托的彩色人偶巡游、傍晚在花园中散步、观赏克雷塔罗的美丽景色。当地的黄色公共汽车都快散架了，后视镜上挂着十字架、荷包牡丹或圣母像，放着震耳欲聋的流行音乐——坐这样的公共汽车是我的一大乐事呢。

我每天上 5 个小时的西班牙语课。我的老师拉乌尔是个身材瘦小的男人，穿着一双低跟牛仔靴。我和他很快成了好朋友，一起走出课堂，去实地练习西班牙语。他请一个开出租车的朋友载我们去参观历史悠久的教堂，那些教堂有精美的壁画——还有用绳子抽打自己的朝圣者！我也买了一条这样的打结绳子——万一哪天我心血来潮，想抽自己一顿呢？我们在路边摊停下脚步，买了石灰烤玉米。我们开下公路，在硬地上飞驰，试图寻找奇奇梅卡文明的遗迹。我倒是找到一个陶盘，上面只缺了一小片扇形。我的西班牙语越来越流利了。

一天，穿越一片废弃的墓园时，我看见四个男孩在里面踢球，他们踢的是一个人类头骨。四周有很多碎骨，一只野狗正在啃的似乎是一条胫骨。男孩们踢的头骨恰巧滚过我身边，我一把捡起，转身就跑。要是他们再踢一会儿，这个头骨就裂成碎片了。我回家后细细端详，发现有恒牙覆盖在乳牙上面——原来还是个婴儿呢。囟门还没有闭合，头骨上的黑线就像裹尸布上的交叉缝针，像心电图的病变走向，像经济衰退中的不稳定走势曲线。我把这个墨西哥婴儿的头骨放在书架上，墨西哥作家奥克塔维奥·帕斯和哈伊梅·萨比内斯的诗集上面。

拉乌尔向我坦承，他被困在当下的生活中，一无所长，只能教西班牙语，对象就是我这样像蝗虫飞来的游客。他对奇奇梅卡文明的消亡悲痛欲绝之余，带我在田野上的玉米茬中寻找古代陶器，于是，他的后备厢里装满了陶器碎片，一开车就哐当哐当响。我租住的房子后面那幢房子被拆除了，里面的老鼠都逃了出来。结果，有一天早上我下楼的时候，看见厨台上爬着上百只老鼠。我尖叫着跑上楼，管家玛利亚闻声而来，她一边拍手驱赶，一边大声说，得去买老鼠药。我们在市场里买了一瓶贴着剧毒骷髅标志的棕色液体，回来就搞大扫除，把所有瓷砖和木条都擦得锃光瓦亮，还在所有缝隙处都塞了铁丝。

　　墨西哥的一切都深得我心：街道七拐八弯，热闹非凡，传来了玉米薄馅饼的香味和捣面的闷响；土著艺术质朴迷人，将糖果做成骨架形状就展示了很高的艺术品味；紫红色三角梅翩然怒放，街头吉他凄楚幽怨。表面上一片色彩斑斓、歌舞升平，令人目眩神迷，但我总觉得有一种淡泊、伤感在里面。四处寻找陶器碎片就像一种隐喻，暗示了我破碎的人生；那个奇奇梅卡陶盘缺失的一部分，我再也找不到了。墨西哥不是我的家，但后来我常在想象中回到那里；在现实中，我必须回到加利福尼亚，那里还有一大堆事务需要我去处理。我的西班牙语学得半途而废。在我的西班牙语笔记里，动词变位表和词汇表后面，我写下了哈伊梅·萨比内斯的一句诗："你的影子碎成片片，你拾了起来；用这些碎片，你能把你自己拼成什么样子？"我还想起拉乌尔，想起他在草丛中摸索，把羊群都惊走了——他找到了什么？

藏身之处

　　小岛气候舒适宜人，让我心旷神怡，更为我的文学创作提供了极好的环境。一大早起来就能闻到橘子花香，拂面的暖风似乎在说："放下牵挂，来享受我永恒的爱抚吧。"空气那么甘甜，仿佛将我放在摇篮里轻轻地摇着。这样一来，我写书如有神助。

　　今天华氏75度（约24摄氏度），晴朗无云。蓝色苍穹好像一只倒扣着的钴蓝色釉面瓷碗，小岛上曲径通幽，就像一个迷宫。我的散步变成了一次远足，我走啊，走啊……我的心情是喜惧参半，晕乎乎地飘啊，飘啊……海水的颜色让我想起我喜爱的花：半边莲、飞燕草和一种像夏夜星空的三色堇。

　　我在我的住处过上了理想中的生活：闻着让人沉醉的花香，安静地长时间散步；在透明的海水中游泳，穿过一层层的翠绿色、天青色和青绿色。不管是谁搬进这样一栋圆顶小屋，都会把墙壁漆成蓝色，在门边放一罐罗勒用来驱虫，下午的炎热时分躺在高大乔木下打盹或者写一部小说。

　　乳香黄连木、仙人果、松树、水仙花、香桃木——这些都是神的馈赠。在这里度过6个月后，我觉得我会成为一名卓有成效的作家——我至少已经把我的小腿肌肉练硬了。一个外来者，独自一人住在这里，往往会生出种种奇怪的念头。会有海里的怪兽从波涛中猛然冒出来吗？那些被海盗掳走的妇女，她们的鬼魂会在岩石上嚎哭吗？

也许我应该写完我的长诗。

卡普里岛位于意大利南部的那不勒斯湾，小巧玲珑可能是它最大的特点。一个人要是在岛上住一辈子，就会像了解爱人的身体一样了解整个岛，知道每一棵角豆树在哪里，每一处挂着刺山柑的石墙在哪里，哪里盛开着黄色金雀花，哪里有岩洞和海湾。

这座以旅游业出名的小岛，却给人很多独处的机会，这倒是我始料未及的。这个地方最本质的是什么？导游们没有告诉我。拍打岩石的波浪、渔民穿着的蓝衬衫、一棵杏树在白墙上投下的纤细影子——这就是三种答案吧。卡普里岛——在这里，我走遍了岛上的每一寸土地，呼吸着混合了野薄荷、柠檬和海腥味的爽朗空气，在珍珠母一般的朦胧光线中热情做爱，和正在篱笆边刈草的女人说说笑笑，在心中默默记下白墙上一团夹杂着粉红、杏黄的百香果藤，在鹅卵石海滩上野餐，朝自己嘴里丢一颗葡萄并俯下身子接住。

如果有来这里生活的机会，谁会拒绝呢？来到这里，就可以成为那个在海滩上读雅克·德里达的泳装少女，那个从岩石上奋力跳进海里的少年，那个往晾衣绳上挂一溜章鱼的妇女。每个人都可以在这里生活。

水迷宫

　　威尼斯代表了一种心境。水城波光粼粼、风情万种，那万花筒一般的缤纷色彩在我离开后仍长留于我的心间。里亚托桥市场里的摊主以极快的手法剥洋蓟，鱼铺里摆满了刚杀好的鱼，各式衣服晾在运河上空随风飘荡，大群鸽子飞来飞去，贡多拉船夫手摇的桨上闪耀着水光，奢侈品商店吸引了无数顾客，阴影酒吧的窗户影影绰绰的，游客们像潮水一样涌入圣马可广场，狭窄的街道将人引入迷宫，一家水岸餐馆里有几只麻雀偷偷啄我的面包篮……这些经历几乎让我"感官过载"，让我每天到了晚上既疲惫又满心欢喜。我整天信步而行，不是瞥见一个别致的外立面、听见一段小提琴音乐、看见一个小孩踢皮球，就是远远望见一个花园墙上挂着瀑布形的蓝色琉璃茉莉，于是便欣然走过去了。在威尼斯，我几乎不用大脑思考。在一个橙黄、杏黄相间的石头小广场里，我坐着喝一杯汽酒，这时我简直变成了一种原始生物，与周围环境的色泽和温度保持一致。

　　我感觉威尼斯似乎成了我灵魂的迷宫，这真是神奇啊。我穿过各种广场、街角、桥梁、运河，试图寻找谕示或预兆。我敢肯定，这座城市最终将会引领我走向我毕生向往的某个终点。

　　后来，在远离威尼斯的地方，这座城市仍在我的记忆中无言地漂泊。它只属于我——外来的旅行者。我想象我站在帕拉迪奥设计的威尼斯救主堂中，看上面像冰锥一样白的光线从拱形高窗中照进来。这种光照效果也属于帕拉迪奥的建筑设计吗？威尼斯是一座色彩丰富的城市，充满了深浅不同的多种色调，帕拉迪奥在设计时是不是有意让人们"沐浴在白光中"？我走出威尼斯救主堂，外面的大运河凝滞不动，在一朵黑云的笼罩下，显出了闪烁不定的蓝色。我有一次瞥见一个女人在雨中走下游艇，她戴着的威尼斯柔软披肩就是这个颜色。（要是我再看见这样的披肩，我就算卖掉房子也要买下来。）不过，记忆中有这样一片水面，像钻石一样映射着不同深浅的光线，这也就足够了吧。威尼斯，它通向人类远古的家，水光潋滟之中反映了人类潜意识。一座拱桥下，狭窄的运河里，那一抹绿色是什么？液态的孔雀石吗？还是我初恋男孩的眼睛……当太阳直射时，河水又变成了鹦鹉翅膀的绿色。午餐时分，附近的摩托艇纷纷启动，惊扰了水面，将水中的倒影切成一块块的蓝、黄、红、白，在荡漾、翻腾之中重新组合，好像立体主义的画作。

到了晚上，水中的倒影变成了银色、金色，一条一条星光熠熠，足以让我目眩神迷。在我的记忆里，威尼斯上空总是一轮满月，它是那么明亮、饱满、圣洁，远胜过世界其他地方的月亮。威尼斯的月亮飘浮在空中，威尼斯也跟着它一起飘浮着，变成了海市蜃楼一样的幻影。威尼斯的月亮就像一位艺术家从石灰华里雕琢出来的艺术品。难道人类没有创造过这样如梦如幻的城市吗？在城市上空挂一轮满月，难道不是举手之劳吗？

快要入睡的时候，我想起了意大利研究院美术馆收藏的卡尔帕乔油画《圣乌苏拉之梦》，画中的光线运用令我印象尤深。少女圣乌苏拉在床上安睡，床边是她的小狗。一位天使正踏进门来，手持棕榈叶，预示着圣乌苏拉即将殉难；门开处有一片三角形阳光，这金色光芒永恒地照耀着这间静谧卧室，而圣乌苏拉在永恒的睡梦中。记忆中的地方就是这样：人在房间里做梦，梦见自己一次又一次地打开门踏进来。

5

家里的朋友

家里做的！家里做的！我们不都是家里做的吗？

——伊丽莎白·毕肖普

友谊是我唯一拥有的家。

——威廉·巴特勒·叶芝

关于家的思绪（连祷文）

与其千里迢迢去西班牙的圣塞巴斯蒂安和伊伦、法国的昂代伊和比亚里茨，不如和你亲亲热热喝一杯可乐……

——弗兰克·奥哈拉

当我想念朋友们的时候，我也想念他们的家：他们门廊上的风扇、花园的大门、爬满藤蔓的花架、种满蕨类植物的阳光室，这些都是他们生活的地方。当我外出旅行，我常常在想象中造访他们的家：每间房间里都洋溢着朋友们的音容笑貌，好像我给他们建起了一座记忆宫殿。有30面镜子的门厅，常常冒火星的壁炉，吱吱嘎嘎的楼梯，放满了靴子的屋后走廊，当然最重要的还是餐厅，我和朋友们在餐厅里吃便饭、举行宴会、过圣诞节：我会看见某个朋友笑吟吟地走进来，手里端着一盘红酒焖鸡或者一大锅汤。在书房和客厅，曾举行过新书发布会、结婚/离婚庆祝会和生日派对。别的地方还有政治动员会、读书小组、写作小组的活动场所。朋友们的房间无不显示了他们幽默、忧郁、做作、孤僻、热情、内向或渴望光明的种种性格。

请别人上门做客，这是一种亲密之举啊。那儿是史蒂文，他来对了地方。真巧，三个朋友都叫史蒂文！这边是朱迪、杰基、黛比、翁蒂娜、可可和西尔维亚。他们在各自房间里生活的形象，在我的记忆里格外清晰。我伸出手去，一一触摸他们收藏的旅游纪念品：琉璃浮标、薄荷酒杯、巴黎古董火柴、铝制滤器；我还观察他们的衣物、厨房门把手、杂乱或整齐的书桌，甚至他们的壁橱。阿齐兹有没有熨他的袜子？有些我记忆中的朋友已不在人世，但比尔伏案写诗所用的那盏绿琉璃灯仍在我脑海中闪闪发亮。他把他的金发套扔在床底下——别问为什么。从杰基家顶楼，可以看见三座桥的风光；把朱迪的学生报告从餐桌上挪开，以便享用香柠檬茶。只要想起朋友们的房间，我就想起他们本人；想起朋友们的家，也激起了我心中对家的向往。我一生中住过许多房子，我细细回想那一间间房间，珊瑚沙发、翻盖书桌和蓝白盘子，现在怎么样了啊？

各种东西都有品性。它们属于罗宾、托尼、肖茨、米歇尔，也带上了主人的性格。宠物狗、钥匙、贝壳、狮子、书籍和生活在各自私人空间里的朋友们都有性格，就像圣人手持的棕榈叶。不管在哪里安家，家都会展露主人的性格，也许还会说明主人为什么会形成这样的性格。一件东西只要被选中、展示，成为主人心爱之物，就会变得像古罗马人献给家庭守护神的盐、牛奶、葡萄酒和菜肴一样，带上一份神圣的意义。

有一个晚上，我睡不着，看见伊皮走出房间，来到屋后门廊上，朝蛙鸣池塘眺望。她和尼尔为我开了一个新书派对，让一位邻居男孩划一艘黄色独木舟，载着一位年轻的长笛手穿越池塘；那音乐像水一样清冷，白衣飘飘的女乐手如同鬼魅一般漂在水面上，让在院子里喝葡萄酒的众人一时鸦雀无声。暗色木头房子在低矮的天幕下，好像一座日式旅店，宁静安谧、朴实无华。外立面看上去是封闭的，不让外人瞧见屋内的情况。客人到达时，有一声锣响迎接；客人进门时，悠扬的锣声仍在回荡。屋后是一长溜窗户，都对着蛙鸣池塘。伊皮站在屋后门廊上，就能看见独木舟漂浮于水面的景色。然后她拉开门，进了屋。屋内有流畅的线条、如水的月光和一只灰猫，每面墙上都挂着色彩鲜明的艺术作品，有些画作位置远低于视线水平，方便客人欣赏。她急着去画室，可是我在客厅里拦住了她。真是鲁莽之举啊！一长溜窗户中映射的金黄色光芒照亮了一张天鹅绒弧形长沙发，那沙发看上去还有几分性感呢，因为它是粉色的——浅粉色。肯定有人对伊皮说过，那种颜色太过招摇，粉得就像女人手里拿的粉扑、含羞草开的小花、贝壳里面的珍珠层，她肯定过不了多久就会腻烦的。其实她才不会呢！她在生活中既有主见，又有新意。我来伊皮家拜访的时候，她一开门，我就感到浑身舒坦。她家的那幢房子就是她的写照，她对我的欢迎也是发自内心的。

要去简的家，我得驶离高速，上下颠簸地开好一阵，才能到达她家的院子。院子里满是各种零碎物件，有的是随意放在那里，有的根本就是丢弃不要的：手推车、雕像、铸铁雕刻品（也许只是扭曲的铸铁罢了）、花盆（里面是枯萎了很久的龙舌兰和芦荟）。简就在厨房里，每一处厨房台面上都堆满了长柄煎锅、玻璃杯、刀具和碟子。她已经做好了12个西红柿派。这里有葡萄酒，来一点吧？她有陶土雕刻品、大量书籍和几乎被坐塌了的椅子，坐在上面可以舒舒服服地看书。有客人在此过夜吗？她家总有一两个客人借宿，早上起来连被子都来不及叠。木箱子上面挂着一幅女士肖像，虽然不太起眼，但是画家的签名让人忍不住挑起眉毛。真的啊？这么说来，她家简直是一座博物馆。她用未熨烫的亚麻布铺餐桌，桌上陈设简单随意，点缀着很多蜡烛，还有插在水晶小瓶子和果冻罐子里的鲜花。她做的菜，一道道分量很足，而且总有一盘本地乡村火腿。多吃点！那些火腿的印花包装纸，她都留着。她的每个朋友，她都通过便条或电子邮件请来吃饭。（她从不用电话谈事情。）"来吃饭吧，我这儿准备了比莉·哈乐黛的《夏日时光》和本地炖菜。"到了圣诞节，她递给我们一沓快翻烂的黑人圣歌全集，让我们一起大声唱："神圣静谧的夜晚，星星在闪耀……"螃蟹、玉米、松露、桃子、樱桃……她的厨房里，各种当季食品散发着诱人的香味；应时庆祝，不妨享用美食。我从远方来到她家，常常在她的卫生间里驻足：那里面堆满了一筐筐毛巾、一沓沓杂志和瓶瓶罐罐的香水、沐浴露。墙壁一角、水槽边，贴着一张简年轻时的黑白照片：她就像弗吉尼亚·伍尔夫一样秀外慧中、骨骼清奇，眼中有一种超然世外的清冷，仿佛来自奥林匹斯山巅。

李的大房子坐落于繁忙的丘顿街后面，四周开遍了金凤花。房子大，主人的心胸更宽大。这幢房子历史悠久，至今仍保留了维多利亚时代的典雅华贵，本体是一个正方形结构，外带一个红砖独立厨房；实际上，这正是她在小说中所描写的。我来拜访的时候，几乎都和主人一起坐在门廊上，或者坐在厨房餐桌边，餐桌上摆着几瓶鲜花、一盘甜点，《纽约书评》《纽约时报》和几本看过、没看过的书。我告辞时，起码要带两本书回去。以前她的厨房台面上还堆着社会各界投来的大量手稿，现在投稿都是电子版，不用手写了，但数量还是不少。她给每篇投稿都写了评语，所以有人说她是位圣人。即使被人打扰了，她也不认为这浪费了她的时间。有一次，四位女士想寻找南北战争前的布维尔学校，结果走到她门前一边聊天一边东张西望。李当时正沉浸在写作之中，听到门外喧哗就只好停下来，后来不但请女士们进来参观，还请她们喝茶。楼上的书房是李孜孜不倦的创作天地——整幢房子都在帮助她写作呢。在房子前面的院子里，我们铺上了小毯子，互相传递小饼干，舒舒服服地观看镇上的圣诞节大巡游。她一年一次举办圣诞节派对，不但用两棵圣诞树来装点，还在大厅里设一个吧台，一部分客人则在餐厅里品尝甜椒奶酪、饼干和鸡肉烤串。曾有一位陌生人搞错了地址，来到这里，和大家一起在派对里快乐逍遥，也没人问他："阁下是哪位？"李的大房子就是这样的。

凯特的房子一直在我脑海里挥之不去。凯特蜷在壁炉边，怀里抱着 iPad，壁炉上是一幅安迪·沃霍尔的《理查德·尼克松》。我实在搞不懂她的审美，她喜欢的明明是手工挂毯、民间艺术和古董纺织品，为什么要每天看着尼克松傻笑的脸？也许是受她第二任丈夫的影响吧。在一间陈设雅致的空房间里举办秋季音乐会，由科尔·达尔顿演奏钢琴，这成了大家喜闻乐见的活动，而更令人难忘的是演奏结束后我们大家一起向他致敬，这是凯特设计的温馨一幕。我和凯特之间有很多秘密呢。我们一起为各种事情大笑，后来又因为其中一些事而感到后悔。在她的工作室里有一张昂贵的长桌，摆满了她的拼贴画、诗歌笔记和速写，就是在这张长桌上，她创作了约瑟夫·康奈尔风格的超现实立体模型。她喜欢跟有地位的男人来往，还有他们的电话号码。她父亲出生于密苏里州卡梅伦，曾在第二次世界大战中参加了解放达豪集中营的战斗（后来回国接手家族生意，从事墓碑雕刻），战时写来的家信是我和她研究的对象：怎么处理这个毛头小伙子的一大摞书信？凯特有一种纤弱的美，她位于伍德赛德的房子就和她一样，属于地地道道的加利福尼亚风格。尽管癌细胞侵入了她的脊椎，她还是看上去那样意气风发，用棕奶油烤梅子馅饼，看记录旅行的文学作品，和朋友们一起散步。她的家人都围着她转。当最后时刻来临的时候，她作出了常人难以想象的决定，让我极为震惊：热爱生命的她，决定在她房子里由玻璃和木头构成的阳光室中，就着一杯水吞服一片药片。我可以想象，她那一刻在充满阳光的家中，也许比大家预料的更加孤单。她躺在坐卧两用沙发上，身边堆满了基里姆毯子和软枕；傍晚的阳光从西边斜斜射入，百无聊赖地照在玻璃墙上；窗外只有日渐荒芜的花园，窗户上再也不会映出她做瑜伽的矫健身影。

弗雷德和吉米，吉米和弗雷德。他们住在乡下的两幢房屋里，一幢是饱经风霜的板房，用于睡觉，另一幢是改建过的谷仓，用于工作、烹饪和娱乐。这样也算是内外有别了。他们还用钢丝在自己的土地上搭起了一个金字塔形建筑，这个建筑高 30 英尺，有一个狭窄入口通往内部。到了夏天，牵牛花、葫芦和南瓜的藤蔓爬上了钢丝，形成了一个绿色的荫凉空间，人们可以坐在里面的草地休闲椅上，喝一杯玫瑰红葡萄酒，想象着"杰克和豆茎"的童话故事。小池塘边有琳琅满目的花架，花床里种着各种标本植物，常引来访客的问题："吉米，这是什么植物？"谷仓边的一间积满灰尘的小屋里，停着弗雷德的三辆阿尔法·罗密欧跑车，车辆修复状况不一。多肉植物丛中的一条木制走道通往工作室和生活空间。书架并非靠墙摆放，而是与墙壁垂直，就像图书馆里的摆放方式。房子周围有展览空间，可供展出吉米的线条画和弗雷德的油画。餐厅墙上也挂着艺术作品，成了一道流动的盛宴。看到这里，读者想必已经知道吉米和弗雷德这两位是干什么的，他们的魅力又在哪里。还有一件事：夏季餐厅。谷仓旁边有一幢破破烂烂的小木屋，只有一间车库大小，两端开门，已经有点倾斜了。这间小木屋是很久以前用来晒烟叶的，屋顶的架子就是放烟叶的地方。夏夜，风从池塘吹来，我们就在小木屋里吃晚饭，只有在这时候，这里有些人气，不然平时都是空荡荡的。小木屋里摆了一张原木餐桌，上面放着银质餐具、灯笼和大把野花、野草。在萤火虫的飞舞环绕中，我们享用西班牙凉菜汤、香草羊排、小青菜和大西洋海滩派，周围是乡下的特有声音：树蛙、猫头鹰的鸣叫和不知名的吓人嚎叫声。黑夜中，只有我们的脸在餐桌边、烛光下熠熠生辉。在这样的美妙夜晚，每个人都兴致勃勃，滔滔不绝。大家都感到像在自己家里一样舒服自在。

在北卡罗来纳州教堂山，安的房子是最古老的历史建筑之一。这幢房子规规矩矩、板板正正的，门前就是富兰克林街，这条街同它一样古老，本该受到保护，可是现在车来车往，也让漂亮的老房子遭受了噪声之苦。可以想象，这里以前也是绿树成荫、闹中取静的社区，是教授们的雅致住家，而现在大多成了大学生联谊会场所，添上了各种乱七八糟的搭建；相形之下，安的房子倒是鹤立鸡群。在大学社团的秋季招新日，我们坐在后院露台中品尝安和兰道尔的精致点心时，正好听见齐·欧米茄姐妹会的姑娘们纵情高唱，希望吸引新成员。这让我想起了我当年在大学姐妹会里的经历。我想，齐·欧米茄姐妹会想必是个很好的社团吧。兰道尔是一位诉讼律师，他总是提起政治话题，不一会儿，我们就开始激烈讨论，声音比那些女大学生还大。安的祖父是北卡罗来纳大学的校长，也是这幢房子的原主人，安就在这里长大，她对祖父极为仰慕。屋里墙上贴着原先的碎花墙纸，安祖母的钢琴上方挂着一幅大照片：一个难辨男女的孩子穿着飘逸的白衣服。狭窄的走廊里，贴着加利福尼亚山火肆虐的照片。此外，还有关塔那摩美军基地囚犯的照片和艾德娜·路易斯（著名厨师兼烹饪书作者，安的偶像）的照片。屋后的阳光门廊里装饰着废物利用的艺术品：用冰棒棍搭起来的金字塔形矮桌和地灯、用纸箱做成的小桌子、东倒西歪的藤制家具、小木棒制成的吊灯——这一切是为什么，谁能解释？安在她的椭圆形餐桌上点了很多许愿蜡烛。她喜欢搞怪，让人大吃一惊，又是个完美主义者，所以我们吃到的都是以前从未尝过的滋味：萝卜咖喱汤，填了山核桃和香草、在干邑白兰地里炖了好久的鹌鹑，蔬菜与赛克拼盘。亚麻餐巾上印着凸起的字母图案，像老年人手背上的静脉。餐桌上永远点缀着鲜花：不是玫瑰、向日葵，而是娇艳的金凤花和银莲花，放在甜药酒杯子里。在这里，过去的情景仍历历在目，而不是被束之高阁。安的祖父母早已作古，但要是他们在摇曳烛光中蹒跚前来与我们一起用餐，我们也毫不见怪。

史蒂文和兰迪将他们的房子定名为"家有两翼"，这个名字来自邻居艾伦·谷戛纳斯的一篇短篇小说。当我初次看到这幢"工"字形平面的白色木板房子时，我以为它原有两翼，后来毁于火灾。它的门廊不大，由方形廊柱支撑，让我想起了我从小长大的房子，我心里不由产生一丝惊惧。不过要说我被这幢房子吓到，那倒也不见得，这幢房子自有其魅力。史蒂文和兰迪是建筑收藏家（也许一位是孜孜不倦的建筑收藏家，另一位是慷慨解囊的资助者），他们的目标不是普通修复，而是将美国地方特色建筑修复成建筑学上的成功案例。他们最初是一时兴起，买下了一幢房子，然后便一发而不可收。如今，他们在佐治亚州修建了多幢附属建筑物，里面放了数百个建筑微缩模型，有教堂、火车站、酒店、住宅、法院、商店等。不知道有没有狗舍，我想。有些微缩模型内有灯光，让人不禁想象里面的生活是什么样的。虽然不能看见小人，但能看见微型的家具、管风琴、长椅和教堂大钟。这些微缩模型需要人不时掸掸灰，所以常有掸子上的羽毛卡在百叶窗和烟囱上。史蒂文和兰迪的一时兴起，催生了世界闻名的建筑收藏。他们就住在这样的房子里，他们的猫迈着小心翼翼的步子，在数百个微缩模型间穿行，倒是奇迹般地没有碰倒任何东西。他们住的房间里摆放着一架钢琴、一张床和一张餐桌，墙上挂着美国早期建筑的油画，周围全是建筑微缩模型——生活空间虽小，却很舒适迷人。他们经常举办派对，这时兰迪带着谜一般的微笑退居幕后，而史蒂文则热情迎宾，侃侃而谈。对于来到镇上的每一位艺术家，史蒂文和兰迪都会举行欢迎宴会加以招待，宴会上少不了觥筹交错。本镇的任何人，只要出版过书、举办过展览、演过角色，或者只是过生日，都会聚在这里参加派对，喝一杯香槟。想象一下：那些微缩模型，过了半夜会怎么样？里面有没有小人生活？史蒂文和兰迪想必已进入梦乡。兰迪是不是在构思极简主义的房间设计？史蒂文是不是幻想着找到白宫的早期模型？等到他们离世之后，这一极富特色的建筑收藏如何处理？也许会被放进某个逼仄的展厅，让中小学生来参观，并举办有关19世纪、20世纪建筑的讲座。不过现在嘛，这一收藏是属于史蒂文和兰迪的朋友们的。

迈克尔的老房子名为"伯恩赛德"，他曾在那里举行容纳50位观众的弦乐四重奏音乐会。老房子现已脱手，他十分怀念。那里的餐桌极长，能坐25位亲密朋友，大家济济一堂，快乐无比。他的妻子莫琳讲求实效，早已厌倦了操作巨大的除草机、时不时地给老房子修修补补，"换个小房子"就是她对迈克尔提出的要求。结果，迈克尔不顾朋友们的反对，出售了老房子。要知道，这幢老房子曾经成为我们精神生活的一部分，是社团活动的中心。草地上举办过慈善义卖会和竞选筹款会；冬天，屋里举办过新年晚会、诗歌朗诵会，甚至还有葬礼仪式。新主人是一位南下定居的纽约人，他把大门封了起来。屋里的钢琴被送给了一位本地歌唱家，迈克尔搬去了七个街区以外的新家，祖传银质餐具在途中不翼而飞。不过，他也没多少时间来怀念他的老房子。他和我们去意大利普利亚旅行的时候，莫琳打来电话说，她已买下了国王街旅店——位于市中心的一所18世纪酒馆，后改建为住宅，尚需大幅整修。经过整修的古老旅店焕发了生机，成了他们夫妻俩颐养天年的好地方，他们的生活也完全改变了。他们开始在低矮的餐厅里吃晚饭，迈克尔也有幸在黄铜浴缸里洗澡。屋檐下有一间房间，非常任性地贴着蓝印花布的墙纸，好像简·奥斯汀在此下榻。花园里的山坡本来有点突兀，现在做了调整，更显风光旖旎，以后还会改得更好。书房不大，属于典型的英格兰风格，贴着印花墙纸，壁炉边有柴火架，窗下放着一张书桌——莫琳开始在里面写书，因为她感到很自在。虽然迈克尔抱怨没有休闲娱乐活动的地方，为此满腹牢骚，但他也安顿了下来，在这里招待他的朋友们。我那时候正在有一搭没一搭地看房子。来拜访迈克尔的时候，我看见了同一条街上的一幢殖民地式样的两层破旧小楼，便脱口而出："去看一看，这房子骨架不错。"房主早已逝世，因此自从20世纪50年代以来就没有任何修缮。房子里倒是一应俱全：门廊、窗户、阳光室（有点漏水）、暖气、通风、厨房。客厅是普通尺寸的两倍，窗户高雅大气，门廊宽敞，卧室又大又方正——这些都让人想起了迈克尔的老房子"伯恩赛德"。我们站在这幢破房子里，想象着亚麻窗帘在长窗上飘拂，软椅子构成了舒适的生活空间，墙边的书架上摆满了书。可是理智告诉我们，要修复这幢房子所需要的努力和花费远高于迈克尔和莫琳修复他们的18世纪旅店。一天晚上，在古老旅店里用完甜点后，迈克尔抬头看着低矮的天花板，倒了一杯葡萄酒，说："在这儿，我感觉像在一个棺材里。"餐桌边的众人一片沉默：他毕竟还是没有把这里当作自己的家。后来，莫琳认为他们有足够的勇气来进行另一次修复工程，所以他们买下了那幢两层破旧小楼，并开始了工作。两年过去了，修复工程仍未完成，但门厅已贴上了红黑猴子图样的墙纸——真是好醒目啊。厨房十分宽敞，墙上本来贴着胶合板，现在成为改造的第一个目标，让我们都惊叹不已。再见吧，粉色瓷砖！卫生间里新换上了黄铜浴缸，阁楼变成了书房。莫琳刚刚庆祝了生日：门廊虽然依旧高低不平，但两边摆着灯饰点缀；长餐桌上放着新的银质餐具，这是用保险公司的赔偿金添置的。我们尽管在意大利，但也似乎听到了《祝你生日快乐》的音乐声。

如果我相信一个神奇天地中有精灵和仙女，那么它一定就是苏西和罗恩的托斯卡纳栗子林。那些栗子树一棵棵硕大无比，秋天是一顶顶金色伞盖，春天是一丛丛翠绿装扮，夏天是一处处低垂着的宜人树荫。林中到处长着牛肝菌，让人感觉仿佛菌盖下面藏着传说中的小仙女。像菲亚特轿车一样大的岩石静静躺在地上，是几千年前的巨神把它们从地底翻出来的吧。绕过一段山脊，可以看到远处的基亚纳山谷绿茵如毯，一直延伸到托斯卡纳的地平线上。是的，苏西和罗恩的居处与世隔绝，远离他们在科尔托纳的朋友们。他们来自遥远的墨尔本，不过早已在此安家。他们的家位于俯瞰山谷的高处，这是他们难以割舍的心爱之地：只要看见了那幢房子，心中就感到了家的温馨。我也有这样的感受。沿着白色小径，穿过神话般的树林，就能到达一幢长形石砌农舍，旁边加了一个温室。整片建筑有加高的地基，是朋友们的主要活动场所。餐桌边通常坐着 10 个人，静等一道道菜上来：有经典的咖喱、羊肉和奶油水果蛋白饼，有时候还有美味的萝卜蛋糕，这是女主人苏西做的，不过我不太喜欢。罗恩是个品鉴葡萄酒的行家，有时候他随意倒出一杯来，让我们猜猜品种，可是我们乱摇一通，还举着杯子要他再倒一杯，他一定暗暗失望吧。这两位开朗阳光的澳大利亚人常举办丰盛的野餐和午餐会，食品制作十分专业，可是他们也没有请雇工呀。一顿午餐下来，就到了 5 点，一天就过去了。在这里俯瞰下面的橄榄树，大家都感到有几分微醺。朋友是用来干什么的呢？不就是聊天嘛！有一次，在这里吃过晚饭后，苏西写信告诉我大家都聊了什么：健康评估、书籍（那还用说）、信仰、在洗碗机里摞碗碟、上帝、折叠亚麻衣物、家和地方的意义、音乐、诗歌和天才、内向性格、新冠肺炎病毒、音乐剧和《西区故事》（伦敦在上演呢！我们去看吧！）、艺术之美和威尼斯（我们去吧！凌晨 1 点就能到了！）、放屁的猪和打嗝的牛、圣马力诺（这是我唯一没有去过的地方！我们去吧，凌晨 3 点就能到了！）、悬崖和海滩（就算我没法在那里生活，我也想在那里生活！）、内心、在别处的生活（旧金山、丹麦、北卡罗来纳、澳大利亚）、激情、奥运会、狗的优越性、理想中自己的名字、科尔托纳的节日……伴奏的动感音乐，有很多渐强段落打扰了附近野猪的清梦。她最后说："这一切，我们都很喜欢。"这样一个充满了温暖情谊的小圈子，无论谁都很喜欢呀。但是这样远离人烟的地方，不由让我想起一个问题：那些可爱的朋友们给我带来了那么精彩的对话、那么舒心的陪伴，可是他们转身离去，关上房门，退回自己的孤独生活之中。他们也许在做园艺、在读书、在计划将来……他们在与世隔绝的家里干什么？也许他们坐在巨大的石砌壁炉前讲故事，像以前的农夫一样，坐在壁炉前，一边喝着一杯白甜葡萄酒暖身子，一边讲述古代的故事。有时候他们足不出户好几天，在四堵墙间过日子。在这样与世隔绝的地方安家，自然是为了这个目的，难道不是吗？

苏珊住在一幢白色的石头房子里。打开房门，闻到的是什么香味？小豆蔻、莳萝还是胡芦巴？她的午餐邀请是朋友们中最受追捧的。她不想在家里放黑木家具，所以给一张可伸缩的邓肯·法伊夫风格的餐桌涂上了好几层白漆。餐厅的一角放着一张狗床，混种狗"小邂逅"眨着深情的眼睛，趴在上面看大家用餐。"小邂逅"有50多件玩具，它常常衔着玩具上下楼梯，来来回回地玩。如果客人们把开胃小吃留在客厅里，那它马上就会跑过来偷吃一盘腌肉或一碟坚果。在这里，客人们不用帮着上菜或清理餐具，苏珊一个人把活儿全干完了，她的使命就是把客人们喂得饱饱的。所以，她家为什么不能被评为米其林星级餐厅呢？她家厨房里、餐桌上和厨房窗边的圆桌上都点缀着花束，我们一边吃饭，一边讨论我们做什么菜、什么时候做、请谁来用餐。我们那时候在做一个烹饪书项目，想整理食谱，并分派任务。我们分享各自的消息：萨米雅要去埃及，汤姆做了膝盖置换手术，苏珊在为阿富汗难民筹款。有谁见过霍普街上铁线莲毫不羞赧地开出紫色花朵？大家兴奋地谈论着。那幢房子上次改造的时候，加上了淡绿色的玻璃瓷砖和好看的细木工图案，我们都十分欣赏。在房屋改造期间，她用楼上书桌上的微波炉来做饭，禁用厨房的时间长达7个月，整幢房子里笼罩着一种阴郁沉重的气氛，就好像她负了伤，绑上了止血带，因此没有了创造力。她做的焖鸭、柠檬脯和法国锅菜令人叫绝，她还说要做整套土耳其大餐，这让我激动不已。不过，她虽然是个好厨师，园艺技术却不太高明。她的盆栽无精打采，只有一株咖喱植物，她还时不时关心一下。在疫情封控期间，她仍请朋友们上门吃饭，只不过戴着手套、常常拂拭，并保持一定社交距离。餐厅里，有法国普罗旺斯风格的格子桌布和漂亮的碗碟；餐厅外，室外餐桌上用纸盘子盛着美味佳肴，让我们欣喜若狂。我们大快朵颐，而枯死的天竺葵在一边独自伤神，明亮的星光从橡树林中洒落下来。大家聊得很开心，只要有人想到什么曲子，艾德就会用他的随身设备放出来。我们常放流行歌曲《对你说再见》，并跟着唱，以此表达我们的内心感受：先是新冠病毒，然后是一帮不负责任的政客，让我们有家难回。现在，我在意大利，竟然很神奇地想起了苏珊：她开着五个灶火，把开心果混入柠檬奶油中，忙碌地做面食；旁边，餐桌已经摆好了。我几乎能猜到谁将受邀前来用餐。

艾伦的家是一幢早期维多利亚风格的房子，有木头墙板和高大山墙，周围种满了热带蕨类、美人蕉和香蕉树，客人得挤挤挨挨地走过来。环绕房屋的门廊上，常有一两位文坛名人在喝葡萄酒或品尝艾伦常备的大虾点心；邻居来访也能得到一番招待。一走进门厅，就能感到仿佛进入了万花筒：墙上贴着威廉·莫里斯设计风格的怀旧柳叶墙纸，摆放着美国早期式样的背面上漆的镜子。这幢充满浪漫气息和独特品味的房子，想必可以成为英国作家路易斯·卡罗尔或英国编辑A.A.米尔恩的居所，更能得到英国童书作家碧雅翠丝·波特的青睐，不过屋里放的不是她的颜料罐，而是一摞摞的书：椅子边、桌子上、书架中，到处都是书。餐厅桌子上本该有一瓶水仙花，可现在犬蔷薇的枝条缠上了屋顶的大吊灯；书房里本该有一张书桌，可现在整个房间堆满了纸张。头顶上原来是普通的窗户，现在被换上了哥特式的教堂玻璃窗，窗外是一片长老派公墓，那里面东倒西歪的方尖碑长满了青苔，颓圮的墓碑都快埋入地下了。正如艾伦的修辞手法令人出其不意，这幢房子也令人出其不意。珊瑚色的墙壁、黑白相间的地板、地球仪和雕塑（主要是头像和面具）：既然主人喜欢做最大限度的雕琢修饰，那么他的散文也是如此，又有什么可奇怪的呢？家，就是用来自由发挥、肆意颠覆的，就像耶稣是神之子，不向恺撒大帝缴税。这幢房子自有其独特幽默之处，尤其是在万圣节：天真的孩子们上门来要士力架，艾伦和朋友们却对他们上演政治讽刺剧；这些大人们一本正经地排成一排，扮演历史上的政客从棺材里爬起来并作出忏悔，让孩子们在闹鬼的房子里度过一个难忘的夜晚。

伊丽莎白是个很难找的人，因为我不知道她现在的家在哪里。5年前，从事高端房地产生意的伊丽莎白和克雷待子女成年，便开始了四处漂泊的生活。目前，"家"对他们来说可能是三个相邻的存储单元，里面装满了他们的家具。我曾见过18世纪的英国雕刻，表现的是农业工作者赶赴下一个季节性工作，这种"迁徙"可不像鸟儿从一棵树飞掠到另一棵树，而是大费周章的：运货马车堆得冒了尖，还有儿童帮着拿盆盆罐罐。伊丽莎白也是这样：她把东西塞满了她的雪佛兰，还叫了搬家公司。她和克雷不停调整沙发、床头板、油画的位置，从一大堆东西里挑出适用于下一个居处的物品。他们对此了然于胸：打包行李，搬进新家，解开行李，订购用具，装饰新家，安顿下来，直到房子出售。有时候住两个月，有时候住六个月。我们来拜访的时候，感觉就像进了五星级酒店。他们频繁搬家，这很好地诠释了约翰·济慈的"消极感受力"，即"处于犹豫、迷惑、怀疑之中仍泰然自若，不急于得出结论"。永远保持开放心态，说走就走。我问伊丽莎白："你住进一个新居处后，多久以后会觉得这是你的家呢？"她的答案很简单，"三天"。三天已经足够让她按字母顺序排列香草和香料了。频繁搬家的好处就是，不会有长年累月积攒下来的各种杂物。他们已经住过了17幢房子，每一幢都带上了伊丽莎白的印记。

她住在佐治亚州大宅子的时候，我曾去拜访过，不过她已经搬到了都铎风格的房子，或者定居在意大利托斯卡纳或法国普罗旺斯。当然，每一幢房子都漂亮精致。伊丽莎白，假日难道不会模糊你的记忆吗？难道你不想念你的老房子，里面有带顶棚的花架和铺着马赛克的游泳池？难道你没有把一切都弄得井井有条、一尘不染吗？是的，是的，是的。

　　玛格丽特的住房，就像我所有朋友的住房一样，带上了主人的印记，只不过她的印记更加鲜明一些。她的房子位于北卡罗来纳州艾诺河边，原来是个简陋的钓鱼营地，东拼西凑搭建起来的，后来被她改成了一个别具风味的居所。她和朋友们在这里制作各种东西，比如纸艺灯笼、拼花被子、庆典礼服，还在贴着亮蓝色瓷砖的厨房里做李子酱。他们用废旧材料做艺术品，还在客厅里摆了一张全新的理发椅。别具风味吧？更别说屋子里到处放着奇石、名木。门廊为两层楼，有纱窗遮挡，玛格丽特有时候上二楼门廊，躺在一堆拼花被子里，听着河水拍击岩石的淙淙声入睡，就像在一个小小树屋里，完全不受外界打扰，真是无上的享受呢。住在森林中，身边只有蛇、龟、臭鼬、狐狸，仿佛与人世隔绝——她很喜欢这种感觉。来到森林中游玩的恋人们往往在树皮上刻下心形和双方名字缩写，她都一一拍了下来并留作收藏。走路的时候，她留意野生姜、鹰和猫头鹰。有时候，她房子前面的池塘涨水，淹没了道路，她只能从一条高于水面的狭长小道出入，到了房子那儿就是干燥的高地，不受涨水影响。房子四周加了好多门廊，为的就是住着舒服——她还真是随心所欲啊。她调查并揭露贩卖妇女的罪行，在报刊上撰文报道，还举办研讨会呼吁社会组织认识这一罪行的危害性；只有住在这样的房子里，才能让她从工作的黑暗面中解脱出来。在通往艾诺河的小径上，她常爬上平坦的大石头，脱光衣服晒日光浴，或者钓钓鱼、蹚蹚水。艾诺河才是她这幢房子的真正建筑师啊。

弗朗切斯卡的小木屋位于一片树林的边缘，屋里书桌前有纱窗遮挡。在这里，我们坐在长椅和简易椅子上，看意大利导演维托里奥·德·西卡的电影《偷自行车的人》或《意大利式婚姻》（最好不要看那部过于悲惨的《烽火母女泪》）。她的家和她这个人完全不像：她是那么的洒脱不羁，而这幢小木屋却只是一个中性的背景，作为起飞前的垫伏。屋里有猫，屋外有蔬菜地，可是弗朗切斯卡坐不住啊，她设计舞台布景，去阿根廷跳探戈，给她同样洒脱不羁的意大利祖先写回忆录。在疫情封控期间，她制定了一个奇特的任务：开车一日游，为的是去参观北卡罗来纳州所有的乡村法庭建筑。她真心行善，不求回报。有很多事需要宽恕，而她都做到了。她的家好像在向世人声明："我不必住在这里。"虽然她是美国永久居民，但是我感觉她还是在她祖国意大利的别墅和农场中更为自在。她的生活好像已从现实中脱离，驶入了另一个轨道。她的家族富有传奇色彩，而且家族成员才华横溢，但不太好相处，他们的成就让我们这些朋友津津乐道。别人很难想象，她竟然定居在美国南方的一幢小木屋。可她就是在此定居，身边还有我们一帮朋友。她设计玩具和复杂的谜题，也许还在网上查询飞往罗马菲乌米奇诺机场的航班。当维托里奥·德·西卡的电影开始时，小木屋消失了，只剩下爆米花、葡萄酒，伴随着猫头鹰的叫声和闪烁不定的屏幕光亮。

从吉恩的餐厅窗户望出去，可以看见托斯卡纳的经典景色：群山、葡萄园和远处科尔托纳的宏伟轮廓。就算一百年过去了，这一景象也不会有什么改变。这难道不是世界上最平静的风景吗？厨房柜台边的墙上，摆着一百个一模一样的罐子，里面放着各种品类的豆子、香料、谷物和香草，每个意大利老太太都能在这里找到中意的厨房食材。吉恩的房子经过整修后，更显恢宏大气，且视觉风格更为统一。

整幢房子为极简主义风格，优雅简洁，几乎看不出个人色彩：黑白照片镶在一模一样的镜框里面；白色的沙发、白色的盘子；白色的客房，墙上的涂料就像煮过的糖霜一样光滑；打开厨房的抽屉，里面打蛋器、厨刀和锅铲就像外科手术工具一样整齐排列，叫人吃惊。意大利本地的古董、油画和马约利卡彩陶，吉恩和阿齐兹都没什么兴趣；他们那么接地气、有格调而又妙语如珠，让人不无惊惧地想到，他们也许代表了人类进化的下一阶段呢。大多数住在老房子里的人把衣服塞进衣柜里，而他们把一间小房间改成了当地比较少见的储藏室。我可以毫不夸张地说，女王的衣物都没有这儿整理得井井有条：鞋子上一丁点儿灰都没有，干洗用的衣架或塑料袋一个都找不到。一切都那么宁静安详，但是他们并不是特别宁静安详的人呀！也许有什么戏剧性的故事？美国诗人华莱士·史蒂文斯的诗句也许提供了答案："房子曾经无声，因为它必须如此。无声曾经是意义的一部分，心灵的一部分。"

可可的房子也在托斯卡纳，她为这幢房子可费了不少精力呢。从她的房子再向山上走，就是古老的勒切莱修道院，圣方济各曾在那里住过一个冬天，至今还有几个嘉布遣会修士在修行：他们时常出来，大步流星地赶路，头上的白发飞舞，有时候还光着脚，就像和蔼的精灵一样；他们身穿镶着白边的褐色长袍，卡布奇诺（cappuccino）的名称正是来自嘉布遣会修士（Capuchin）的这种特殊装扮。这一带树木葱茏，在群山间回荡的钟声、勒切莱修道院黄金蜂巢雕塑前喷涌不息的泉水、蜿蜒在梯田上的耶稣受难之路，仿佛给这里笼罩了一层浓重的宗教色彩。可可的房子就在这一片宗教氛围中，它甚至还附带一个简单的小教堂，里面有受神父祝福的圣坛。这对于可可来说是运气，因为室内设计师很少有机会重新设计教堂呢。在阿雷佐古玩市场，可可买下了适合教堂庄严气氛的椅子和天主教雕塑、油画。她和吉姆倒不是特别信教的人，他们只是觉得这幢房子应当受到尊重。这是一幢石砌别墅，周围种满了好几架玫瑰花和好几丛绣球花，薰衣草间的小径通往山上。在大房间里能俯瞰基亚纳山谷，客人来了当然感觉心旷神怡；厨房的橱柜是恰到好处的钴蓝色。我和可可都渴望打造一个完美的家。我们的文字里记着书桌、颜色、瓷砖、布料，请谁来排线，请谁来造工作台底座，还有卡洛明明知道那种灰泥看上去就像贴在墙上的口香糖，他为什么非要用？他是怎么想的？装修房子时，必须突破一些界限。装修是为了自己喜欢、自己舒服，这样才能创造自己的家。突破了界限，就到了更高的层面。我和可可早已进入了"黄金地带"。（我姐姐有一次对我说："你每天都要让房子更美观一些。"）人们有一种不断发展的愿望——在家里创造美，那是不是为了得到欢乐的感受？可可在镇上小广场里喝咖啡的时候，常常遇到游客，结果，一位来自印度的眼镜设计师被她邀请去吃午餐，亚麻餐巾、友好的餐桌闲谈、炸脆的西葫芦花、黄瓜冷汤和桃子馅饼想必是他难忘的回忆。夏天，可可的长餐桌上摆着一束束的绿色绣球花，镇上所有的外国人都对此记忆犹新；秋天，我们压出了自己的橄榄油后，当晚举行橄榄油品尝派对，大家喝着葡萄酒，剥着用煤炭烤的栗子，欢声笑语此起彼伏。我和可可渴望打造一个完美的家，并不只是为了欢迎朋友们来访。就算没有客人来，我们也会在古玩市场里寻寻觅觅。夜半时分，我们会踱进书房，重新排列书架上的书籍，甚至重新摆放家具。我们是在和四堵墙进行个人化的长谈。怎样调整一下房间，让它更符合我的品味？窗外的枯松已被移走，不再挡光，怎样调整一下房间的配色？浴室太小，要扩大；椅子褪色了，要重漆；坏了的换新，褪色的重漆，枯死的再种。这是内心动力的外化表现，时时都在起作用。在窗外风景的极远处，陡峭的山腰上，闪过列车的灯光。不管我在不在那列车上，自有人来，自有人走。

记忆的味道

我用全部身心来品尝这些桃子。

——华莱士·史蒂文斯《俄罗斯的一盘桃子》

　　旧金山的一位朋友对我说，他理想中的乡村风味就是用平底锅煎的沙鲟。在北卡罗来纳州教堂山一带，人们蜂拥来到"妈妈蘸酱"吃怀旧口味的炸鸡，或者来到"科研三角区"的烧烤店饱餐一顿。烧烤几乎成了人们的一种信仰。我丈夫从小在明尼苏达州长大，他时常想起他母亲做的炖肉，但最怀念的是用全麦饼干打底的奶油派，他和弟弟有时候偷偷拿一点，上楼躲起来大快朵颐。只要他和姐妹们一起吃饭，餐桌上就有这道奶油派。我一开始心里想，"这算什么呀"。然后我想起来，一个人从小在家里吃到的食物会在记忆中占据神奇的位置。

　　我在佐治亚州长大，小时候全家依傍土地为生，土地上长出什么，我们就采下来烹饪。来自其他文化的佳肴，比如中国菜、日本菜、墨西哥菜、意大利菜，现在我们是尽情享用的，可那时闻所未闻呢，就像另一方天地中的神秘之物。历史上黑人妇女被迫登上运奴船前，往往将秋葵籽和花生缝入裙子衬边——我听说过这个故事。美洲印第安人将玉米磨成粉，用煤炭烤熟，加上烤肉一起吃——我在课堂上学过这一知识。佐治亚州薄脆饼干和黑人农家菜都在绿色蔬菜、玉米和猪肉上做文章，英国和德国经典甜点有多层馅料，还有肉冻、腌鸡、巨型蛋糕、蛋卷、松饼等特色菜肴：这一切都融入我家的烹饪特色之中。不论老少贫富，大家都兴致勃勃地品尝猪下巴、猪背膘、玉米面包、用大米和碎葱烤的豇豆、甘蔗糖浆、烤猪脆皮、猪肠、培根、油炸玉米饼、放贝壳里煮熟的花生、羽衣甘蓝、芜菁和菜豆。这些很多已成为我们记忆中的"灵魂食物"。随着黑人在迁徙中将他们爱吃的食物带出南方，"灵魂食物"这一别具特色的名称也传遍了美国。

看，这就是"知足常乐"呀。在南方，有很多可以让我们知足常乐的东西：短吻鳄、蕨叶、土堤、响尾蛇、乌龟、松鼠、负鼠和美味的羽衣甘蓝凉拌菜。

从黑人文化中借来"灵魂食物"这一名称，也许是因为我吃到火腿饼干和山核桃派时，找不到别的词语来表达内心的感受。放眼整个世界，关于食物的表述都和灵魂家园息息相关。我的丹麦朋友迈克尔和詹说，丹麦语中有"生命食物"一词，让我好生羡慕。这个词真是太贴切了：生命中不可或缺、无比挂念的食物。它的味道让人回想起过去的美好时光，回想起家里厨房的热闹场景，回想起祖母亲手做出的独有美味。有一次詹做了他母亲的柠檬甜点，那甜点像白云一样晶莹光滑，一下子让我理解了"生命食物"这一概念。厨师苏维尔是我在德里的一位朋友，他告诉我在他那里有 ghar kaa khaana 一词，意思是"家里最受爱戴和尊敬的食物配方"。只要向周围朋友询问，他们记忆中的"生命食物"是什么，他们一定会列出一长串美味佳肴，令他们想起温暖的家（就算这个家是在接连不断的迁徙路上）。

自从我们住到旧金山以来，我们一直经常吃茱莉亚·柴尔德的芝士蛋奶酥。我们现在每星期做一次，而且买了新灶具后，松软的蛋奶酥都膨胀到了烤箱的顶壁。我们从农贸市场买来鲜脆的"小宝石"生菜，所以做蛋奶酥就成了很自然的选择。以前我一个人住的时候，有时候下班较晚，就在晚饭时分坐在我的小阳台上，看着下面的万家灯火，用小叉子从冰激凌盒子里挖着吃——相比之下，做蛋奶酥已经算是大有进步啦。不管是芝士蛋奶酥还是车厘子冰激凌，都不是我小时候吃的乡村队长鸡，但在记忆这一"移动的盛宴"中，也算是我的家乡风味了呀。

品尝过一道美食后，这段经验会深藏于记忆中，甚至带出以往的回忆，让人想起自己何时何地低下头去喝一口家常蔬菜汤。不过，记忆里的也不都是食物。用一个绿碗盛上来的蔬菜汤，是我喜爱的一位姑姑做的。那时，我逃离我那吵闹不休的家庭，来到她位于维达利亚的家中做客。在这里，我可以真正成为一个小孩，而不是想方设法斡旋和平的小大人。她慷慨大方，餐桌上也是应有尽有。关于食物的记忆总是那么清晰有力、意味深长，因为食物让人想起了享用食物时的情景。就像我的朋友吉恩所说："坐在沙滩的棕榈树下，吃一大盘鸡肉和米饭，手里拿着一杯冰啤酒，听着鲍勃·马利的雷鬼音乐。"

我问过好几个朋友："你家里最让你难忘的食物是什么？什么食物能够平复你的心情，促发你的回忆？"苏西是一位带有意大利血统的澳大利亚人，她这样回复：

> 一片吐司面包，抹上了厚厚的黄油，黄油流到手指上，我心满意足地舔干净。妈妈的阿富汗饼干，香味是那样熟悉，在厨房里飘荡不散。一碗浓稠的南瓜汤，把掰碎的面包片放进去蘸一蘸吃，汤汁从下巴一路淌下去。说到我的"安慰食物"，没有什么比一盘热气腾腾的意大利千层面更能像罗贝塔·弗莱克的歌一样抚慰我的心了。用明火烤小圆饼也是一种享受，在上面抹上蜂蜜，然后一口吞下。把一块带坚果的厚巧克力塞进嘴里，咬得嘣嘣响，把嘴都黏住了，说不出话来。

"安慰食物"是餐桌上的一段回忆，伴随着椅子的吱嘎声、调羹的叮当声和友人的说话、谈笑声，餐盘上冒着热气，门铃叮咚作响，大家分享见闻、互致微笑，共同沉浸在家庭的温馨氛围中。"安慰食物"不但填饱了肚子，让身上暖洋洋的，让心里有了着落，还让人觉得自己肯定经历过这一温馨场景——回忆起来，恍若重温一段美梦。

"恍若重温一段美梦。"

正是这样啊。这个回答令人赞叹。阿富汗饼干是什么？我倒是不知道呢。一个问题会引发个人情感流露，这是我没有想到的。

罗恩认为，与灵魂有关的回忆总是和特定地点联系在一起的：

　　在足球俱乐部，和爸爸、兄弟们一起吃肉馅饼……我们的足球队战无不胜。在"古兹曼和戈麦斯"吃三明治，看板球赛中澳大利亚队对抗西印度群岛技高一筹的投球手……在这方面，澳大利亚队不一定能赢。在大学咖啡馆，一边吃难吃的豌豆派，一边复习法律。在海滩上玩了一整天，最后吃了一顿炸鱼薯条。

来自西雅图的谢丽尔回忆她的经历：

　　在意大利波西塔诺，坐在圣彼得酒店的长椅上喝一杯果味汽酒，看太阳隐没在粉红色的山崖后。在蒙特福洛尼科的著名餐厅"13 驼峰"，叫一盘热腾腾的意大利细面条，浇上奶酪和胡椒。看意大利电影《邮差》，一边往嘴里扔撒了黄油和盐的爆米花，一边轻啜一杯红葡萄酒。我的芬兰外祖母给我做了燕麦面包，刚从烧木头的炉子上拿下来，上面抹了酸奶油和熏鲑鱼。

吉恩还有话说：

在英国康沃尔海岸航行了一整天之后，我和朋友们又饥又渴，最后停靠在潘多拉酒馆，狼吞虎咽吃一顿新鲜出炉的面食，然后靠在吧台边，交流我们怎样差点在帆船比赛中夺得第一。英国的根西奶牛善于产奶，母亲用这种牛奶做大米布丁，味道相当不赖。布丁顶着一块凝结的奶油，还加了一勺草莓酱，来上一大口，顿时感到自己又增添了几分男子汉气魄。

简离群索居，住在树林里的幽静房子里，她的回答是这样的：

乡土风味的食物让我能够了解我的本性，比如现在，我是享用玉米面包的大地生灵之一。在我看来，玉米面包这一古老的食物是人类念念不忘、孜孜追求之物，它那么特别，从田地中采摘玉米后不需要很多工夫就可做好。不管我们喜欢什么食物，食物的色香味都能勾起我们的个人感情。这样，烹饪就成为一种人与食材的沟通方式，它发自本能，不立言诠。同样，分享食物也成为人与人之间亲密关系的表现。我在厨房里烹饪的，几乎都是能给我带来回忆的食物。

可可来自一个四海为家的军人家庭，她的回忆遍及世界各地：

日本、奥地利、意大利，最后来到美国，在这里我逐渐爱上了可口可乐贩售机和总汇三明治。在奥地利的时候我才5岁，住在一个旅店里，我和姐姐每天吃一样的早饭：热巧克力和抹了黄油、果酱的煎饼卷。驻扎在意大利的时候，当地食物给我留下了不可磨灭的印象，菠菜千层面、腌肉、冰激凌、番茄酱等是我第一次品尝到的，并从此占据了我生命中的重要位置。

她写道，她那时是个瘦瘦的小女孩，曾跑遍了整个利沃诺来收集各种芝士、面包和橄榄。她坦承，正是儿时品尝那些食物的经历，才促使她最后定居意大利。现在她家里有功能强大的灶具，她做的桃李馅饼远近闻名。

可可的丈夫吉姆（意大利名字是"贾科莫"），一位来自新泽西的意大利裔美国人，没有书面回答我的问题，而是告诉我，他母亲用番茄肉酱做的面食让他想起了星期天家中的情景：面食，面食，到处都是面食，晾在厨房里的餐纸上晒干，还有意大利小方饺，捏好了以后放水里汆一下。他母亲不但是做面食的一把好手，而且能用意式乳清干酪做芝士蛋糕，味道让人叫绝，其秘诀不是加几滴玫瑰水或几片糖制柠檬皮。根据他母亲留下的配方，先用馅饼外皮搓成丸子，然后压成小圆饼，再摊在平底锅里。看起来，老太太总是搓不出一个完整的丸子。下午，他和母亲坐在厨房里喝茶，还有饼干可以泡着茶水吃，这一经历造就了他每天下午4点雷打不动的下午茶习惯。用什么佐茶？几片饼干和过去的美好回忆。

把视野放宽一点来看：有关食物的深厚情感既是真实的，也是象征意义上的，就像回忆和味道结合成一片混沌的云，在脑海深处飘来飘去。对我来说，有关椰子蛋糕的回忆总是伴随着母亲端着蛋糕走进餐厅的情景。对我丈夫来说，他小时候常和弟弟从厨房里偷出饼干奶油派，跑到楼上细细享用，弄得床罩上都是饼干屑，食物的味道就与兄弟俩的叛逆和亲情融合在一起。我读中学的时候，曾和朋友们结伴夜闯一片西瓜地，这给我们一成不变的生活带来了几分冒险的乐趣。

我至今仍喜欢吃西瓜，原因大概就在这里吧？

我曾在诗歌课上教学生什么是"客观对应物"。英国诗人 T.S. 艾略特在他的论文《哈姆雷特及其问题》中提出，一位作家若想表达炽热情感，必须找到一种特别的意象。"我若敢吃一个桃子，我必穿上白色法兰绒裤子，在海滩上行走。"多汁的桃子和容易染上污渍的法兰绒裤子，表达了作者对生活毫不在意的态度。月光下的西瓜田里，西瓜被我打碎了一地，朋友们在一旁嬉笑，远处一个农夫把他的工作套裤往上一扔，打开了门廊灯，摸索着找他的枪……

随着我到处定居，与家密切相关的童年食物逐渐让位给其他食物。我的加利福尼亚厨房永远阳光灿烂，厨房外面种着柠檬和橙子，那里出产鳄梨。我在泳池边品尝鳄梨酱、轻啜红酒，往嘴里填晒热的葡萄，食物的滋味和阅读文学作品、看着女儿翻跟头跳进水里的记忆混合在一起。我曾在萨尔瓦多的圣米格尔度过一个夏天，在那里第一次吃到玉米黑粉菌、玉米粉薄馅饼，还有早市里当地女人兜在布毯里卖的辣椒。我那时的家在本尼托·胡亚雷斯公园，为期三个月，我踏进家门时总是带着一袋袋的红椒、青椒、胡椒，一把把甜得发腻的晚香玉，那香气简直浓得化不开啊。

搬到托斯卡纳，就要准备好接受前所未有的味蕾盛宴。菲奥蕾拉、普拉奇多、朱西、希尔维亚、吉尔达、伊凡、多美尼加和他们的朋友准备了美食，展示了意大利家常菜的美妙风味，一下子让我和家人倾心不已，对"美食"也有了新的认识。里卡尔多、克莱尔、富尔维奥、维托里奥正在往杯子里倒什么美酒佳酿？随着我的意大利烹饪技艺日渐成熟，家人的餐桌越来越丰盛，肉汤饺子、红酒炖兔肉、罗马西兰花、松露、烟熏意大利面、浓香烤猪肉等意大利美食给我们留下了难忘的回忆。

我外孙威尔在上海留学一年后回来，我问他最想吃什么：芝士汉堡、玉米煎饼、烤鸡还是牛排？都不是，他想吃肉酱意面。好吧，我拿出了我的蓝色超大铸铁锅——我已经用它煮过一千次肉酱了。威尔的飞机刚降落，厨房里就升腾着肉酱的香味；威尔的拉布拉多犬"罗科"在炉台旁徘徊不去，是在为威尔返家而高兴还是想吃一口剩菜？

不管我在哪里定居，家里总是备着一罐肉酱。我定制了最大的罐子，所以可以一次做 3 份，然后冻起来，几个星期之内碰到回家晚了来不及做饭，或者突如其来请朋友吃晚饭，就可以慢慢拿出来享用。肉酱最好加上意大利螺旋面或贝壳通心粉一起吃，不过太麻烦了，何必呢？经典的意大利面就行。用鸭肉、鹅肉、野猪肉都能做肉酱，但是在托斯卡纳，最常见的是用牛肉、猪肉、香肠来做肉酱。烹饪秘诀就是：炖得久一点。

肉　酱

4 勺新鲜橄榄油

1 磅搅碎的瘦牛肉

1 磅搅碎的猪肉

2 个意大利香肠，去皮

1 茶匙盐

1 茶匙黑胡椒

2 茶匙新鲜百里香

1 片地中海月桂叶

1.5 杯红酒

1 杯切细的欧芹、芹菜、萝卜、洋葱

2 茶匙番茄酱

16—20 个新鲜的熟番茄或 2 个 28 盎司番茄罐头，切细

帕尔马干酪，磨碎

把橄榄油倒入 4 夸脱的带盖罐子中加热。开中火将所有肉类煮成棕色，并用木勺将香肠打碎。

肉类变成棕色 10 分钟后，加入盐、黑胡椒、百里香和月桂叶。

将红酒倒入肉中并慢慢搅拌，炖 5 分钟。

加入炒蔬菜，即欧芹、芹菜、胡萝卜、洋葱、番茄和番茄酱。

先开大火将肉酱煮沸，然后调小火力慢慢炖。盖上盖子，炖 3 个小时，不时搅拌。如果肉酱太稠，酌情加入红酒。

意面的制作相对简单。烧一大锅水，沸腾后放进意面，加入 2 茶匙盐，按意面包装袋上推荐的时间煮，通常是 8—10 分钟。煮好前可以尝一尝，看软硬度是否合适，以有韧性、弹牙为佳。

当然，肉酱意面上一定要放帕尔马干酪。

注意：欧芹、芹菜、胡萝卜、洋葱（可能再加上罗勒）是用于佐味的，可以在菜贩处买到。将它们细细切碎，用小火煎炒，就成为炒蔬菜，这是很多意大利菜不可或缺的配料。可以加橄榄油爆炒 6—8 分钟，但我做肉酱反正要炖很久，就省去了爆炒这一环节。要是做别的菜，还可以在炒蔬菜中加入洋葱或大蒜。一次能做一大锅，可以加番茄酱一起用，也可以混合面包屑，塞进番茄或西葫芦里，或者加上茄子一起做菜。

以下的美食，也是一下子就能勾起我对家的向往的：

意大利番茄沙拉

这种沙拉在意大利到处都有，有的堪称无上美食，有的则难以下咽，要看原料质量而定。选取上好番茄，细细切碎，浇上全脂牛奶固形块、新鲜莫泽雷勒干酪、罗勒、盐、辣椒和一大勺橄榄油，就做好了一份美味的夏季沙拉。要是一种原料质量不佳，那么味道就打了折扣；要是两种原料不行，那就没法吃了。夏天，一个星期好几天，我们在室外俯瞰着群山，享用我们的午餐——番茄沙拉和刚从本地面包店买来的香草橄榄油面包。午餐时我们不怎么喝葡萄酒，倒是心里想着来一杯冰镇维蒙蒂诺白葡萄酒也不错。

瓜 类

我母亲最爱的食物就是甜瓜。夏天清晨，一辆从乡下开来的运货皮卡停在我家车道上，她马上冲出门去迎接。检查甜瓜的时候，她会根据瓜蒂的形状来判断瓜的成熟度。

我在北卡罗来纳州的时候，曾想种植甜瓜，因为水果铺里的甜瓜都采摘得太早了，没有甜熟的香气，要知道，大多数水果都保持了采摘时的甜度。可是我花园里的甜瓜快熟的时候，总有小动物翻过篱笆，在每个瓜上咬一大口。

现在，我定居在意大利，果蔬店的罗伯托总是先问我："今天吃还是明天吃？"然后为我选出几个网状纹路外皮的甜瓜来。"最早是坎塔卢坡出产的。"这我知道，他以前说过。贵为教皇别墅所在地的坎塔卢坡还是算了，拉齐奥有一个小村子叫"狼之歌"，历史上亚美尼亚人参拜天主教廷时将带来的植物种子播撒在那里，我倒是想去看看。

从6月中旬到9月底，每天早上我一起来，就看见厨台上放着一碗甜瓜。艾德比我起得早，他把甜瓜削皮，切成新月形。他也是做卡布奇诺咖啡的大师，打的泡泡奶香四溢，恰到好处。我坐在室外餐桌前，欣赏一片天光云影，手边放着书和笔记本。几片颜色略深的云彩,看上去就是珊瑚色甜瓜的柔和色泽呢。

意大利蒜蓉面

我家的电工安东内洛教我做蒜蓉面,这是最简单、最受欢迎的意大利面食之一。安东内洛在黑暗中搜寻地下管线,10点才回到家,因此他做饭只求简单快捷。只要有面条、大蒜和橄榄油,就能做蒜蓉面。大蒜是主要配料,8瓣大蒜就足够做4份。传统做法是这样的:把水煮开后,放入面条;将蒜末放入橄榄油中煎炒,加入盐和辣椒,开小火煮至变软;捞起面条,放进蒜末中混匀。如果太干了,就加入一点(约1/4杯)煮面水。最后浇上切碎的帕尔马干酪,一份蒜蓉面就完成了。安东内洛教我的方法是:将大蒜切碎剁细,先煎炒一半,直至微变棕色;然后加入煮熟的面条,最后加入另一半的生大蒜,混匀。这个小秘诀能让口味变得鲜活起来。我的做法是再加一点柠檬汁,这在意大利人看来是有悖常规的,所以我从没对安东内洛说过。还有的做法是加入番茄糊和一点白葡萄酒,不过这样显然成了别的面点了。托斯卡纳本地人用的是较粗的意大利面,但普通意大利面也是可以的。

在基亚纳山谷,人们用的是口味较为平和的拳头大小的大蒜;在美国,稍小的象牙大蒜都可以用。我用象牙大蒜做的时候,根据蒜的大小切三四瓣,装满一杯即可。

意大利有那么多快捷面食、奶酪和胡椒、辣味酱、番茄酱、烟熏食物,它们有一个共同点:普通的配料,却达到了神奇的口味。坐下来吃一盘热腾腾的意大利美食,就像和历史上一群饥肠辘辘的人称兄道弟、一同进餐,他们的可选食材、烹饪时间都有限,但仍享受进餐这一单纯的快乐。

特拉西梅诺湖豆

从我们的房子可以望见特拉西梅诺湖。到了夏末，湖边便长满了这种小豆子，得用手采摘。做法很简单：用大量水，加少量盐，长时间煮。我有时候还放进几片猪脸颊肉——在美国南方，我是放猪背膘的。然后捞出沥干，加上橄榄油和盐即可。

这些小豆子呈浅褐色，带有小黑点。历史上它曾消失过数百年，20 世纪 60 年代才被人们重新发现。伊特鲁里亚文明的记载中提到过这种小豆子：在墓葬壁画上，死后世界大摆筵席、载歌载舞的场景中，就有罐子里盛着这种小豆子。公元前 300 年的希腊植物历史书中也介绍了这种小豆子。追根溯源，固然令人大开眼界，但它成为我的"安慰食物"，还是因为它让我想起了我小时候吃的豌豆。我常坐在屋后台阶上剥豌豆，然后扔进一个漏勺里。豌豆纤巧可爱，带着泥土气，我们全家都爱吃。我母亲会在蔬菜摊前停下车，向伯恩哈特先生大声问："豌豆来了没有？"如果伯恩哈特先生摇头，她就发动汽车开走并甩下一句："记得给我留一点儿，听见没有？"我给住在亚特兰大的姐姐打电话问："你能搞到豌豆吗？"她说不行。也许一千年以后，人们会重新发现豌豆吧。

白　豆

白豆是我喜欢的另一种古老蔬菜。它较为少见，仅在阿雷佐的卡森蒂诺地区有出产。这种浅黄色的小圆豆也十分纤细，和特拉西梅诺湖豆差不多，但含油量较高。这两种豆子都可以用来做意式烤面包或者做汤，味道都很好。来托斯卡纳旅游的话，一定要买一袋晒干的豆子。

猪毛菜

这种水下植物俗称"修士的胡须"，看上去很像野菜，味道有点酸，吃起来会牙齿发痒，感觉还不赖，那是因为这种菜里富含各种矿物质，具有保肝祛病的功效。尽管如此，我对它仍然不感兴趣。我喜欢的是春季苦味绿叶菜，比如油菜、西兰花、菊苣和苦苣（一种气味刺鼻的野菜，在意大利南部很受欢迎）。我们的朋友马里奥是本地餐馆"那不勒斯之歌"的老板，他专程驱车去那不勒斯采购他最爱的苦苣。

如果没有猪毛菜或苦苣，艾德喜欢在第一道主菜中加入绿叶菜，比如油菜、菠菜、菊苣或君莲菜。猪毛菜是一种藜科植物，有人听说过吗？它入口松脆，略带辛辣，不过我将它入菜，是因为我看它碧绿可爱，是春天的象征。

栗子和牛肝菌

这两者都是追随秋色而来，让人不由得吟诵济慈《秋颂》开篇："雾气洋溢、果实圆熟的秋……"我们的石头房子位于科尔托纳山上一片栗子林中，已有十多年了。10月的下午，金黄色树叶在枝干上飘动，缝隙中洒落点点阳光，栗子树仿佛在诉说古老的寓言。在林中徜徉，给我带来了多么惬意的享受啊。栗子早就掉落了，长满刺的外壳爆开了，就像小刺猬，里面是发光的果肉。我们的栗子林不像加利福尼亚的红杉林那样具有教堂般的肃穆氛围，而是有一种贴近常人的温暖，通过其金色透亮的斑驳效果，把人带入了一个神奇的世界。只要找一根木头坐下，就能聆听林中的寂静。在这里，我捡拾了好几篮子又大又好的棕色栗子。回到家里，我在栗子上划个十字，放在壁炉里烤。注意，栗子是高热量食物，可别多吃。

我在玛丽姑妈的火鸡馅料里加了栗子，这下，美国佐治亚州的古老配方里增添了来自意大利托斯卡纳的风味。将一罐栗子倒入浓郁的红葡萄酒中煮沸，泡一段时间后，配上烤肉、鸡鸭肉（尤其是焖鸭）食用最佳。

山上的石头房子，固然充满诗意，是我的最爱，最终还是被卖掉了，成为我的回忆。我从来没有开车回去看过它，以后也不会。不过，我永远记得那片栗子林。

牛肝菌是托斯卡纳出产的最受欢迎的菌类，人们对它的评论也是褒贬不一。我常在下午时分在栗子林中巡睃，试图找到牛肝菌，但还是难觅其踪影。如果一次大雨后接着两星期晴天，那就有可能在倒伏的橡树下面等隐秘位置发现一点牛肝菌。

捣碎、煎炒的牛肝菌，不适合作为开胃菜，和"弗朗恰柯塔"起泡酒一起吃；用炒蘑菇、西芹和奶油做的面食才是常备菜。把干蘑菇用玻璃纸袋子装起来，运到美国家里，放在葡萄酒里泡着，美美地吃上一个冬天——我乐此不疲。不过，有一次我在邻居家，看见她在洗蘑菇的时候，抓起一个放在眼前瞅了瞅。"那是什么？"我问。"哎，就是个虫子。"就是个虫子？有一次我去博洛尼亚的一家高档餐馆吃饭，点的是经典的生蘑菇沙拉，配上切片帕尔马干酪。在昏暗灯光下，我也能看清楚盘子里有虫子在蠕动。我叫来侍应生，指给他看，那个侍应生只是耸耸肩，一句道歉都没有——我还以为他会倒吸一口凉气呢！好吧……这至少说明沙拉非常新鲜，除了我，还有别的"食客"。只不过我比较挑剔，要是看见一瓶"梅斯卡尔"龙舌兰酒里有虫子，就再也不会碰它了。

当然了，蘑菇还是极为美味的。它成为一种备受欢迎的美食，也许和它需要采摘有关：在潮湿的树林中穿行，衣服和树叶摩擦发出沙沙声响，想象着林中仙女在一棵棵树间翩跹飞过，闻着秋天甜蜜的空气，憧憬着盛宴的到来。

火鸡胸

意大利农村是到了最近才有大型烤炉的。以前，面包是在各地面包房里烤出来的，肉只能在火堆上炖。我在这里过第一个秋天时，想烤一只火鸡来庆祝感恩节，把当地的美国人都请来吃饭。在一家肉铺的橱窗，我看见了我平生见过的最大的火鸡——有一个汽车轮胎那么大！这么个大家伙，我没法塞进我家的烤炉里。所以我就做火鸡胸，现在，火鸡胸成了我最爱做的感恩节禽类食物。

我小时候，感恩节那天下午2点有菲茨杰拉德队和蒂夫顿队的橄榄球赛。午饭时，火鸡隆重上桌，我既垂涎鲜嫩多汁的火鸡切片，又期待马上看到"菲茨杰拉德紫色飓风"击败"蒂夫顿蓝魔鬼"，这两种感情交织在一起，构成了我儿时的回忆。现在，我的喜好发生了变化：不再因一味怀旧而兴奋战栗，而是希望尝试更复杂的口味。吉尔达教我用花刀切开一块2到3磅重的火鸡胸，然后摊开压平，用盐和辣椒腌上。将0.5磅磨碎的小牛肉与面包屑、开心果、百里香、盐、辣椒和一点葡萄酒混合后，均匀抹在火鸡胸上。这时候，吉尔达加上了两只剥了壳的煮鸡蛋。把火鸡胸卷起来，用绳子系好，外面挂上几条意大利咸肉，放进烤炉中以350华氏度的温度烤，不用加盖子，时间按每磅半小时来算。离完成还有半小时的时候，再浇上一杯葡萄酒。出炉后可直接上桌，也可冷却至室温再食用。火鸡胸切开后，当中的煮鸡蛋让切片更加美观，再浇上用平底锅煮好的调料。享用这道感恩节大餐，并表达自己的感恩之心吧。

我们的厨房外有露台，我们可以观赏美景，这让美食更添风味。蜿蜒起伏的群山在眼前一字排开，山谷中排着深绿色的植被和泥土色的农舍——这一景象自古就是如此。遥远的方形窗户里，灯光自闪自灭。住在那里的是谁？把烤猪肉端上桌的是谁，倒葡萄酒的又是谁？今晚回家的是谁？来做客的是谁？摆餐具的是谁，发脾气的又是谁？他们在谈论的是谁，藏着秘密的又是谁？今晚，从厨房里端出来的又是什么？

6

家的韵律

面对变化　迎接挑战

希尔斯伯罗和别的地方一样，受到了新冠疫情的打击，人们身心俱疲，忧虑重重。突然之间，一大批人作出了搬家的决定，不久之后，我也感到我必须跟上这股潮流。我们都被冲昏了头脑，就像 17 世纪身陷"郁金香泡沫"的荷兰人，愿意以一幢房子的价钱买一个郁金香球茎。搬家给人一种"一切尽在掌控"的错觉，在这一热潮中，房地产市场突飞猛进。人们受困于疫情中，都想夺回人生的主导权、追求因疫情而延期的梦想。我也和很多人一样，心里有个念头蠢蠢欲动：来点改变吧！为什么呢？也许未来的社会分析师会给出答案，但我的看法是，当我们的生命受到威胁时，我们脚下的土地就开始摇晃，然后我们心中的某种原始本能发出召唤："快逃吧！到高处去，不能留在这里。"简而言之，就是人类的本能反应；虽然事后想想确实如此，但当时我们给自己的是别的理由。

查特伍德的栅栏上，有时会挂着透明的整张蛇蜕，迎风飘舞。蛇先把外皮挂在木头尖处，然后慢慢扭动柔软的身体，就能滑出来，留下一张白惨惨的皮套。我没见过一条刚蜕完皮的蛇，但是我可能知道蜕去旧皮是什么感觉。居家封控的时候，我心中烦闷，便着手清理谷仓、阁楼和橱柜，还把多余不用的餐具和衣服送了人。"为什么干这些活？"艾德问，"你不是还要写文章吗？"

"我也不知道——大概是想重新开始吧。"

"哪有这回事！重新开始只是一句废话而已。"

艾德每天在地里干几个小时的活。不管出现什么问题，他都从容应对：灌溉喷嘴常常出故障，水泵总是关不上；一只臭鼬卡在房子下面出不来；烘干机烘不干衣服；一个玫瑰花架开始剥落（我们不是已经上过漆了吗）。本来是正常的维修任务，在查特伍德这里就成倍增加了工作量，艾德也不由得焦躁起来。"溪水又堵塞了，你能看看是怎么回事吗？"他带着抱怨问我。这样日积月累，艾德对自由的向往逐渐取代了他对土地的热爱。我整理手稿和失效的遗嘱，还是舍不得扔掉大学室友的信件。我和女儿翻阅盒子里的照片，有些人虽然照片看上去不错，但是我已不记得，所以还是一扔了之。

傍晚，我们就像祖祖辈辈一样，悠闲地坐在屋前门廊上。蒙蒙细雨给路边的树镀上了一层金色的光晕。艾德带来了一瓶我们最爱喝的饮料，是用黑莓糖浆、奎宁水、薄荷和一瓣橘皮制成的。我对着旷野学猫头鹰叫，竟然能得到回应，让我吃了一惊；我接着再叫回去，这段"对话"肯定会让猫头鹰困惑不已。艾德写了诗并读给我听，我恭维说这是天才之作——确实如此啦。我们一起阅读里尔克和泽巴尔德的作品。我们注视着夕阳给布满了庄稼残茬的土地罩上了湿漉漉的色泽，在松林后的天空中映出一片蓝绿色、粉色的晚霞。雨中，安娜贝尔绣球花垂下了娃娃脸一般的花朵。我们的两只猫也走过来依偎在我们身边，似乎想告诉我们：这个地方多么迷人啊！我们难道不知道吗？傻瓜才想离开这里呢！这时，艾德也冒了出来，他告诉我："'丈夫'（husband）一词来源于'居家'（housebound）。"

可是我外出旅行的念头无比强烈，就像老话所说，"世界上唯一不变的就是变化"。

天色逐渐暗下来，我们开始讨论旅行的事：土耳其、葡萄牙……回忆以前的旅行。在新冠疫情中，外国旅行者很不受待见。"走还是留？"我向旷野大喊。树林中隐约传来了回声：欧欧欧……

查特伍德至少是一个自成体系的世界，虽然生活不轻松，但一切应有尽有。脱离这一切，会有一阵痛苦。但是，在这个世界上，有没有一个地方，让我们活得更轻松一点？

在屋前门廊上讨论了好几个傍晚之后，我们作出了让我们自己也深感吃惊的决定：这景色宜人的好几公顷土地和好几幢房屋，虽然十多年来是我们心爱的住所，但我们要将其全部出售。我要花更多时间来写作，在意大利住更长时间。再也不用考虑安装井水过滤器、从谷仓中赶走麻雀和维修栅栏……

我们本以为这项资产需要一两年才能卖出去，所以我们紧锣密鼓地做了修缮工作，拍了专业照片，撰写了查特伍德历史，甚至安排了无人机航拍。所有这一切都是浪费时间，我们只打了一通电话，发了一个广告，结果第一天就卖出去了，我们简直不敢相信我们真的这么做了！

我一直在想马萨乔的油画《逐出伊甸园》。在这幅画里，亚当和夏娃带着哀戚的神情走出了伊甸园。太晚了！我们租下了希尔斯伯罗历史风貌保护区里的一处砖砌农舍，搬家时，把大部分家具和书籍送进了存储单元。新住所的房间比较小，我很喜欢。复古风格的厨房里，壁纸图案是装着香草种子的小纸包。冰箱通体漆黑，让人产生不祥的预感。方形后院面积很大，与其他人家的后院之间没有栅栏隔开，让我想起了小时候的家，我和小伙伴们在整个街区中自由穿梭。搬来的时候是 9 月，到了春天我们会不会还在这里，看见盛开的杜鹃花环绕着农舍？一位邻居送来了名为"约翰蹦蹦跳"的蛋糕，里面有蜂蜜和花。这儿的人会把饼干放在屋后门廊上。这儿的道路有树木庇荫，所以散步成了我的日常习惯。真不错——我们在与世隔绝的农场中住了多年之后，终于来到了真正的社区之中。我散步时，会对参天大树打个招呼；有一幢房子是个小狗庇护所，里面的小狗都太可爱了；在一个公墓里，一块墓碑上刻着"梅耶斯"，另一块墓碑属于一个 23 岁早夭的男人，上面刻着"一生多难"字样和一片大麻叶子。在圣母玛利亚圣公会教堂，从彩色玻璃窗中射进来的光线将深色长椅映成一片片翠绿、深红色。有那么一瞬间，我真希望我别对宗教那么疏远。原先的农舍，我们本以为会住一辈子的，而现在已经搬离。我们仿佛从灾难中逃生，或者经历了一场生离死别，而眼前就是劫后余生的一切。

"你高兴住在那儿吗？"我问艾德。我们驱车长途跋涉，看了一个又一个地方。偏僻乡村里的小木屋有很大吸引力，可惜没有互联网。乡村生活令人放松，我们很容易接受。我们的猫弗利茨性格温顺，邻居乔开滑翔机的时候，它安安静静地坐在乔的大腿上。不过，弗利茨老是欺负我们屋后的一只小猫：它想办法打开门廊的纱门，跑进去偷小猫的玩具和食物，还伸出前爪拍那只小猫。结果，那只小猫的主人找上门来了。她礼貌地问，能不能在 3 点到 5 点之间把到处惹祸的弗利茨关住，这样她的小猫蓬西就能安安心心地玩一会儿。因为我是有错的一方，我也不敢问她为什么不把纱门闩住。

疫情肆虐，我们哪儿也去不成。日子一天天过去，我们搜索房地产网站的进展也不顺利：房子一挂牌就被买走。我看其他地方也好不到哪儿去：人们排队看房，然后要么出一个高得离谱的价格买下来，要么走人。我们很想定居在这个舒适宜人的社区，可是没有合适的房子——在整个希尔斯伯罗都没有。有一幢位于镇郊的房子，我们试着出了个报价，远高于卖方的开价，可是还有人出了更高的报价，让我们十分震惊。

在这幢被我们称为"三只小猪"的房子里租住了 8 个月后，我们终于找到了一幢合适的房子。虽然房龄只有 15 年，但它看上去就像麦田里长满杂草的谷仓，还带着几分美式郊外度假屋的风格。查特伍德的各个房间，除了我的卧室和阳光室，都比较昏暗，而且那些古老墙板极为珍贵，不可以涂上新漆了。相形之下，这幢新房子就十分称心了。

我当年搬到北卡罗来纳州的时候，媒体曾经做过报道，一些我从未听说过的亲戚由此联系上了我。据我所知，我的祖父母曾经住在夏洛特和加斯托尼亚，后来搬到菲茨杰拉德。我的曾祖父在梅沃斯（现名克雷默敦）开过一家棉纺厂，我父亲就是在梅沃斯的"梅蒙特"老宅中出生的。关于家族历史，我和我姐妹知道的只有这些。爷爷 DJ 对他在北卡罗来纳州的家庭缄口不言，只有偶尔一次提到他的红发继母对他很刻薄。他 7 岁的时候，生母伊丽莎白在英格兰病逝，他父亲（我的曾祖父）来到美国，在棉纺厂工作，又结了婚。

爷爷 DJ 长大成人、结婚生子的过程中，一定发生了一些不幸的事件，让家庭不再和睦，他再也不和他父亲说话了。可惜我不知道到底发生了什么事。

几个远房表亲在报纸上读到了我的名字，便给我寄来了一沓沓各类信息，上面列出了我从未听说过的名字，他们都是我的家人：德鲁希拉、贾尔斯、乔治、弗朗西丝、约瑟夫、萨拉·亚美利加。在照片上，他们都站在一个维多利亚式门廊里，后排还有兰森·格雷、娜西莎·亚历山大——名字倒是很有气势。萨拉·亚美利加身板笔直，站在花园里，脸上带着一副凛然不可侵犯的神情。我第一次看见了我曾祖父的照片，是在他的护照申请表上，他填的职业是"棉纺厂建筑师"。

我和姐妹们开车四处寻访，找到了夏洛特历史保护区内的梅耶斯木顶老宅、曾祖母萨拉·亚美利加·格雷·史密斯位于加斯托尼亚的漂亮小木屋和她哥哥创办的罗莱纺织厂——当时全世界最大的棉纺厂。这一切让我们大开眼界：这些人开创了一片天地，而我竟然一无所知。我的两个名字分别源自祖母弗朗西丝和曾祖母伊丽莎白。我搬到北卡罗来纳州难道是一个巧合吗？是基因中的生物本能把我带回了家族的居所吗？我们驶过克拉默顿，看见好几幢挂着"梅耶斯制造"标牌的雅致房屋和一幢"梅耶斯"校舍，还找到了一扇黑色铸铁拱门，上面刻着"梅蒙特"字样——可惜"梅蒙特"老宅已不存在了。

搬离查特伍德后，我们拥有了高耸的长窗。我的书房很大，只要把7台壁挂式电视移走，安上书架，就能放下我的全部藏书，还可以放两张书桌，一张放稿纸，一张放电脑，真是了不起的奢侈啊！新家最好的地方是，阁楼除了有穹顶，还有天窗。我很喜欢这个天窗的形制：房子的位置朝向决定了在夏至、冬至这两天，从天窗射入的光线会穿过特定标记。

我在写这篇文章的时候，正在等待签订合同，就此告别旧宅，迎接新居。我的新家已经有了一个名字——梅蒙特。

意大利的回忆

　　2020 年秋，我们租住在"三只小猪"的时候，去意大利待了两个月。那时还没有新冠疫苗，所以美国人原则上是不能进入意大利的，但是我们在科尔托纳有"期盼阳光"住宅，就能按照意大利法规"回家探亲"。我们还有橄榄油生意呢，必须赶在收获季节前返回。我们冒险登上了航班，先要做深入鼻腔的核酸检测，然后 17 小时全程戴着 N95 口罩——真是一趟痛苦的旅程。罗利达拉姆机场和费城机场都畅通无阻，只是机场通道安静得瘆人，大部分商店都关门了。上飞机以后，虽然每样东西看上去都极为干净，但我还是用酒精擦拭了耳机、托盘和扶手。我们用积攒的里程数换了头等舱座位，除了我们之外，头等舱里只有两位乘客。

　　幸运的是，罗马菲乌米奇诺机场也没有多少人。我们辛辛苦苦准备了入境文件，可是入境处根本没人仔细看，只是挥挥手，说一声"欢迎"，就给我们放行了，因此我们花了 10 分钟就出去了。网约车司机弗朗切斯科在指定地点等我们，他的车里有塑料隔断，将司机和乘客隔开。他打开收音机，以 110 英里的时速开到了科尔托纳，然后我们在"期盼阳光"住宅里严格隔离了两个星期。

　　我外孙威尔早就到了，他正在学习上海纽约大学的网课，准备等疫情一结束就取得签证，赴沪求学。在意大利上网课，时间比较合适。中学的最后一年，他几乎没怎么去学校。匆匆毕业之后，他一直在家枯坐，早想冲破四壁，投入广阔天地。他很晚睡觉，凌晨3点还在上普通话课，不过和他在一起真是好开心呀。我们分享小秘密，一起读书、做园艺，在壁炉边度过慵懒的下午。我为威尔做大餐，吃了很多千层面和冰激凌。货运工人送来了杂货和葡萄酒，朋友们在大门口留下了鲜花、面包和鸡蛋。

意大利固然是一个热门旅游目的地，但对我来说，它永远是一个面对内心、重启人生的地方。这里有人生中的亲密无间，有交往中的耳鬓厮磨——是的，我写的书里曾提到过。即便在新冠疫情中，这里仍有舒缓人心的效用。推开三楼的窗户，就能看到壮观的山谷全景；桌上的书，还停留在我上次翻到的那一页；"莎莉·霍尔姆斯"和"皮埃尔·德·龙沙"玫瑰都开放了，我把它们全摘下来；摆好餐桌，准备开饭；检查门槛，看看有没有藏着蝎子……回家的所有仪式完成以后，我恢复了往日的生活，就像我从未离开过一样。

隔离的两星期里，我们都累得够呛：把梯子搬来搬去，在树下铺开金色网兜，在腰间系上篮子，往里面放光滑的青色橄榄和饱满的深色橄榄。这一年固然时运不济，但大自然给了我们万里无云的阳光和湛蓝如洗的天空作为补偿。摘橄榄就是我所知道的最好的工作呀。威尔8岁的时候来过这里摘橄榄，现在，他已完全掌握了其中诀窍：工作之余停下来吃一顿美美的午餐，靠在长满了秋季蕨类植物和黄色藏红花的山壁上，心满意足地往筐子里装橄榄，同时把叶子拣出来，防止榨油时混入鞣酸。

不能和工人们一起吃千层面和红葡萄酒，不能和邻居们聚会比较哪一种新榨的橄榄油更好，不能去镇上和人们讨论哪一种农产品最适合做菜。虽然没有与人交往的乐趣，但每当我们看见山上的美第奇城堡和伊特鲁里亚巨型城墙时，就感觉我们也像这里古往今来的所有人一样，参加了亘古不变的悠远仪式。在疫情风暴中，我们担惊受怕、

193

处处受限，而我们又是多么幸运啊，遭受的不幸仅止于此！

隔离结束后，我去普利亚出了一趟短差，完成一个写作任务，在威尼斯度过了一个周末，然后去了皮恩扎和卢奇尼亚诺拜访朋友。在美国居家隔离了几个月之后，我终于又能四处走动了！托斯卡纳属于"黄色"状态，这意味着人们可以享受一定范围内的自由。

接下来的一个星期，我们去佛罗伦萨待了两天，和朋友们吃了一顿午餐，在小镇广场上喝了咖啡。然后，新冠病例开始增加，小镇升至"橙色"级别，最后到了"红色"。虽然镇内并没有确诊病例，但周边乡下有一些，附近的阿雷佐更多。这里的封控措施是来真格的，比美国严格得多，美国人闻所未闻呢：去杂货店买东西先要在网上填表，要是去的地方和申报的不一样，有被罚款的危险；到处都要测体温；必须戴口罩，即使一个人在户外也要戴；商店关门，酒吧打烊；人们只能在家周围散散步，权当健身，不能走亲访友，更别说驾车离开小镇了；到处关门闭户，这成了常态了。

美国诗人 W.H. 奥登写道："我们对安全的迷梦必将消散。"旅行计划全部泡汤，我们只好在家里忙上忙下。冬天即将来临，我们清理花园，种下球茎，把栽种柠檬的花盆放进玻璃温室内，这样，我们不在的时候，柠檬也会带来满室清香。我们的邻居偶尔会来一次，摘几个柠檬。我摘了一大篮，装了好几袋，放在大门口给朋友们，其余的用盐和柠檬汁腌在罐子里。

有时候我不知道该干什么，就只好用烹饪来打发时间。我订购了大批中东、印度和土耳其香料，很多不同种类的辣椒，还有一些本地买不到的东西。和艾德一起，我从法拉斯丁（巴勒斯坦食谱）和奥图蓝吉（伦敦食谱）中寻找灵感，将其与本地肉酱、蔬菜面食等结合起来，尝试创新菜式。不管我们做什么，威尔都很喜欢。我们做了火鸡肉卷（里面塞了小牛肉和开心果）、苹果蛋糕、用鼠尾草和橙子调味的黄油酥饼、加了乳清干酪和葡萄酒的蛋糕。我用来排遣苦闷的方法是在罗马帝国时代的道路上散步，同时听电子有声书。《永别了武器》《恋情的终结》都是极好的作品，《随着时间的音乐跳舞》篇幅太大，里面的人物在我脑子里混成一锅粥……最后，我换成了肖邦的音乐。我们的橄榄油榨出来了。威尔的签证下来了，我们把他送去了中国这个我们完全不了解的地方。中国采取对疫情"零容忍"的政策，隔离更加严格，不过威尔也得以在中国度过了一个与正常无异的精彩学年。他突然从家里消失，倒是让我们挺舍不得的。我那时都不知道什么时候可以再见到他，要是早知道他会去整整一年，我心里肯定会有点空落落的。

花园关上了门，我的羊毛衫都装进了塑料袋里密封起来，就连我的书房也看上去整整齐齐的。碌碌众生随着时间的音乐跳舞，转眼间几个星期过去了，已经到了 12 月中旬。我们想留下来，这幢房子有抚慰人心的功效，所以我们一直想留下来。我住过的一些地方，各有其鲜明特点，因此房子与其住客无关，而是作为独立个体存在。这幢房子里有我们的回忆：这里以前有一个马槽，葡萄酒室地板下面有一层 17 世纪的地砖，彩色墙壁后面的蓝白色宽木板下有风景壁画和镂空藤架的残迹。

房子里还有一些不解之谜呢。一次，翻新地板的时候，我们找到了一块石头，它光滑的一面刻着 Christian IHS（拉丁语：耶稣——人的救世主）。难道这间房间以前是祈祷室吗？一间卧室有时会发出阵阵花香，这让一位牧师朋友猜想，也许有圣人遗骨被埋在墙里呢。这当然是荒诞不经的猜想，但我们也没有别的解释。在这间卧室里做的梦特别真切，以至于我醒来时完全不知道身处何地，只有靠阳光才能摆脱恍惚——这也没办法解释。加利福尼亚的一位朋友说："去看看风水吧。"

我们还是打电话给弗朗切斯科，安排去罗马的车程，从那里出发回美国。

罗马——不知为什么，我和艾德都把罗马视为自己的家。艾德第一次来到罗马的时候，一下机场大巴就说："我到家了。"我一开始还觉得挺奇怪，不过后来好几个人都对我说类似的话。

我知道，这时候的罗马处于半封闭状态，根本不会有游客。艾德笑道："就像狂欢夜的第二天。"驶过两座拥有卡拉瓦乔油画的教堂时，我想象里面没有熙熙攘攘的游客，场面应该很清静。淅淅沥沥的小雨中，我们让弗朗切斯科把车停在科尔索大街 115 号。他把我们的行李放在人行道上，对我们说了声"圣诞快乐"，便驾车开走了，而我们则一脸茫然：是不是给错了地址？罗马最繁华的购物区，竟然门可罗雀，寥寥几个行人戴着口罩，低着头走在大街上，而不是人行道上。只要天空飘落几滴雨，卖雨伞的小贩就会出现，这会儿就有一个从门洞里冒出来。我们冒雨朝几百英尺外的酒店狂奔，拖着的滚轮行李箱在鹅卵石路面上哗啦哗啦响，雨水聚成了晶莹的小溪流，从雨伞和我们的背脊上流下来，汇入路面上的水潭里。这是我第一次在罗马闻到海水的咸腥味，这味道又浓又潮湿，还混杂着街角一个烤栗子摊的刺鼻焦煳味。整条大街已经挂上了庆祝圣诞的彩灯，可惜今年的庆祝活动注定无法举办了。虽然如此，我心中仍充满了欣慰：罗马，我最钟爱的城市，西方世界的心脏！

旅行的乐趣在于每到一地，都可以假想自己过上了那里的生活：在奥斯图尼（意大利）、瓦哈卡（墨西哥）、特伦托（意大利）、多伦多（加拿大），我随便找一个带围墙的"火柴盒"小区、一个运河倒影与屋顶壁画相映成辉的公寓、一个四周开遍紫罗兰和野鸢尾的小木屋或者一个位于 8 楼的现代化玻璃工作室，然后对自己说，"我要住在那里"。当然，这样的假想未免太容易了，在我的想象中，还有另一种私人领域，那代表了我无法完成的愿望、反复出现的梦想，即我期望中的另一种人生。我的朋友们有时候表达了类似的祈求，希望住在巴黎、巴塞罗那、伊斯坦布尔、旧金山、香港，这些地方的某些东西也许触动了他们内心的某种感知："那就是我人生适意之地！"这个理想中的地方是天然的家，和自己是天造地设的一对。然而，现实中的自己绝无可能居住在那里。

对我来说，这个理想中的地方就是罗马。很多年来，我每次从罗马菲乌米奇诺机场出发，都留出几天在罗马城里游览一番；也许即将离别的心情给这座城市蒙上了一丝浪漫的风味。我在罗马停留的时候，总是急着去看奎里纳尔宫里的展出，找几家新餐馆吃饭，去酒吧见朋友，买点伴手礼，等等，至少有 10 件事在我的日程表上。周围是乱成一片的警笛声、汽车喇叭声，川流不息的摩托车，摩肩接踵的游客，满得冒尖的垃圾桶。世界各地的人坐着大巴来这里游览，还总有几个不长脑子的想跳进喷泉玩。我甚至看见一对男女在一个门洞里做爱，月光下，那个男人的屁股白得发亮。

这一次，只有我一个人游览罗马。

不用日程表。我没日没夜地走啊走，走得鞋底都要掉了。艾德留在宾馆，为他的手稿构思最后三首诗。在这个超现实的情境中，时间似乎都放慢了，罗马被洗得干干净净，舍弃了杂乱无章的外表，显露出它真正的美。我重访了我喜爱的景点（可惜一些因疫情关闭）：位于贾尼科洛山上的由布拉曼特设计的坦比哀多教堂、巴洛克奢华风格的科隆纳宫、多利亚·潘菲利美术馆中珍藏的菲利普·利比油画《天使报喜》、鲁奇纳的圣洛伦佐广场上的宫殿粉笔画、邮票市场上的植物图案版画和古代遗迹雕刻，当然还有剧院区冰激凌店，那里有薰衣草味、白桃味、樱桃味、酸橙加马斯卡彭干酪味等绝佳风味的冰激凌。

在著名的特雷维喷泉，天色刚暗下来，只有我和艾德两个人。几十年来第一次，我朝喷泉里扔了一枚硬币。（我记忆中最早看过的一部电影就是《喷泉里的三枚硬币》，又译《罗马之恋》。）在纳沃纳广场，我听见四河喷泉的流水叮咚，恍若仙乐，并沿着阿戈纳利斯竞技场的优美椭圆形轮廓缓步前行。曾几何时，四河喷泉开闸放水，以重演当年的海战。卡比托利欧广场是由米开朗基罗设计的，这里有罗马帝国皇帝马可·奥勒留的雕像，他骑着高头大马放眼四顾，只能看见一片片空荡荡的广场。真的，罗马就像伊塔洛·卡尔维诺笔下的"看不见的城市"。

台伯河边的悬铃木并没有茂盛生长；相反，树叶干枯、卷曲、落下。罗马的冬天来得晚，这个 12 月树下堆积的落叶仍然带着秋天的气味，背后是土黄、赭黄和黄褐色的宫殿建筑。一位老妇人戴着红色滑稽假发，挎着一篮橘子，在人行道上蹒跚前行。一家酒吧中传来了熟悉的咖啡香，里面虽然没有一个人，但酒吧侍应生仍勤谨地擦着玻璃杯。天空是那样一种清淡的颜色，就好像一位画家在画水彩画时，发现奶白太重，就往里面加了一丁点儿的天蓝。台伯河边的空气是那么清爽，让圣天使堡这个古老的陵墓显得不那么恐怖。图拉真凯旋柱高耸云间，图拉真广场更显古朴，一圈小柱像排着的白色骨牌。教堂钟声铮铮作响，仿佛涟漪一般向外扩散。松树像雕塑一样挺拔，品红色的九重葛受到大众喜爱。竟然还有棕榈，倒是令人惊讶呢。

罗马处于"黄色"状态，因此部分餐馆可以提供户外午餐。在加热灯下，我们点了炒洋蓟和加了洋蓟的家常面食。进餐时，我和艾德谈论疫情：恢复后的罗马会进入什么样的新常态？艾德说："在印度德里，人们几十年来第一次看见远方的群山。"我们记得，有一次我们向外孙威尔展示罗马的 18 座喷泉；我们记得，英国诗人济慈在生命的最后几个星期里骑着小马游览西班牙广场；我们记得，我们曾租过一个公寓，从屋顶花园可以看见下面的晾衣绳上晾着巨大的内裤。"在我们的记忆世界里，"我问，"罗马难道没有占据半壁江山吗？"

侍应生忘了上我们的葡萄酒，便过来道歉并送了我们一整瓶葡萄酒。（这就是罗马。）我们谈到万神殿平时游人如织，现在却冷冷清清。和一位朋友在家的时候，我们将当前形势比作今年冬天下了一场罕见的雪，让我们留在人迹罕至的房子里。朋友笑着，忽然躺在天窗下面的地板上，雪花从高处落下，在他脸上融化。我到现在仍记得他的笑，那充满了快乐安详的笑。

7

为什么留下?

我们是不是应该待在家里，而心里想着这里？

　　　　　　　　　　　　——伊丽莎白·毕肖普《旅行的问题》

我想成为一名作家。我想写关于家的文章。

　　　　　　　　　　　　　　——欧内斯特·盖恩斯

石头编年史

　　建筑师瓦尔特为我们的房子背面画出了设计草图：增加一个阳台、一个露台，把原来的蔬菜园改成平地，一角挖出水池，通过一条宽阔步道与房子相接。"可不是游泳池，"他笑着说，"而是 17 世纪风格的装饰性花园水池。"我想到了嬉戏仙女的雕像、水缸和喷泉，这让我不由一阵紧张。他在一只褐色购物袋上画出了草图，而不是用大型打印机打出来一大幅细致的蓝图。只要他问我"有没有铅笔"，我就知道他又有了想法。这不，他把购物袋上原有的草图划去，翻过来重新画。

　　"我们为什么要做那么多改建？"我问他。毕竟我们请他来，只是想加个水池。

　　"因为你们完全可以让你们的房子更漂亮呀。"说着，他指了指房子所在的整片山坡，就好像房子马上脱胎换骨，焕发新生。

　　自从我们卖出了科尔托纳镇外山上的房子，我们就想在"期盼阳光"旁边加一个水池。托斯卡纳的夏天灼热无比，没有纳凉的地方怎么行？这里有比较严格的房屋建设规定，不过水池还是总体上得到许可的，以至于很多人修建了俗艳花哨的水池，在外太空都能看得到。在我看来，水池最好能够融入周围橄榄林、山坡的绿灰色和明暗不一的蓝色中——可惜房屋建设规定里没有这一条。

　　我们检查建筑草图的时候，没有注意到房子后面到水池尽头以及其他各处都规划了围墙。正式规划得到科尔托纳镇"风貌保护区"的批准后，建设就开始了。仙女雕像就不要了，不过在毗邻水池的围墙上修建一个流水潺潺的多层小瀑布还是可以考虑的。新增的户外空间，可供俯瞰山谷和群山，令人心潮起伏。拆除一间工具房和连着主建筑的一间卫生间后，石头堆成了两座小山。这绿色的山坡下，竟然隐藏着这么多石头，有些像冰箱那么大，有些则有西瓜、轮胎那么大，倒也是我没有想到的。

我们开始意识到，这项工程有点大。各种活儿又多又琐碎。比如，二楼卧室和三楼卧室之间的砖头需要移走。这下，透过房梁就能看见上面的地板，让人有点摸不着头脑。我还不想换墙上灰泥呢，可是工人昆托在几个地方戳了戳，告诉我们那里的灰泥已经不再粘在墙面上了。我还不知道这房子里会这么灰天灰地的呢！还要更换电路系统，翻新四个房间的瓷砖地板，并在现有房间内通过隔板新增两个卫生间。虽然房屋建设规定对室外的每一厘米都有严格要求，但室内装修得一塌糊涂也没人管。我们拆除了一架白白占据空间的室内楼梯。我本来喜欢这些窄窄的石头阶梯，可是外孙威尔6岁的时候在上面摔倒，从一个楼层跌落到另一个楼层。我一直担心他摔伤了脑袋，他上大学后，我才松了一口气。后来，我每次看见这些阶梯，就想起威尔那时凄厉的哭声。两间房间里的地砖开裂了，需要换新，这意味着下面一层的天花板也要换。

我发誓，这是我最后一次干房屋整修工程了。这幢房子也是这样，这次整修过后，就再也没有机会了。老房子整修就是这样：一样换，样样换；越换越多，成了个无底洞。虽然花钱如流水，但我喜欢这个过程。

昆托和加布里埃尔在屋里干活的时候，四个石匠乔万尼、埃利奥、法比奥和雷奥开始修建围墙——就是我们未曾在草图上注意到的围墙。他们采用数千年传下来的古老技艺，手持木槌和錾子，将每一块石头像拼图一样嵌入恰当的位置。这些石头严丝合缝，整个墙面一片平整，没有危及墙体强度的连续裂纹。乔万尼和法比奥将一块石头吊到另一块较大、较平的石头上，切削成型后，不断左看右看，最后放置到位。埃利奥和雷奥则负责修建矮墙。他们是祖传技艺的骄傲传承者：早上 7 点半到岗，只有一次午休，一直干到下午 5 点，工作时互相聊天、开玩笑，有时还会放声歌唱，可不是苦命的西西弗斯。

昆托和加布里埃尔也是高明的石匠。他们有时候做完室内的活，便出来修建石头阶梯、砖头步道和阳台。

在美国，这样已经算是大型工程了，可是在这里，不知为什么，我一听到各种异想天开的主意，比如"在这儿加一个神龛""在水岸花床边建一道挡土墙""有一个拱门就好了"，我就不由自主地答应，并且自己再添上更加异想天开的主意，比如"在墙边加两个石头长凳肯定很好看，长凳之间再放一个石头水槽……"我几乎看见了薰衣草色的靠垫、色彩鲜艳的枕头，客人们穿梭往来，觥筹交错。一块箱子大小的石头引起了我的注意：它模样奇特，正适合人工錾凿。乔万尼在石头上凿出了一个碗状凹陷，还连着一根细水道作为排水之用。现在，这就是玫瑰花床里的一座托斯卡纳式小鸟浴盆。我做了有关石头的梦：工人们从海底打捞出很多石头雕像，把它们放在墙上的玫瑰花间。

我以前在美国的时候，从来没有和石头有什么瓜葛。自从 30 多年前来到托斯卡纳，我就和石头结下了不解之缘。各种喷泉、垮塌的橄榄梯田围墙、用田里粗石制成的桌子、下水道盖板、室外餐桌、屋顶支撑柱、阶梯、长凳、花床、车道、边沿、蓄水池维修……我们刚买下"期盼阳光"老房子时，雇了波兰工人来重建已垮塌的花园露台围墙。修好 12 英尺高的围墙后，工人们自豪地在上面刻下了"波兰"字样。那时候，完工的围墙让我们叹为观止，可是和现在的工程比起来，那算得了什么啊!

"全部手工制作。"建筑师这么说。的确，这次修建围墙没有使用任何动力工具。工人们錾凿石头的时候，声音叮当悦耳，我可以跟着节奏来读书、聊天、烹饪，可是一旦开了电钻，声音极为刺耳，我感觉我就是坐在牙医的椅子上等着补牙。

每天傍晚，我们出去检查进度。修建围墙的工程已经进行了11个月，还有无数的活儿要干呢。

一座石头山已经使用殆尽。

"简直比得上中国的万里长城。"艾德打趣说。

"长城有多长?"

他对着手机提问，手机用轻快的声音回答："13 171英里。"

"好吧，我们的石墙不算什么。"

"肯定不算什么啊。那段短的有47米长，那段长的……眼不见心不烦。"

"橄榄球场不是300码（1码=0.914 4米）长吗? 那段长的到底有多长?"

"我都不敢告诉你。"

"为什么?"

"你听了要晕过去的。好吧，是64米长。"

"那么一个城市街区有多长?"

他又对着手机提问，这次的回答是："47码。"

"怪不得。想想看，要把每一块石头打造成形，嵌进墙里去。难怪花这么长时间啊。"是啊，我们的石墙总长111米呢。

"真厉害!"艾德说。

"花了不少钱。"

"美极了。"

一年前，我们进入了对"期盼阳光"的第三轮整修工程。在这里的"风貌保护区"，"容积"是相当重要的。要是有一座木棚或神龛，拆除后可以利用原来的"容积"新建别的建筑。要是没有"容积"，就连加一个面包烤炉或割草机架子都不行，更别说开一道后门或把窗户改个位置了。

房子后面加了两间卫生间，大概是 20 世纪 30 年代造的，现在被视为违章建筑。一间比较简陋，只有一个用水桶冲水的马桶。我们将旧设备清除出去后，把这间卫生间用作储藏室。我们提出拆除这两间卫生间，很容易就得到了批准。此外，还有一间用来放一只废弃的储油罐的附属建筑物和一间快要倒掉的坡顶小屋可以拆除，给我们提供了宝贵的"容积"，让我们可以在二楼修建一间较大的卫生间，这间卫生间和二楼露台相通，屋顶还有一个露台，直通三楼。

我们坐在我异想天开要造在墙边的石头长凳上，忽然谈起了"枝叶字迹"的屋顶。这是成功改建的典范：古老的砖头屋顶被太阳晒得发热，是个读书的好地方。"枝叶字迹"是我们购买用于投资的一幢石头房子，位于科尔托纳镇外的山上。经过我们从里到外、整旧如旧的修复后，这幢房子焕发了新生，我们都舍不得出售了。有些地方拥有灵魂，而"枝叶字迹"拥有活生生的灵魂。后来，在同一个镇上的两幢房子里来回居住 12 年后，我们也认识到这种做法不太聪明；最后，一个可爱的英国家庭买下了"枝叶字迹"，我们希望他们从此能幸福地生活在那里。

"枝叶字迹"是由圣方济各的追随者所建，我们接手时，房子已经颓圮，屋顶缺失了一部分，有些塌到了地上，不过大体完好，还是可以修复的。地上长满了青苔，石板都有数百年了——我们怎么可能拒绝这样的房子呢？我们开车走遍了整个托斯卡纳，找来了修复所用的石头。

"修建 111 米长的石墙，其他还有石头阶梯、边沿和矮墙——你对此有什么感想？"

"感觉不错啊，"艾德回答，"就算我们和我们认识的所有人都已化为尘土，我们的曾孙辈在那个 17 世纪的装饰性花园水池边晒太阳，这些石墙仍然屹立不倒。"

很好的回答。我沿着石墙漫步，我的手轻轻拂过一块块光滑、粗糙、棱角分明的石头。我想起了爱尔兰诗人威廉·巴特勒·叶芝对"巴利李塔楼"的深厚感情，以及他对"长存不灭的房子"的热切向往。我二十出头的时候，第一次飞越大西洋，来到爱尔兰的香农，便迫不及待地租车前往著名的"巴利李塔楼"。叶芝最后建好了这幢房子，并住在里面，但房子底楼到了春天常常漏水。我当时迷路了，只好向一位骑车人打听。他说："右边的第一幢塔楼就是。"

"巴利李塔楼"就是个拥有灵魂的地方。装饰墙的一块石头上刻着如下诗句：

> 我，诗人叶芝，
> 用旧纸板、海绿色石板
> 和格尔特铺子的铁匠手艺
> 修复了这幢塔楼
> 并献给我的妻子乔治。
> 当世界又一次化为废墟，
> 但愿这些字迹
> 仍能长留此地。

什么长存世间，什么转瞬即逝？刻在石头上的诗句说，"是我修复了这幢塔楼"。可是到了最后，什么也逃不过定数：尘世繁华，终究消散。

有一年 5 月，我们和朋友租下了普利亚一幢宏伟、时髦的别墅。挂在大门口欢迎客人的是一幅镌刻于 1792 年的大理石牌匾，我们认出上面写的是约瑟夫斯·马丁内利的一句拉丁语欢迎词，有"朋友相聚""灵魂""玩乐""狂欢""天才""安静"等单词。最后有三个单词，otium 是意大利和希腊的一个古老概念，意为"休闲、冥想、美好生活"，breve negotiosum 意为"缩短公务"。很显然，约瑟夫斯·马丁内利希望他的客人们在这个美妙的乡间别墅里度过一段充实而富有创造力的生活，而不是整天躺着喝葡萄酒。

在意大利的建筑物里，我见过的牌匾都有几百块了吧？它们有的起纪念作用，有的是历史文物，都非常有诗意。苔藓、地衣和长时间的风吹日晒，遮蔽、磨灭了上面的文字。我只能呆呆看着，却不明白其中的含义。我唯一能确定的，就是这些文字都刻在石头上。意大利的历史离不开石头，当文字被刻在坚硬的石头上，就离永垂不朽近了一步。

我开始想，要不我们也在石墙上刻一点留言吧？就刻在水池中央，石头喷水嘴的上面。

在阿雷佐的 8 月古玩市场，我漫无目的地逡巡在各个摊位之间，不经意间看见了我心仪之物：一块雕好的大理石板，大约 1 码长，上面是饰有荷叶边的弧形，中间是一整片可以刻字的空间，可能原本是设计用于壁炉装饰的。这不正是我刻下留言的理想材料吗？当我已不在人世，我的家人和朋友还能在这上面读到我的留言。

艾德问："你真要买这个？"他掂量着这块大理石板，"这东西的重量……"

"大约有 100 磅。"卖家插话，并把价格降了 20 欧元。

以前，艾德在这个市场里买过桌子、椅子、油画，他都扛在肩上，摇摇晃晃挤过人群走出去。现在，卖家把大理石板裹在一块毯子里，帮艾德扛上肩膀；艾德在前面走，我跟在后面，手里拿着我购买的一大堆东西。

回家路上，我们拜访了卡斯蒂廖内·菲奥伦蒂诺的一家大理石工坊。工坊主人斯蒂法诺也受雇于我们的整修工程：他为三间卫生间切割了卡拉拉瓷砖。我们到的时候，他正在清洗两个大理石旧水槽，这是艾德几个月前从阿雷佐的古玩市场里淘来的。这样的大理石水槽具有艺术品味和历史氛围，修道院的嬷嬷曾在里面泼水洗脸。有了它们，何必去买昂贵的陶瓷洗脸盆？斯蒂法诺的工坊里全是细粉尘，堆满了精雕细刻的墓碑、澡盆和各种颜色的石板。他当然能在我们的大理石板上刻一句留言。

刻什么好呢？

几个星期过去了。

"我们所能留在世上的只有爱。"这是英国诗人菲利普·拉金的诗句。这固然是很好的理想，但我对之似乎没有太大的信心。

叶芝的墓碑铭文则冷峻得多："生死都是小事，不妨冷眼以待。骑士，前行吧。"

我还查看了艾德的诗作，发现里面较为出挑的诗句都太长了，不适合刻在那块大理石板上。

"不管不顾，走在云端。"这是爱尔兰诗人谢默斯·希尼的诗句。不错，可以考虑。

在新冠疫情最严重的时候，有一句流行语："记得活下去。"

我曾在一个中世纪日晷上看见一句拉丁语箴言："永恒从此刻开始。"一百年之后，我的后代孩子们欢乐地跳进水池里玩耍——把这句话留给他们怎么样？还是应该换成"记得活下去"？

"我在你的大门口留下了一篮子无花果"

名片、欧元硬币、一个玩具人偶、几瓶希腊葡萄酒、一包芬兰莳萝种子、一张婴儿大笑的照片、犬蔷薇、便条、波兰巧克力、蒲公英、许愿蜡烛、几块石头、一片罗马尼亚手工桌布、一个皮质手镯、几封长信、野茴香叶子、从匈牙利传统花园中剪下的玫瑰、圣诞节装饰物——在"期盼阳光"入口处的圣母玛利亚神龛中，人们留下了这些祈福的礼物。

很多年前，神龛里还只有一位老爷爷送来的花，他每天走过迷宫一般的道路，来这里冥想几分钟。有一年夏天，他再也不来了，而我的书在多国出版，并被改编拍成了电影《托斯卡纳艳阳下》。这下，我的房子引来了很多读者。

人们坐着大巴、面包车、汽车，有的骑车，有的步行，来探访我的房子，我也不知道他们目的何在。神龛里的一张便条上写着，"我们都是'期盼阳光'的人"。一位邻居说，我们家的访客量远高于圣玛格丽塔教堂，后者供奉着 13 世纪基督教圣徒玛格丽塔的遗骸。另一位邻居问："住在热门旅游景点里是什么感觉？"

随着神龛里的纪念物日渐增多，我开始认识到有些属于人类学家所称的"阶段性礼物"，它们标明了人生的一些变化：思想产生了某种转变，人生找到了某种出路，从一个地方搬到了另一个地方；结了婚，生了孩子，拿到了学位，走上了探索人生之旅。正是这些变化的瞬间，让人想向神龛献上礼物。也许有人以为接连不断的拜访者比较烦人，但实际上他们只是来这里留下纪念物，而促使他们前来拜访的感情，与促使我在托斯卡纳居住长达 30 多年之久的感情如出一辙，甚至还是成倍放大的。

我几乎变成了半个意大利人，这倒是我没有料到的。即便是现在，我在美国的家人也一直希望我能够整理行装，回国定居。可是我愿意留在意大利呀。艾德比我更爱意大利。"我好开心，"他常说，"每天看见这片美景，我好开心。每天都不一样，我也好开心。"托斯卡纳是我们居住最久的地方（当然我们也在飞机座位上花费了不少时间）。

刚出国的时候，我还有点懵懵懂懂的，可是后来就开始明白：在风景如画的地方生活，能改变我的人生。如果每一天都是自然给我的馈赠，那么我的人生就会报之以精彩的回应。

我住在"期盼阳光"的时候，我和别人经常互赠礼物。不但有陌生人在神龛处留下便条和玫瑰，还有慷慨体贴的邻居赠予我东西，让我十分开心。

大门口，有一袋新鲜乳清干酪、一瓶新酿的葡萄酒、一篮子刚下的鸡蛋、一桶百日草、几罐西红柿。"我一看见这些笔记本就想起了你。"无花果、甜瓜、鸭肉酱。"尝尝我新酿的橄榄油。"还有葡萄酒——总是有葡萄酒。参加整修工程的工人们来自意大利南部的村庄，他们从家里回来时给我们带了美味的面包。（他们鄙视不加盐的托斯卡纳面包。）他们中午吃烧烤，在餐桌上摆满了香肠、牛排、猪排。他们在餐馆里聚餐，邀请了我们。有 20 个小伙子，我是唯一的女性。

在镇上，"瞧，罗伯托为你的咖啡买了单"。买毛衣、夹克、文具和珠宝时，店家通常会提供优惠。买菜篮子里，通常有一些额外附赠：欧芹、罗勒、芹菜、胡萝卜，都是用于炒蔬菜的佐味料。

这些不求回报的日常小礼物，营造了一种"社区"的温馨氛围。外国人来到这里，很快便接受了这一本地风俗；他们买菜时，就有本地商贩带着满脸笑容送给他们一袋柿子、一片羊乳干酪或一个牛肝菌；他们赴宴时，会带着杏脯罐头和旅途中的纪念品——围巾、肥皂、蜡烛和书籍。这真是振奋人心啊！通过赠予把爱传出去：这是一种变革性的力量，因为一个人只有在赠予时才会真正打开内心。对我来说，这些礼物让我在异国他乡都有"回家"的感觉。

在买下"期盼阳光"的那一天，我在公证处签下了一摞摞的文件。当时，我完全没有想过后来的事。要是那个公证员对我说，"30年后，你仍是这幢房子的主人"，我肯定会用惊奇或惶恐的眼神看着她。我那时想的是，我来这里的主要目的是写作、和艾德一起旅居以及修复房子和花园，而且我大学里的工作十分辛苦，我的生活并不在这里。"期盼阳光"所预示的新生活看上去完全不切实际，我只想把它当作夏季别墅，一个让我在朋友、书籍、爱和艺术的陪伴下度过大段时间的场所。

为什么留下来？冬去春来，时光荏苒，我还是从来没想过离开。我喜欢我的三楼书房，里面有两张书桌和无数的书、书、书。邻居们和我亲密无间。我刚来的时候，基娅拉还是个十几岁的小姑娘；现在，她16岁的女儿给我送来了从林子里采的树叶、栗子、野草和树枝，装了好几篮子呢。冬天到了，寒风凛冽；下午4点就出现了晚霞，餐桌已经摆好，可以吃一顿悠长的晚餐；厨房里放着音乐，煮面食的水蒸气给玻璃窗蒙上了一层雾。我们在视野最宽阔的地方建造了葡萄架。外孙威尔的书桌里塞满了意大利语的家庭作业单、黄蜂牌小型摩托车模型和帆船模型。我女儿在衣柜里放着粉色睡袍和拖鞋。但是，这些并不是"期盼阳光"所特有的。

只要我们走到室外，坐在矮墙上，轻啜葡萄酒，谈笑之间看着一轮蓝色月亮从山背后缓缓升起，就可以思考这个问题：为什么留下？

从搬过来的第一天，我就应该意识到，"期盼阳光"不只是一个场所，而是山坡上的一种生命，它见证了每天的日出，陪伴着伊特鲁里亚时期的古城墙，抚摸着橄榄树梯田，俯瞰着托斯卡纳的群山万壑。而我们这些人，只不过是匆匆过客。

当然，我们也留下了印迹，花费了巨资来修复这幢建筑。今后，这幢可爱的小别墅还会屹立很长时间。那么，它以前一直在等待最关心它的有缘人吧？这幢房子成就了我的作品，我的作品也成就了这幢房子。或者说，这幢房子造就了它的主人？叶芝所向往的"长存不灭的房子"，就是这里。

房子充满了生命力，我就容易把它拟人化。还是不要这样吧，房子并不会造就它的主人。我留下来的原因很简单："期盼阳光"给了我"礼物"。不只是这面山坡上有来自大自然的馈赠，还有其他的。书信往来、新书签售会、小镇广场上的寒暄，都让我的生命进入了新的深度和广度。来自美国纽黑文和印度新德里的人，都和我有了交集。有些人虽然和我素不相识，但我感觉我要是和他们待在一起，就会成为他们的朋友，甚至了解他们的心声。有人写道，"走在那排货架的时候，我就知道我不怎么爱他"。我读出的心声是，"我想放弃学习法律，转而学习意大利烹饪"。很多人对我缺乏传统宗教信仰表示关切，并给我送来了宗教书籍。有人送给我手工编织的洗碗布、刺绣桌布和"期盼阳光"的油画。

正如水到渠成一般，我适应了这儿的生活方式，而人们的礼物更是锦上添花。

这种互相馈赠礼物的风俗是怎么开始的？我要做一个大胆的假

设：是艺术的功劳。根据联合国教科文组织的统计，全世界的优秀艺术品有 60% 在意大利。要知道意大利国土面积只有美国亚利桑那州那么大，这还真是了不起的成就呢。有人说，意大利艺术品的一半在佛罗伦萨。可是，千万别忘了科尔托纳有弗拉·安吉利科的《天使报喜》，奥维托有西尼奥雷利的《审判日》环形壁画，建于 1039 年的特罗亚大教堂里有带花边的玫瑰形窗户。在蒙特其镇，大名鼎鼎的油画《待产的圣母玛利亚》就位于文艺复兴时期画家皮耶罗·德拉·弗朗切斯卡之母的故居内；画中的玛利亚有孕在身，该地至今仍是当地妇女向神灵祝祷的场所。意大利全国各地，不论大小，都有这样的艺术品，我可写不完呢。艺术是礼物的源泉。

最初吸引我来到意大利的就是意大利的艺术品。在大学上艺术史课的时候，我在幻灯片上看见了意大利的油画和雕塑，我好想亲眼看看啊！来到意大利真是太对了。不管是在佛罗伦萨的乌菲齐美术馆还是在不起眼的乡村小教堂，艺术品都让我惊叹不已。在这里，艺术无处不在，是生活的一部分。这是一种互相馈赠礼物的文化，在其中生活的欢乐和意趣有待我发掘。意大利人在生活中所表现出来的慷慨大方，会不会和意大利的艺术瑰宝有关呢？我欣赏到的意大利艺术品丰富多样，它们都是礼物呀。布龙齐诺、蓬托莫、利皮、马萨乔，我要好好谢谢他们：他们超凡入圣的艺术天分是上天赐予他们的礼物，而他们创造的艺术品又是他们赐予后世的礼物。

我在大学教研究生创意写作的时候，学期一开始就用路易斯·海德的著作《礼物：想象与财产的情感生活》来说明我的观点。海德在书中阐明了礼物的意义以及礼物在艺术、部落文化和民间传说中的作用。艺术是有传染力的，一件充满艺术性的礼物，在赠送和接收中激起了情感的涟漪，谁知道这一圈圈同心圆会扩散到哪里为止呢？海德写道："赠送和接收礼物的行为，唤醒了我们精神中不那么个人化的部分，即从自然、社群、种族乃至神灵那里继承而来的性情。"

海德的一些观点对有志于成为作家、音乐家、舞蹈家、画家、雕塑家的人具有很大的启发性，我认为这是他书中最有价值的地方。比如：创造艺术的欲望本身就是上天赐予的礼物。他引用了 D.H. 劳伦斯在这方面的同感："不是我啊，不是我，而是吹过我身体的轻风。"创作一本书、一首大提琴协奏曲、一个咏叹调或一幅肖像，事实上就是赠予世人的礼物；不但接收者得到了精神上的愉悦和启迪，其他艺术形式也会从中获得灵感。

海德认为："赠送礼物的行为开辟了全新的空间，让全新的能量能在其中蓬勃生长。"接收者固然得到了馈赠，赠送者也得到了精神上的满足：达·芬奇如此，在大门口留下一篮无花果的邻居也是如此。我 11 岁的时候，在菲茨杰拉德的卡内基图书馆里看着一排排书架，心里想："天底下最好的事大概就是当个作家吧。"看，我在文学创作上还没有入门，就已经在憧憬着给世人的礼物了。

来自波兰华沙的女子合唱团在大门口唱起了波兰国歌，一对情侣紧抱在一起乘坐莫托古兹摩托车呼啸而过，一位艺术家在路边画速写——我想，他们都在考虑如何作出变化、作出选择、勇敢前行，或者返璞归真，回到家的怀抱。"你们在维罗纳的哪家餐厅吃饭？你是怎么写小说的？怎么开头呢？"但丁《神曲》开头，主人公在一片幽暗的森林中迷了路，举步维艰。"你往哪里去？"

星期三上午，我一个人在罗马的博尔盖塞美术馆徘徊良久，第一次想到：每一幅油画、每一件雕塑，现在都是给我的礼物，和我的生命有了联系。基尔兰达约的油画《丽达》和《卢克丽霞》、屡次被仿制的古罗马雕塑《拔刺的少年》、大理石雕塑《沉睡的赫马佛洛狄忒斯》，都是那么晶莹剔透，谁看见了不想伸出手摸一摸呢？

佩鲁吉诺、拉斐尔：他们看上去也是普通人呀，拿上画笔就成了大师。我走出美术馆，来到公园里，心脏怦怦跳，好像谈着恋爱。这是全人类共通的经历吧？沉浸在艺术中，心中有所触动，生命从此有了新的意义。不知道是什么神明或超自然力量，让艺术的甘霖洒落在意大利的土地上，而我们则幸运地接受了这一礼物。现在，意大利的文化遗产已成为我们生活的一部分，我们应该怎样回馈呢？

今天，我一边喝都灵咖啡，一边看书，手边有待评论的书稿。收到了电子邮件："我成立了自己的公司。""我是您上的莎士比亚课程的助教，可以前来拜访吗？"这一切的动机就是：怎样作出变化，怎样作出选择？没错，但更基本的是一种自发的分享愿望。"我在康复期间编织了这些厨房棉手套。""我来是因为……"

E.M. 福斯特写道："唯有沟通，连接人类。"我轻声低语："万千道路，作好选择……"

建筑师（后记）

从街上看，我修建的这幢房子就像一堵高高的黄褐色石墙。屋顶看上去是平的，其实有一定坡度，这样雨水可以流到花园里去。这真是我修建的房子？6个海豚喷水嘴沿着屋檐沟一溜排开，喷出的水流进一个鹅卵石砌的排水沟里；这条排水沟从屋前经过，绕到后面，隐没在通向后门的一座拱桥下。我听见水闸叮的一声落下，然后就是水流在石头上的汩汩声。玻璃门会为我滑动开启，可是我偏偏走进了有围墙的花园。花园里一片青翠，百花还未开放，树荫下的柳条小凉亭里有一把椅子，拱门上悬挂着一个玻璃铃铛。房子虽然是我设计的，但我没有进去。这幢房子叫什么来着？

这就是早上的常见景象。我开始想象：以后谁会住在这里？房子里装满了绿色的孤寂，与街上的热闹截然不同，但也有满满的归属感。

谁不喜欢一座塔楼呢？随着一股细沙从海滩上扬起，我的房子变成了圆形并渐渐升高，鹦鹉螺形的房间面对大海。丝绸天鹅绒沙发是最深的蓝宝石色，让我心醉不已，而其他家具则是用书籍搭建而成的。维瓦尔第的音乐从楼梯上飘了过来，让我心情愉悦，给整个建筑增添了灵动的节奏。

有一天晚上，房子里只有一个厨房。我在里面修建了一块巨大的砧板，因为在任何一个冒着诱人香气的厨房里，用砧板切菜都是最重要的任务。亚克力砧板薄弱易碎，一旦沾上油污就必须用盐和柠檬用力刮洗，何必拿出来呢？厨房的铸铁窗户有猫穿过，发出哐当一声。厨台为孔雀石色大理石，上面还能摸到细小的化石，厨台顶上有两个半月形灯具。我在佛罗伦萨买的那把极其锋利的菜刀就放在厨房台面上，刀柄上刻着"鸡蛋花"字样。这一定是我的梦吧。

我回到了我的黄褐色房子里。它现在是我的了，我可以赠给我母亲。房子里所有的雕花细工都要重新处理一下：先取下来，上漆后，再装上去。我就在干这个，粗糙的砂纸磨伤了我的手，母亲给我的尖钉戒指时不时滑下去。门廊处，我打算种蕨类植物、棕榈，放几张柳条椅，上面铺着印花棉布靠垫。屋后的阳台上，我要连一根晾衣绳，挂上几个木头衣夹，好晾晒我的轻薄衣物。楼梯是折线形的，我一定要确保分隔墙会跟着楼梯一路到底。走廊尽头的一面镜子反光太厉害了，我几乎看不见镜子里的人，只能看见红褐色的裙子一角。

晚上做梦，如果梦的意义就是梦本身，那么这就是最好的一晚了。（砌一道墙，挡住广场上的喧嚣。）流水叮咚，轻抚着我的脸庞。回到最古老的欲望。做个心灵手巧的人。我让母亲吃了一惊（偷偷溜走）。

石阶上刻满了地衣的痕迹。玻璃门啪的一声裂开了。

我知道他们都在这里——所有我爱的人，所有离我而去的人。他们躺在靠垫上读书，或者聚在厨房里，享用蛋糕和葡萄酒。在这个世界上，他们都已回到家里，不过家又是什么？家是谜中之谜，浸了酸，淋着雨，像新生婴儿一样光滑发亮；家是内心的祈盼，是月光下的故乡；家是社会交往的中枢，也是远离社会的藏身之处；家是地球这幢大房子的建筑平面图。

致　谢

出版物

对以下出版物的编辑，我致以由衷的感谢：

《远方》

《亚特兰大》

《威尼斯之梦》

《分叉的道路：旅途上的美食、快乐和发现》

《花园与枪炮》

《纽约时报》

《我们这个州》

《牛津美国人》

《神龛：意大利宗教意象》

《南方的生活方式》

《南方的写照》

《关于家的思绪》

《维多利亚》

《沃尔特》

个 人

我特别感谢纽约皇冠出版社的编辑希拉里·梯曼和奥布里·马丁森，他们十分专业，我和他们合作非常愉快。感谢卡洛琳·魏舒恩对手稿所做的工作。蕾切尔·洛齐齐和格温妮丝·斯坦斯菲尔德是富有洞察力的出版工作者，我在多本书的出版工作中与她们合作，深感荣幸。衷心感谢书籍护封设计者克里斯托弗·布兰德。同时，一并感谢梅丽莎·艾斯纳、辛迪·伯曼、芭芭拉·巴希曼等纽约皇冠出版社的工作人员。特别感谢出版社领导安斯利·罗斯纳和大卫·德雷克。

我把这本书献给我的出版经纪人——科提斯·布朗公司的彼得·金斯伯格。一开始，我贸然给他打了电话："我写了一部关于修复托斯卡纳老房子的回忆录，你愿意看一看吗？"就这样，我们开始了合作。彼得，你幽默而坚毅，富于洞察力，我对你感激不尽。长期为我审阅书稿的编辑查理·康拉德和《托斯卡纳艳阳下》的编剧、导演奥德丽·威尔斯将永远留在我的心中。史蒂文·巴克利公司的史蒂文·巴克利和伊莉莎·费希尔让我有机会在筹款会等活动上发表演讲，我对他们表示感谢。特别的爱和感谢献给约翰·比尔曼和托丽·雷诺兹。

这本书里提到了我的很多朋友，我与他们有多年的友情，在这里一一致谢是不可能的。下一次见面的时候再喝一杯吧！有些朋友已离开人世，但我永远铭记在心。李·史密斯和我一起散步、深入谈话，有机会的话来一醉方休吧。弗朗切斯卡·塔兰提、伊丽莎白·本菲、玛格丽特·里奇、南希·德莫雷斯特和萨米雅·塞拉杰尔丁组成了"希尔斯伯罗作家群"，科尔托纳也有一个喧闹的"旅行书籍俱乐部"，我对这些文学爱好者表示感谢。希尔维亚·巴拉奇、翁蒂娜·柯黑恩、黛比和汉斯·罗森斯坦、史蒂文·罗斯菲尔德、苏珊·斯旺、奥

221

罗拉·帕特里多和我的意大利老朋友福尔维奥·狄罗沙为我提供了灵感，我向他们致敬。

朋友们，你们向我描述了你们对食物的回忆，允许我写你们的房子，谢谢你们！尤其要感谢吉尔达·狄维齐奥、法比奥·佩鲁基尼和乔治·萨皮尼。朋友们的房子别具一格，我一直想写，这次为了创作有关"家"的回忆录，我有机会走进了以下朋友们的家，得偿所愿：凯特·艾比（人已去世，但房子长留我的记忆中）、简·霍尔丁、李·史密斯、弗雷德·斯图亚特、吉米·霍尔科姆、安·斯图亚特、史蒂文·伯克、兰迪·坎贝尔、迈克尔·马龙、莫琳·奎利根、苏西和罗恩·拉塞尔、苏珊·怀勒、艾伦·谷夏纳斯、伊丽莎白和克雷·威尔科克松、玛格丽特·亨德森、弗朗切斯卡·塔兰提、吉恩和阿奇兹·卡米、可可和吉姆·潘提。以下朋友们为我提供了对食物的回忆：谢丽尔·特平、苏西和罗恩·拉塞尔、可可和吉姆·潘提、吉恩·卡米、简·霍尔丁。

我的外孙威尔，代号"顺风"的小伙子，不管你在哪里，我们都会来看你。我的女儿艾什莉和女婿彼得，我很珍惜和你们在一起的时光。快来订票吧！"期盼阳光"的下一次整修工程启动在即。对我的丈夫艾德，我要说一句发自内心的话：你在哪里，哪里就是家。

引文来源

　　书中出现的大部分引文已注明出处。引言中卡森·麦卡勒斯的话出自 VOGUE 杂志 1940 年 12 月的文章《美国人望故乡》。《七个壁炉》一节中提到奥卡尼奇族印第安人，相关信息可在 ncpedia.org/occaneechi-indians 网站中查阅；《漫漫长路》是爱尔兰作家塞巴斯蒂安·巴里的作品。《绿色世界》一节中杰拉尔德·曼利·霍普金斯的诗句出自其作品《上帝之伟大》。《南李街上的老房子》一节中提到尤多拉·韦尔蒂，可参阅佩吉·普伦肖《与尤多拉·韦尔蒂的更多对话》来深入了解这位美国南方作家。《栀子花》一节中约翰·邓恩的诗句出自其作品《空气与天使》。《重回黄金群岛》一节中提到美国运奴船"漫游者"号，相关信息可在 jekyllisland.c/the-water-and-the-blood 网站中查阅。《去亚平宁，去特拉西梅诺湖》一节中福克纳的名言出自其作品《修女安魂曲》。《关于家的思绪（连祷文）》一节中提到莫琳和迈克尔的家，可参阅莫琳·奎利根小说《当女人统治世界》。《家庭神龛》一节中乔治·桑塔亚纳的诗句可能不是桑塔亚纳本人写的，而是美国诗人罗伯特·洛威尔的戏仿之作。

关于作者

　　《托斯卡纳艳阳下》是美国作家弗朗西丝·梅耶斯的第一部以意大利为背景的作品，该作大获成功后，她又推出了《美丽的托斯卡纳》《托斯卡纳每一天》《生活在托斯卡纳》《把托斯卡纳带回家》《世间一年》《托斯卡纳艳阳下的食谱》。她最近的一部小说《阳光下的女人们》也是以意大利为背景的。其他作品有游记《广场相见》《永远的意大利》、小说《天鹅》和关于美国南方的回忆录《木兰树下》。此外，她还出版过6部诗集和1部广受欢迎的大学教科书《发现诗歌》。

　　弗朗西丝·梅耶斯的丈夫爱德华·梅耶斯是一位诗人。目前，夫妻俩住在意大利托斯卡纳区科尔托纳镇的"期盼阳光"老房子，也经常回到美国北卡罗来纳州的达勒姆。